초보 엄마 심리학

초보 엄마 심리학

이지안 지음

글항아리

나의 지금이 내가 선택한 것임을
받아들일 수 있다면

내가 예민한 아기를 선택하지는 않았지만

나는 아기를 낳아 기르기로 결정했다.

언제든 친구를 만나러 갈 자유가 없고

마음껏 일할 기회가 없는 것을 선택하지는 않았지만

나는 엄마가 되기로 했다.

그렇지만 아기는 예민했고, 친구도 일도 포기해야 했다.

나는 힘들어졌다.

내가 직접 선택한 것이 아니지만

내가 한 어떤 결정으로 인해

때로는 내 삶이 힘들어지기도 한다는 것을.

내가 알 수 없는 어떤 결과가 나온다는 것을.

나는 인정하기 싫었다.

때로는 힘든 내 현실이,

때로는 받아들이기 싫은 지금 내 상황이

내가 선택한 게 아니라고 울부짖은 적도 있었다.

나는 그렇게 피해자인 양 행동했다.

가해자를 찾아 벌주고 싶었다.

그러나 나는 가해자도 없는 피해자였다.

원망할 가해자를 찾을 수 없으니

주변 사람들을 다 미워하기 시작했다.

부모님을 원망하고 선생님을 원망하고 남편을 원망하고,

나는 아무런 죄가 없었다. 나는 희생자였다.

하지만 손바닥으로 하늘을 가릴 수는 없지.

누구도 나에게 선택을 강요한 게 아니란 것을

이 모든 것은 나의 선택이 쌓여 이뤄진 결과라는 걸

나는 잘 알고 있다.

마음에 썩 들지 않는 상황이라 해도
내가 꿈꾸던 현실이 아니라고 해도
내가 선택한 것임을 받아들이는 순간,

그 순간 안개가 걷혔다.
내 인생이 선명해졌다.
마음이 편안해졌다.

나는 분명 고통을 선택하지 않았다.
나는 행복을 선택했지만 과정이 힘들었을 뿐이다.

지금이 불행하고 힘들다면 바꿀 수 있는 것도 나다.
애당초 선택한 것도 나니까.

변명하자면, 변화가 두려워 나는 피해자인 척했던 것 같다.
어쩌면 내가 바꿀 수 있을지 나 자신을 의심했는지도 모른다.
나의 지금은 결국 내가 선택한 것이므로 내가 책임져야 한다.
변화하거나 혹은 적응하거나.

심리학의 양육가설은 틀렸다?

심리학은 줄곧 육아의 중요성을 강조해왔다. 심리학자들은 부모가 아이를 어떻게 키우느냐에 따라 아이의 성격, 재능, 가치관 등이 결정적으로 바뀔 수 있다고 주장한다. 그러다보니 육아의 책임은 전적으로 부모에게 있다는 생각이 심리학계뿐 아니라 사회 전반에 퍼져 아이가 잘못되면 다 부모 탓이라고 생각한다.

그러나 미국의 발달심리학자 주디스 리치 해리스는 자녀의 인성과 지능 등이 양육 환경, 특히 유년기 부모의 양육 방식에 의해 절대적으로 좌우된다는 발달심리학계의 '양육가설'을 과장된 신화라고 비판했다. 그는 아이의 인성 발달에는 부모보다 또래 준거집단이 더 큰 영향을 미친다는 '집단사회화 가설'을 내놓았다. 『양육가설』[1]에서 그는 "부모가 원하는 방식으로 아이를 성장시킬 수 있다는 생각은 환상이다. (…) 당신은 아이를 완벽하게 만들 수도 망칠 수도 없다"고 말한다.

"당신은 아이를 완벽하게 망칠 수도 없다"는 말에 나는 얼마나 안도했는지 모른다. 초보 엄마 시절, 내가 하나를 잘못해서 아이의 인생에 결정적인 영향을 끼칠까봐 얼마나 초조해했던가. 아이의 목숨과 인생이 전부 내게 달려 있다는 생각에 육아는 책임감으로 다가왔다.

그러나 아이를 키우면서 해리스의 말대로 부모가 아이에게 영향을 미칠 수는 있으나 그 영향력은 제한돼 있음을 알게 되었다. 게다가 아이가 커갈수록 엄마의 영향력은 줄어들었다. 아이는 조금씩 자기만의 세계를 만들어간다. 그러다가 언젠가는 엄마의 영향이 미미해지거나 아예 없어지는 날이 올 것이다. 양육이 아이의 모든 것을 결정짓지 않는다는 것을 초보 엄마가 알 수 있다면 좀더 마음 편하게 육아를 할 수 있지 않을까?

아이의 첫 3년이 평생을 결정한다?

육아서의 제목이나 광고 카피에서 '아이의 첫 3년 혹은 첫 10년이 평생을 결정한다!'는 문구를 쉽게 볼 수 있다. 나는 딸-딸-아들 집의 둘째 딸이었기 때문에 태어나자마자 딸이라서 환영받지 못했고, 여섯 살 즈음에는 아버지가 아프셔서 부모님과 떨어져 외할머니 집에 맡겨졌다. 형편상 유치원은 일곱 살 가을이 되어서야 들어갈 수 있었고 어린 시절 내내 집안은 가난했다. 누군가는 평생 겪지 않을 고통이 내 인생 첫 10년에 찾아왔다.

그러나 그 불운하고 힘들었던 시절이 내 인생 전체를 결정짓지는 않았다. 내 10대는 좋은 선생님과 친구 덕분에 우정과 사랑으로 가득했고, 20대 역시 주변 사람들과 책의 도움으로 인생을 개척해나갈 힘을 얻었다. 어려운 유년기를 보냈지만 인생 전체를 놓고 볼 때 운명은 그리 가혹하지 않았다. 내 스스로의 노력, 우연히 다가온 행운, 친구나 선생님 등 스쳐가는 인연부터 깊은 인연, 그리고 책. 그 모든 것이 어우러져 인생이 결정되었다. 내 인생 첫 3년, 어린 시절 부모님의 양육이 내게 영향을 미친 것은 분명하지만 오직 그것만이 나를, 내 인생을 결정짓진 않았다.

부모란 인생이라는 긴 여행에서 아이의 가이드일 뿐이라는 게 내 생각이다. 우리는 아이보다 지구에 몇십 년을 먼저 와서 여행 중인 지구 여행자다. 먼저 여행해본 사람이 멋진 유적지, 찬란한 자연, 뛰어난 맛집을 알려주듯이 인생이라는 긴 여정을 먼저 떠난 사람으로서 아이에게 좋은 것을 먹이고, 여행지에서 할 일과 하지 말아야 할 일, 위험한 것 등을 알려주는 것이다. 아이가 나중에 어른이 되어 돈 많이 버는 직업을 갖도록 공부를 가르치는 선생님도 아니고 아이를 뛰어난 운동선수로 만드는 코치나 감독도 아니다.

엄마로서 따뜻한 마음을 심어주자. 대상관계 이론에서 말하는 따뜻한 대상이 되어주는 것이 엄마로서 할 일의 전부라고 생각한다. 아이가 커서 힘들 때 기댈 수 있는 마음속의 든든함으로 자리 잡는 것. 그래서 아이가 시련과 고통에 꺾이지 않고 다시 일어설 때 작은 힘이 되어주는 것. 그것이 엄마의 역할이다.

차례

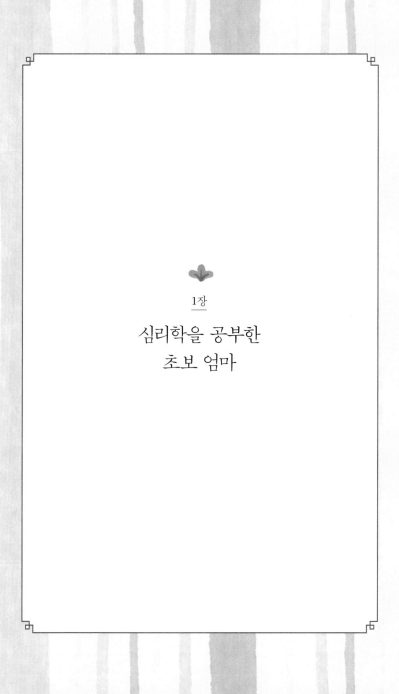

1장

심리학을 공부한
초보 엄마

서른이 넘자 나는 조바심이 났다. 주변에서 하나둘 결혼 소식을 전하고, 주말이면 결혼식 하객으로 참석하다보니 빨리 결혼하고 싶었다. 그러다 결혼 자체가 목표가 됐다. 결혼 후의 삶에 대해서는 생각하지 않았다.

대학 입시를 준비할 때 입학 이후의 삶을 생각하지 않듯 결혼이라는 목표를 이루고 난 다음에 대해서는 아무런 준비가 없었다. 빨리 결혼하고 애를 갖는 것에만 집중했다. 그래서 결혼하게 되었을 때는 마냥 기뻤다. 연애하듯이 살아가면 되는 줄 알았다. 임신도 마찬가지였다. 임신이 늦은 것만 걱정했지 그 이후의 일은 순리대로 흘러갈 거라고 생각했다. 주변에서는 임신이 쉽지 않다며 안 그래도 걱정이 많던 나를 채근했다. "나이도 있는데 어서 가져야지." 그래서 앞뒤 재지 않고 임신부터 했다. 결혼하고 딱 3개월이 지난 여름이었다.

그런데 막상 임신을 하고 보니 당황스러웠다. 다음 단계를 생각하지 않기 때문이다. 다른 것도 아니고 임신 그다음을 생각하지 않다니! 그제야 출산과 육아에 대해 알아보기 시작했다. 분명 주위에서 임신이 힘들다고 했는데 덜컥 임신이라니. 남의 이야기 들을 것 하나 없다는 걸 알면서도 자꾸 묻게 되는 심리는 뭐지? 갑작스러운 임신을 받아들이기 어려운 와중에 면접을 보고 최종 합격했지만, 그곳에서는 임신을 했다는 이유로 채용을 없던 일로 하자고 했다.

　나는 결혼을 했을 뿐인데, '아내'가 되었고 '엄마'가 되었고 '며느리'가 되었고 또 '친정'이 생겼다. 나는 그대로인데 그렇게 새로운 네 가지 역할이 추가됐다. 물론 일하는 나, 친구로서의 나 등 기존 역할은 그대로이고 새로운 역할이 생긴 것이다. 결혼하고 나는 점점 없어지는데 '역할'들은 살아 꿈틀댔다. 역할에 내가 파묻혀 없어지는 것만 같았다.

육아는 왜 이렇게 힘들까?

.

학창 시절 자아실현을 인생의 목표로 삼으라고 배웠다. 또 학교를 마치고 취업해서는 내 손으로 돈을 벌며 취미, 여행, 쇼핑 등을 즐기면서 '나'라는 개인의 욕구를 스스로 충족시키는 즐거움을 맛보았다. 그런 생활에서는 항상 '내'가 중심이었다.

그런데 아기를 낳고 보니 육아란 대부분의 시간을 내가 아닌 아기를 최우선으로 해야 하는 일이었다. 나는 자고 싶지만 아기가 배고프다 하면 수유부터 해야 한다. 나는 먹고 싶지만 잠투정하는 아기를 먼저 재워야 한다.

내가 원할 때 자지 못하고, 내가 원할 때 먹지 못하고, 내가 원할 때 씻지 못하는 기본적인 욕구 충족은 물론, 내가 원할 때 텔레비전도 볼 수 없고, 내가 원할 때 책을 읽지도 못하고, 내가 원할 때 외출을 할 수도 없다.

아기를 키운다는 건 사사건건 사소한 욕구부터 큰 욕구까지 내 다양한 욕구가 무시되고 좌절되는 일의 연속이다. 아기가 잠을 잘 자거나 제때 밥을 잘 먹어서 엄마의 기본적인 생존 욕구만 채워줘도 다행이다.

이 모든 힘듦의 근원에는 바로 '내가 없어지는 느낌'이 있다. 자아실현은커녕 자아가 없어진다. 심리학자인 나, 상담사인 나, 맛집 탐방과 자연으로의 여행을 즐기던 나, 다독가인 나, 밤새 이야기를 나눌 수 있는 좋은 친구인 나, 남편과 같이 취미를 즐기던 아내인 나, 이렇게 다양한 나는 사라지거나 희미해지고 오로지 '엄마인 나'만 살아 숨 쉰다. 그것도 평생에 처음 만나는 역할인 '엄마'인데 말이다.

내 정체성이 사라진 느낌을 얼마나 견딜 수 있느냐에 따라 육아의 힘든 정도도 결정된다. 첫애를 키웠을 때 나는 언제까지 엄마로만 살아야 할까 답답한 마음이 컸다. 뒤늦게 그리고 힘들게 찾은 상담 일을 너무나 하고 싶었다. 그런데 당장은 갓난아기의 기저귀를 갈고 수유하는 엄마로 살아가야 했다. 그때는 내 정체성이 희미해지고 변하는 게 일시적이라는 것을 알지 못했다.

다행히 아이가 크면서 어느 정도 '다양한 나의 정체성'을 되찾을 수 있었다. 둘째를 키우면서는 마음이 덜 힘들었다. 시간이 흐르면 해결된다는 것을 이미 몸으로 경험했기 때문에 내 정체성이 희미해지는 것이 두렵지 않았다. 육아로 인해 잠시 변할 뿐, 영원히 사라지는 것은 아니니까.

김미경 원장의 '나 데리고 잘 살기'라는 강연을 텔레비전에서 본 적이 있다. 그녀는 논문 사건으로 집에서 두문불출하던 시기, '스타 강사인 나'가 아닌 '그냥 나'를 데리고 사는 게 힘들었노라고 고백했다.

육아가 힘든 이유도 다른 타이틀 없이 '그냥 엄마인 나'를 데리고 사는 게 낯설기 때문이다. 그날 밤 남편과 타이틀 없이 산다는 것에 대한 이야기를 나누었다. 직업을 뺀 '그냥 나'를 견딜 수 있는가. 남편은 상상이 안 된단다. 하지만 엄마들에게 사회적 명성도 없고 경제력도 없는 '그냥 나'는 상상이 아닌 현실이다. 아기 때문에 일을 쉬거나 그만두는 경우가 부지기수니까.

알랭 바디우는 "사랑은 둘의 경험"이라고 했다. 둘의 경험 속에서 내가 주인공이 되는 게 바로 사랑이다. 사랑에 빠지면 우리는 환희에 차고 행복감에 젖는다. 그래서 우리는 그토록 사랑을 갈구하나보다.

어쩌면 육아는 반대의 경험일지도 모른다. 내가 아이를 주인공으로 만들어주는 사람이 되어야 한다. 조연 배우들이 주연 배우의 일정에 맞춰 촬영을 하듯이, 엄마는 아기의 일정, 즉 자고 싶을 때, 먹고 싶을 때, 싸고 싶을 때에 맞춰 살아야 한다. 그렇게 우리는 주인공인 아기의 욕구에 충실히 따라줘야 한다. 그래서 엄마들이 아기를 우리 집 상전이라고 부르곤 하는 것이다.

육아가 행복한 이유, 아이가 행복한 이유

아이러니하게도 육아가 행복한 이유 역시 바로 여기에 있다. 엄마인 나만 아이를 주인공으로 만들어주고 나는 아이를 돌보는 조연에 불과한 것 같지만, 아이 역시 나를 주인공으로 만들어준다. 아이는 커갈수록 아빠나 할머니보다 엄마를 찾기 시작한다. 우리 엄마가 최고라고 해주고 우리 엄마가 제일 예쁘다고도 한다. 아이는 엄마가 화장 없이 부스스한 모습을 해도 예쁘다고 하고 손님 접대하기에 창피한 엄마의 요리도 맛있다고 한다. 제아무리 연예인처럼 예쁜 옆집 엄마가 있어도 내 아이가 달려와 안기는 곳은 바로 내 품이다. 아이를 키우느라 사회적 명성도, 경제력도 포기하고 나의 다양한 정체성은 희미해진 채 '그냥 나'로 지내는 게 힘들었는데, 그렇게 '그냥 나'로 키운 아이이기 때문에 아이는 아무런 타이틀이 없어도 '그냥 나'를 가장 사랑한다.

아이는 엄마가 심리학자인지 물리학자인지 아직 알지 못한다. 또 그 사실이 아이에게 그렇게 중요하지도 않다. 그냥 내 엄마니까 좋은 것이다. 우리 정체성이 자꾸 변하듯이, 물론 아이가 크면 또 이 육아는, 이 사랑은 모습을 달리할 것이다. 그때는 엄마가 뭐 하는 사람인지가 중요해질지도 모르지만, 여전히 아이에게 제일 중요한 나의 정체성은 '사랑하는 엄마'라는 사실이다.

좋은 vs. 완벽한

"좋은 딸이 되고 싶어요."

유림씨는 조심스레 말했다.

"유림씨가 말하는 좋은 딸은 어떤 딸이에요?"

이렇게 되묻자 그녀는 망설임 없이 바로 대답했다.

"우선 학점도 잘 받고 스펙도 쌓아서 취직 잘하고요. 돈 많이 벌어서 효도하는 딸이요. 또 집안일도 잘 도와드리고……."

학점으로 시작된 좋은 딸의 조건은 끝없이 이어졌다.

"음, 그건 완벽한 딸 같은데? 그걸 다 잘하면 완벽한 딸 아니에요?"

그녀는 멈칫했다.

"좋은 딸이랑 완벽한 딸이랑 뭐가 달라요?"

머뭇거리는 그녀에게 나는 종이와 펜을 내밀었다.

"바로 말하기 어려우면 여기 한번 써볼래요?"

종이 한쪽에는 좋은 딸, 다른 한쪽에는 완벽한 딸이라고 써놓고 그녀는 찬찬히 써내려갔다. 그런데 두 조건은 별 차이가 없었다.

"쓰다 보니 두 개가 같아요……."

"그러네요. 유림씨가 생각하는 좋은 딸이란 결국 완벽한 딸이었네요. 그런데 완벽한 딸이란 불가능한 거고…… 그래서 유림씨가 힘든 거고."

그녀의 눈에 눈물이 맺혔다.

"우린 완벽한 사람이 될 순 없어요. 하지만 좋은 사람은 될 수 있어요. 단점은 물론 있겠지만 유림씨는 분명 좋은 딸이에요."

이 말에 그녀는 펑펑 울었다.

좋은 딸이 되려고 평생 애썼지만 될 수 없었던 그녀는 실은 완벽한 딸이 되려고 애썼기에 힘들었던 것이다. 이런 일은 우리가 딸에서 엄마라는 역할로 넘어갈 때도 마찬가지로 일어난다. 아이를 낳고 좋은 엄마가 되어야겠다고 결심했다. 그런데 좋은 엄마란 어떤 엄마일까? 이 점에 대해서 구체적으로 고민해보지 않았으면서 아이를 키우면서 난관에 부딪힐 때마다 나는 좋은 엄마가 아니라며 자책하고 슬퍼했다. 매일 나 자신을 탓하니 육아가 즐거울 리 없었다. 나를 못난 사람으로 만드는 육아는 정말 괴로웠다.

그러던 어느 날 내가 생각하는 좋은 엄마의 조건을 한번 써봤다. 그러곤 깨달았다. 내가 꿈꾸는 좋은 엄마란 완벽한 엄마였구나! 아기가 울면 왜 우는지 알고 즉각 해결해주고, 아기가 좋아하는 음식도 탁탁 만들어낼 줄 알고 아기에게 적절한 자극을 주며 잘 놀아주는, 세상에 이런 엄마가 과연 있을까. 완벽한 엄마에 대한 허상을 내려놓고 나니 어깨가 그리 가벼울 수 없었다. 아이가 다시 보이기 시작했다. 바로 해결해야 했던 아기 울음이, 그래서 듣기 너무 괴로웠던 울음소리가 귀엽게 들렸다.

"그래, 나는 완벽한 엄마는 아니지만 좋은 엄마는 될 수 있어!"

좋은 사람의 기준이 다양하듯 좋은 엄마의 기준도 다양하다. 나에게 좋은 엄마란 여유 있는 엄마다. 비록 청소를 잘 안 해서 집은 지저분하고 반찬도 다양하게 만들어주지 못하지만 징징거리고 떼쓰는 아이를 여유를 가지고 돌봐줄 수 있는 엄마! 엄마로서 모든 걸 잘할 순 없지만 적어도 한두 가지는 잘할 수 있겠다는 생각이 들었다.

당신이 생각하는 좋은 엄마란 어떤 엄마인가? 그 기준을 자신이나 자기 주변 사람에게 강요하고 있진 않은가? 그렇게 되면 누구보다 내 자신이 힘들고 아프다. 그리고 육아가 괴로워진다.

네 유두는 편평 유두니, 함몰 유두니?

: 초보 엄마의 모유 수유 이야기

아이를 낳고 첫 한 달간은 아이에게 혼합 수유를 하면서 분유를 많이 먹이다가 점차 분유를 먹는 양이 줄고 모유를 먹는 양이 늘었다. 아이가 크면서 5~6개월 때는 자연스레 총 수유 횟수도 줄었다. 그 와중에 나는 분유를 먹이기가 귀찮아 완모를 했고 이유식은 5개월부터 시작해 만 13개월에 단유를 하고 밥만 먹였다.

나는 모유 수유 예찬론자는 아니다. 그냥 '막연히' 모유가 더 좋겠거니 생각했고 아기가 태어나면 한 6개월만 모유를 먹여야지 가볍게 생각했다. 먹이는 것도 끊는 것도 다 내 마음대로 쉽게 될 줄 알았다. 그러나 자연분만이냐 제왕 절개냐도 내 선택이 아니었듯, 모유 수유 역시 선택만으로 해결되는 문제가 아니었다.

그렇다. 육아 간접 경험이 없던 많은 예비 엄마가 그러하듯, 나는 모유 수유를 쉽게 할 수 있을 거라 생각했다. 그러나 아기를 낳고 보니 그야말로 모유 수유 전쟁이 나를 기다리고 있었다.

자연분만으로 아기를 낳고 그날 바로 젖이 돌았다. 간호사들이 깜짝 놀랄 정도였다. 유축기가 없던 병원에서는 간호사들이 "어머, 이상하다. 보통 2~3일 후에 젖이 도는데"라고만 할 뿐, 불어나는 젖을 어떻게 해야 할지 아무도 알려주지 않았다. 결국 나는 손으로 겨우겨우 짜내 젖이 불어터지는 걸 막았다. 그리고 병실에서 간호사가 수유 쿠션에 아기를 올려주고 젖 물리는 자세를 가르쳐주는데, 이건 뭐 혼자 하려니 잘 안 될 수밖에 없었다.

엄마 배 속에서 탯줄로 편하게 24시간 영양을 공급받던 아기는 젖 먹는 걸 낯설어했다. 힘도 약하고 요령도 없어 울기만 했다. 이런 아기를 보고 엄마는 쩔쩔맬 수밖에 없다. 젖이 많이 나오는데도 아기가 먹을 줄 모르니 분유를 먹이게 되는 아이러니는 여기서 시작된다.

사실 아이 낳기 전엔 다들 가슴 크기만 신경 쓰지, '내 유두가 짧네, 기네, 편평하네' 이런 건 관심조차 없다. 나도 애 낳고 나서 알았다. 그런데 모유 수유에는 그게 중요하다. 정말 애 안 낳았으면 평생 몰랐을 뻔했던 것이 너무 많았다.

조리원에서 결국 울음보가 터졌다. 나만 그런 게 아니었다. 조리원에서 많이들 운다. 젖의 양이 적어서, 젖을 잘 못 먹여서 등 모유 수유 때문에 받는 스트레스가 꽤 크다보니 눈물이 절로 나온다. 당시 내가 있던 조리원에는 둘째를 출산한 엄마가 있었는데, 그녀는 한번 경험해본지라 젖을 아주 요령 있게 잘 먹였다. 다들 그녀를 부러워했다.

산후조리원은 꼭 모유 수유 훈련원 같았다. 나는 양이 많은 덕분에 유축을 수시로 해야 했고 자주 뭉쳐서 유선염이 올까 두려운 나머지 오케타니 마사지(모유 수유 가슴 마사지)도 여러 번 받았다. (여기에 쓴 돈과 시간이 얼마인지……)

　대충, 정말 대충 모유 수유 훈련을 받고 조리원을 나온 나는 집에 와서도 젖 물리는 데 애를 먹었다. 모유를 먹으면 금방 배가 고파지는지 아기는 수유한 지 30분 만에 울고, 낮잠도 푹 못 자고 금방 깨서 수시로 울어 나는 몹시 지쳐갔다. 그때 온 산후 도우미가 계속 분유를 먹이라고 타박을 했다. 아기가 먹을 게 없다는 말에 이미 예민해져 있던 나는 상처를 받고 또 한 번 엉엉 울었다. 이때 나는 모유를 먹이라는 말에도, 분유를 먹이라는 말에도 다 상처를 받았다. 아마 산후 우울증도 있었을 테고, 육아는 내 의지만으로 되는 게 아니어서 힘들었다.

　검색의 여왕인 나는 온갖 카페는 물론 인터넷 사이트를 뒤지기 시작했다. 어떻게 하면 모유 수유를 잘할 수 있을까, 어떻게 하면 완모할 수 있을까. 완모에 대해 별 생각이 없던 내가 분위기 탓인지 호르몬 탓인지 어느새 완모에 집착하고 있었다. 서울에서 모유 수유 전문가를 부를까 생각했다가 접었다(결국 안 부르길 잘한 것 같다. 모유 수유는 돈이 아니라 시간을 필요로 한다). 아기가 모유에 적응하게 하려면 직수부터 하라는 조언에 늘 직수를 우선시하고 분유로 40~60밀리리터씩 보충해주었다.

　그러다 아기가 태어난 지 두어 달이 되면서 하루 대략 10회 수유 중 한두 차례 분유를 주고 나머지는 모유로만 먹이게 되었다. 이제 도우미도 없고, 분유 보충이 귀찮던 터에 다행히 아기도 젖 먹는 힘과 요령이 생겼다. 보통은 백일 즈음해서 엄마 젖과 젖병 둘 중 하나만 선택한다는데 우리 아이는 엄마 젖도 젖병도 다 잘 먹어주었다. 그래서 외출할 때는 분유를 주고 집에서는 모유 위주로 먹는 편한 수유를 할 수 있었다.

지나고 나서 후회되는 것 중 하나가 수유 간격에 집착한 것이다. 수유 간격을 지키려고 한 것도 나 편하자고 한 건데, 수유 간격에 집착하니 편하지가 않았다는 게 문제였다. 당시 토끼잠 전문가였던 우리 아기는 조금 먹고 조금 놀고 (진짜) 조금 자고 금방 깨서 앙앙 울곤 했다. 바로 젖을 물리자니 먹은 지 고작 한 시간에서 한 시간 반밖에 지나지 않았기에 때로는 울려가며 때로는 공갈 젖꼭지로 달래가며 때로는 놀아주며 시간을 끌곤 했다(시간 끄는 게 정말 힘들었다).

인터넷에서는 그렇게 하면 수유 간격이 늘어난다고 했다. 그런데 글쎄, 수유 간격은 아기가 크면서 자연스레 늘어나는 건데 초기에 어린 갓난아기를 데리고 수유 간격을 늘리려고 하니 나도 아기도 너무 고생스러웠다. 그런데 수유 간격을 지키지 않고 자주 주면 아기가 『베이비 위스퍼』(초보 엄마의 바이블 아닌가!)에서 말하는 '깨작이'가 될까 봐 겁이 났다. 당시 나는 '아기가 수시로 변하는 존재'인 줄 몰랐다. 또 모유 수유를 하겠다고 결심하면 초기엔 정말 수시로 물릴 걸 각오해야 하는데 나에겐 그런 정보도 각오도 없었다. 『베이비 위스퍼』가 분유 수유 위주의 정보인 것도 몰랐다. 지나고 나면 왜 그렇게 전전긍긍했을까 싶지만 그땐 그랬다. 세 살 버릇 여든까지 갈까봐 마음을 놓지 못했다. 그러나 아기의 현재 상황이 좋지 않다고 해서 두려워할 것 없다. 아기는 계속 변하니까. 6개월쯤 되니 수유 간격이 4~5시간으로 늘어나고 주변의 말대로 모유 수유가 정말 편해졌다. 물론 이때는 이유식 전쟁이 시작되었지만.

이렇게 힘들었던 모유 수유의 시작과 달리 끝은 싱거웠다. 수유 간격이 점차 늘어나면서 하루 네 번, 세 번 그리고 한 번으로 자연스럽게 횟수를 줄여나갔고(밤 수유는 9~10개월경 뗐다), 어느 날 찾지 않기에 굳이 먹이지 않고 넘어갔고 이튿날도 그렇게 넘어갔다. 그러다 셋째 날 낮잠 자고 일어난 아기가 너무 울어서 달래다 달래다 젖을 먹였고 그걸 마지막으로 더 이상 찾지 않았다. 요즘 유행한다는 '가슴에 반창고 붙이고 곰돌이 그리기' 작업을 해야 하지 않을까 생각했는데 그럴 필요가 없었다.

하루 한 번 먹을 때 아기가 먼저 찾지 않아도 내가 "아기야, 쭈쭈 먹을래?" 하면 활짝 웃으며 기어오는 아들이 무지 예뻐서 계속 먹였다. 그래서 단유할 때 엄마도 마음의 준비가 필요하다는 게 무슨 말인지 알 것 같았다. 아기가 정말 행복해하면서 젖을 먹는 모습을 이젠 못 볼 테니까. 그래서 아이가 찾으면 하루 한두 번은 계속 먹일 생각이었는데, 더 이상 찾지 않는다. 이젠 젖보다 더 맛있는 게 많은가 보다(그러나 밥은 잘 안 먹는다는 게 함정. 과일만 잘 먹는 녀석). 그래도 모유 수유를 쉽게 끝내준 아들에게 고맙다. 덕분에 감격스럽게 2년여 만에 좋아하는 와인과 맥주를 마셨다.

외출해서 선팅된 차 안에서 수유했던 기억, 수유할 곳이 마땅치 않아 수유실이 잘 갖춰져 있는 백화점만 갔던 기억, 수유하는 동안 스마트폰으로 글을 무지하게 읽었던 기억, 자다 깨서 수유하고 또 잤던 기억, 수유가리개 쓰고 수유하다 아기도 나도 땀범벅이 되었던 기억……. 이젠 다 추억이 되었다. 안녕, 모유 수유!

제발 잠 좀 자자!

내가 아이를 키우면서 제일 힘들었던 것은 '잠' 문제였다. 우리 아기는 초예민 아가로 잠을 푹 자지 못했다. 낮잠은 30~40분 잤고 밤잠은 두세 시간 간격으로 깼는데 이런 패턴이 두 돌까지 이어졌다면 믿을 수 있겠는가.(꽤 드문 경우이니 안심하시라. 대부분의 아가는 빠르면 백일, 늦어도 6개월에서 돌을 기점으로 잘 잔다.) 30분이란 시간은 내가 아기를 재우고 나와서 밥 차리고 딱 먹으려는 순간이다. 그 시간이 너무 짧아서 나는 아기를 재우고 다른 일을 할 수가 없었다. 뭘 시작해도 끝낼 수가 없는 시간이니까. 밥을 먹다가 아기가 잠에서 깨 울면 다 먹지도 못한 채 뛰어가고 청소하다가도 중단해야 하니 커다란 스트레스였다. 그래서 아기가 잘 때 나도 같이 잤다. 물론 그조차 아기 울음에 의해 중단됐지만 말이다.

출산 전에 친구의 추천으로 『베이비 위스퍼』를 읽었던 터라 아기가 자주 깬다는 것은 알고 있었다. 그러나 그에 대한 원인이나 해결책을 찾지 못하고 속수무책이었다. 그래서 다른 책도 찾아 읽었다. 정말 아기의 잠과 관련된 책이라면 절판된 책도 중고로 구해서 볼 정도였다. 책은 전부 '왜' 아기가 못 자는지에 초점을 맞추고 있었다. 집이 너무 밝아서, 목욕을 너무 일찍 혹은 늦게 해서, 낮에 너무 많이 놀아줘서 혹은 적게 놀아줘서, 방에 암막 커튼이 없어서 혹은 백색소음이 없어서, 깰 때마다 안아줘서……. 너무 많은 '왜'가 있었다. 그때 정말 미친 듯이 이유를 찾다가 정말 미칠 뻔했다. 이 '왜' 찾기가 육아를 정말 힘들게 했다. 원인을 알아내서 해결하기 위한 것이었는데 해결책은 오리무중이고 힘들기만 했다. 이걸 해줘도 저걸 해줘도 우리 아기가 수시로 깨는 걸 해결할 도리가 없었다.

밤중에 자꾸 깨는 아기를 안고 "넌 왜 이렇게 잠을 못 자는 거니?" 하면서 엉엉 운 적도 많았다. 잠을 못 자 몸이 힘드니 마치 내가 벌을 받는 기분이었다. 동화책이나 드라마 속 권선징악 구조에 익숙한 우리는 내 인생도 그렇게 되리라는 프레임을 짜곤 한다. 안 좋은 일이 닥치면 '왜 나한테 이런 일이 일어나지!' 하고 분노하는 이유도 다른 사람 해코지 한번 안 하고 나쁜 짓도 안 하고 착하게 살아서 복을 받아도 시원찮을 마당에 내게 안 좋은 일이 생겼기 때문이다. 그러나 인생은, 육아는 책에 적힌 대로 되지 않았다. 내가 잘못한 게 없어도 안 좋은 일이 생기고 잘한 게 없어도 좋은 일이 생긴다. 그리고 아기는 책에 나오는 대로 크기도 하고 그렇지 않기도 한다.

출산 전에 아기의 수면에 관한 책을 읽고 자신감이 한껏 차올랐지만 여기서 간과한 것은 내가 뛰어난 '잠 선생님'이 아니라는 점이었다. 내 실전 능력이 부족했을 수도, 인내심이 부족했을 수도 있다. 큰 소리로 '쉬닥'(『베이비 위스퍼』에서 말하는, 쉬쉬 소리를 크게 내며 도닥이는 것) 하는 것도 너무 어려웠고 아기가 울게 놔두는 것도 너무 힘들었다. 그러나 많은 엄마가 아기 수면 교육에 성공하고 있기 때문에 수면 교육이 틀렸다고 말할 수는 없다. 수면 교육에 성공하면 정말 좋다. 주변에 성공한 사람들을 보면 확실히 육아가 편해지고, 엄마의 몸 건강, 마음 건강도 지킬 수 있게 된다.

나는 인터넷에서 수면 교육 성공담을 읽고는 자괴감에 휩싸여 육아 자존감이 낮아졌다. 성공한 엄마들과 비교해 나는 아기 잠도 제대로 못 재우는 능력 없는 엄마가 되어버렸다. 하지만 육아의 다양한 영역에서 모든 것을 다 잘할 수는 없다. 혹시 나처럼 아기 잠으로 고생하는 사람이 있다면 아기 잠도 다양한 육아의 영역 중 하나로 받아들이면 좋겠다. 비록 아기가 통잠을 자도록 하지는 못해도 이유식은 잘 만들어줄 수 있고, 혹은 이유식은 못 만들어도 아기에게 동요 하나는 끝내주게 불러줄 수도 있다.

그 뒤로 나는 육아에서 '왜'를 찾으려 하지 않았다. '왜'를 찾다보니 남는 건 자책뿐이었다. 이걸 못 해줘서, 저걸 못 해줘서 우리 아기가 이런가? 결국 다 내가 육아를 못한다는 평가로 결론이 났다.

내 몸으로 낳은 자식이지만 우리는 아이에 대해 완전히 알 수는 없다. 아마 완전히 알기란 평생을 살아도 불가능한 일인지 모른다. 이제 처음 만나 조금씩 알아가는 단계에서 아이 기분이 왜 그런지, 몸 상태가 왜 그런지 아직 알 수 없다. 몇 번 같은 상황이 반복되면 차츰 아이에게 익숙해지기 마련이다. 아이와 엄마 사이에도 서로를 알아갈 충분한 시간이 필요하다.

아이는 돌이 지나면서 낮잠이 한 번으로 줄어들자 30분 자던 쪽잠이 한 시간 반 정도로 늘어났고, 밤잠은 두 돌이 지나니 거의 통잠에 가까워졌다. 대여섯 살이 됐을 땐 옆에서 갓난아기가 울어도 모를 정도로 푹 잤으니 정말 시간이 해결책이다. 몇 년에 걸쳐 살펴보니 우리 아이는 꿈을 많이 꾸고 얕은 잠을 자 수시로 깼다는 것을 알게 되었다.

나는 아기를 키우며 어려움이 닥칠 때마다 '왜 이럴까?' 하는 원인 분석보다 '지금 내가 뭘 할 수 있을까? 뭘 해줘야 좋을까?'에 초점을 맞췄다. 그러자 할 수 있는 게 많아졌다. 무력감에서 벗어나 이것저것 시도해보고 아기와 나에게 맞는 방법을 찾을 수 있었다. 육아뿐 아니라 인생에는 원인을 찾을 수 없는 일이 숱하다. 감기약을 비롯해 많은 약은 바이러스와 같은 병의 원인을 직접 없애는 해결 약이 아니라 증상을 원만히 하는 대증 치료 약이다. 원인 해결은 못해도 증상을 해결함으로써 건강한 삶을 살 수 있다. 육아도 마찬가지로 때로는 원인을 해결할 수 없거나 알 수조차 없을 때도 있다. 그럴 땐 좌절하지 말고 내가 할 수 있는 것에 초점을 맞춰보자.

[산후우울증 검사]

지난 일주일간 가장 내 마음에 가까운 것을 골라주세요. 10점 이상 나왔다면 혼자서 해결하기보다는 가까운 심리상담센터를 찾아보길 권합니다.

	0점	1점	2점	3점
1. 사물의 재미있는 면을 보고 웃을 수 있다.	예전과 똑같다	예전보다 조금 줄었다	확실히 예전보다 많이 줄었다	전혀 그렇지 않다
2. 어떤 일들을 기쁜 마음으로 기다렸다.	예전과 똑같다	예전보다 조금 줄었다	확실히 예전보다 많이 줄었다	전혀 그렇지 않다
3. 일이 잘못될 때면 내 자신을 탓했다.	전혀 그렇지 않다	그다지 그렇지 않다	그런 편이었다	거의 항상 그랬다
4. 특별한 이유 없이 불안하거나 걱정스러웠다.	전혀 그렇지 않다	거의 그렇지 않다	가끔 그랬다	자주 그랬다
5. 특별한 이유 없이 무섭거나 안절부절 못했다.	전혀 그렇지 않다	거의 그렇지 않다	가끔 그랬다	자주 그랬다
6. 요즘 들어 많은 일이 힘겹게 느껴졌다.	평소처럼 일을 잘 감당했다	대부분 일을 잘 감당했다	가끔 힘들었다	자주 힘들었다
7. 너무 불행하다고 느껴져서 잠을 잘 수 없었다.	전혀 그렇지 않다	자주 그렇진 않다	가끔 그랬다	대부분 그랬다
8. 슬프거나 비참하다고 느꼈다.	전혀 그렇지 않다	자주 그렇진 않다	가끔 그랬다	대부분 그랬다
9. 불행하다고 느껴서 울었다.	전혀 그렇지 않다	가끔 그랬다	자주 그랬다	대부분 그랬다
10. 자해하고 싶은 마음이 든 적이 있다.	전혀 그렇지 않다	거의 그렇지 않다	가끔 그랬다	자주 그랬다
총점	( )점			

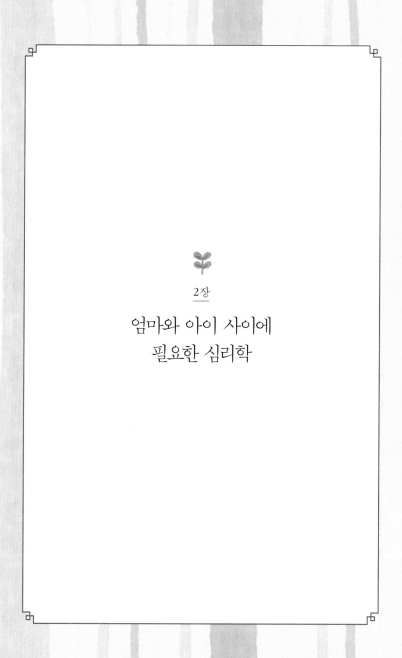

2장

엄마와 아이 사이에
필요한 심리학

배고픈 것도 아닌데 왜 우는 거지? 왜 다른 사람도 아닌 아빠와 할머니에게 낯을 가리는 거지? 안아달라 했다가 또 아니라고 했다가 왜 이렇게 변덕을 부리는 거지?

처음 아기를 낳고 키웠던 초보 엄마 시절, 나는 내 배로 낳은 사랑스럽고 귀여운 아기의 심리를 도대체 알 수 없었다. 무려 사람의 마음을 전공한 심리학자인데! 거기다 '엄마라면 아기가 왜 그러는지 다 아는 거 아냐?' 하는 남편의 기대 섞인 말이 무척 부담스러웠다. 나도 아기를 난생처음 만났는데 어떻게 아냐고! 그렇게 초보 엄마의 멘탈은 무너져갔다.

인터넷 서점과 도서관을 뒤져 수많은 육아서를 찾아 읽었지만 아이 마음은 알 수 없었다. 대부분의 책은 아이 마음에 대한 이해보다는 아기를 잘 키우려면 '이렇게 해라, 저렇게 해라' 하는 조언과 충고만 하고 있었다.

내가 사람을 이해하고 싶어 상담심리학을 공부했던 것처럼 나는 내 아기를 알고 싶고 이해하고 싶었다. 알고 싶은 아기의 마음이 대중서에서 다뤄지지 않았다면 전공 책에는 있지 않을까? 이번엔 심리학 전공 책을 뒤져 나에게 꼭 필요한 이론을 찾아냈다. 바로 대상관계 이론의 분리개별화 단계! 대상관계 이론은 1930년대에 빈에서 아동 전문 분석가로 활동한 마르가레트 말러가 만든 이론이다. 말러는 만 3세까지의 아이의 심리를 연구하고 공식화했다. 아이가 대상, 즉 상대방과 어떻게 관계를 맺는지 개월 수대로 연구한 것으로, 이름은 좀 어렵지만 대상관계 이론 중 분리개별화 단계는 우리 같은 초보 엄마들에게 딱 필요하다.

아빠에게도 낯가리는 예민한 아이

감각이 예민한 아이는 눈썰미도 남달랐는지 백일이 되기도 전에 낯가림을 시작했다. 독박 육아를 하던 나는 더 고달파졌다. 지나가던 사람과 눈만 마주쳐도 아기는 으앙 하고 울음을 터뜨렸다. 아기가 귀엽다며 유모차 안을 들여다보던 할머니, 할아버지들이 제일 원망스럽던 때였다.

아기는 처음 태어나 한 달간 정상적인 자폐 기간을 거친다. 아기는 오줌 누기, 토하기, 꿈틀대기와 같은 자신의 행동과 젖 주기, 기저귀 갈기 등 엄마가 자신에게 하는 행동을 구별하지 못한다. 자신과 엄마가 완벽하게 하나인 상태다. 심리학에서는 아기가 엄마에게서 미분화되었다고 표현한다. 내가 곧 엄마이고 세상인 셈이다.

이후 2개월에서 6개월까지 아기는 엄마와 공생관계다. 태어나서 한 달이 지날 무렵부터 어렴풋이나마 자신의 욕구를 해결해주는 다른 대상, 즉 엄마를 인식하게 된다. 아기는 긴장과 배고픔 같은 욕구를 만족시켜주는 대상에 대한 반복 경험을 통해 자기와 자기가 아닌 것을 조금씩 구별하기 시작한다. 그러나 공생이라는 말은 엄마와 나, 두 명으로 이뤄진 한 팀이 하느님처럼 전지전능하게 무엇이든 다 할 수 있다고 여긴다는 의미다.

두어 달에서 백일 즈음 되면 아기가 엄마를 보고 까르르 웃기 시작한다. 엄마를 향한 아기의 미소는 사회적인 미소로 둘 사이에 애착이 형성되었다는 단서다. 이 시기에 갓난아이가 빨리 웃는다고 기특해하는데, 나 자신도 기특하게 여기자. 내가 아기를 잘 돌봐서 애착이 잘 진행되었다는 말이니까.

6개월 무렵이 되면 아기는 기어다닐 수 있게 되면서 10개월 정도까지 분화 시기를 겪는다. 분화란 하나의 세포가 둘로 쪼개질 때 쓰는 말이다. 지금까지 아기는 엄마와 자신이 하나라고 여겼지만 기어다니기 시작하면서 하나가 아니란 것을 조금씩 인식하게 된다.

아기는 기는 능력을 통해 엄마로부터 약간 거리를 두기도 하고 뒤돌아 엄마를 확인하는 행동을 하기도 한다. 또 머리카락을 잡아당기고 안경을 가지고 가는 등 엄마의 신체를 탐색하는 일을 즐기기도 한다. 이때 머리카락을 많이 뜯겨서 긴 머리를 짧게 자르는 엄마가 수두룩하다.

안타까운 소식! 이즈음 아기의 낯가림이 시작되어 엄마의 외출은 힘들어진다. 아기는 낯선 사람이 다가오면 엄마에게 더 푹 안기거나 고개를 돌리거나 눈을 마주치지 않고 심하면 울어버린다. 낯가림이란 부모나 매일 보는 가족이 아닌 다른 사람에 대한 차별화된 반응이다. 엄마와 아기 자신의 분화가 점점 늘어나고 있다는 증거일 뿐 아니라 엄마와 타인을 구별하는 능력도 생겼다는 뜻이다. 한마디로 우리 아이가 독립이 잘되고 있고 기억력도 좋아졌다는 긍정적인 발달 신호다.

낯가림의 시기는 조금씩 개인차가 있다. 어떤 아기들은 백일을 전후해 낯을 가리기 시작하고 또 어떤 아기는 6개월이 지나도 낯을 가리지 않는다. 이는 타고난 기질과 환경의 차이다. 태어나길 예민하게 태어났거나 기억력이 좋으면 빨리 낯을 가릴 수 있고, 덜 예민하고 무던한 성격이면 천천히 낯을 가리거나 가리지 않을 수 있다. 또 엄마가 독박 육아를 하며 키우는 아기와 친인척들이 부근에 살아 수시로 많은 사람의 얼굴을 보며 사는 아기의 낯가림 시기는 다를 수밖에 없다.

기억할 것은 낯가림 시기에 좋고 나쁨은 없다는 점이다. 그냥 시기의 차이이자 기질의 차이다. 낯을 빨리 가리면, "벌써 엄마 얼굴을 잘 기억해주는구나! 고마워!" 하고, 낯을 늦게 가리거나 가리지 않으면 "엄마 편하게 외출하라고 낯을 안 가리는구나! 고마워!" 하면 된다. 우리가 그렇듯 아기들도 서로 기질과 성격이 다르고, 특별히 더 좋은 성격과 못난 성격이란 없다.

더러운 애착 인형, 버리면 안 될까

낯을 가리는 이 시기에 아기에게는 특별한 대상이 생긴다. 바로 아기는 담요나 인형 같은 것이다. 심리학자 도널드 위니콧은 이를 중간 대상이라 불렀는데, 중간 대상은 엄마와 아기 모두를 의미한다. 따라서 아기는 담요나 인형은 아기에게 엄마이자 자기 자신이므로 굉장히 중요한 물건이다. 엄마 마음대로 바꾸거나 버려선 안 된다.

아기는 중간 대상을 가짐으로써 자기 위로 능력을 발달시킬 수 있다. 처음에는 인형을 안고 만지면서 위로를 받지만 이는 점차 자기 위로 능력으로 내면화되어 나중에 아이는 엄마나 인형 없이도 스스로를 위로할 수 있게 된다. 자기 위로 능력은 건강한 마음을 갖는 데 아주 중요하다.

만화 스누피(찰스 M. 슐츠의 「Peanuts」)에 나오는 라이너스는 항상 담요를 가지고 다닌다. 이 라이너스의 담요가 바로 중간 대상의 대표적인 예다.

담요나 고무젖꼭지는 중간 내상의 가장 좋은 예나. 담요는 아이가 감싸 잡지만 아이를 감싸기도 한다. 그것은 아이에게서 온기를 얻고 또 아이에게 온기를 되돌려준다. 그것은 심지어 어떤 냄새를 갖게 되고 그 냄새를 돌려준다. 이런 냄새는 아이에게 매우 중요한데 그래서 아이는 그가 소중히 여기는 담요가 세탁되면 항의한다. 아이는 대개 자신과 어머니에 대한 그의 내적 이미지의 따뜻하고 친밀한 측면을 담요에 투사한다.2

인간은 내적인 현실, 다시 말해 자기 마음속에서 인식하고 있는 내적 세계와 자기 마음 밖의 진짜 현실 세계를 분리시키면서 동시에 계속 이어야 한다. 그래야 현실 감각을 유지하는 동시에 자기 고유의 정신세계도 가지며 세상을 살아갈 수 있다. 그런데 중간 대상은 내적인 세계와 외적 현실이 함께하는 중간 지대다. 중간 대상 외에도 중간 현상으로는 노래, 깨어 있음과 잠 중간에 있는 자장가, 밥을 먹기 전에 하는 기도나 습관적 태도 등이 있으며 이는 중간 대상과 같은 기능을 한다.

나도 토끼 인형을 미리 준비해두었다. 아기에게 친구를 만들어주려는 생각이었다. 중간 대상은 아이 생애 최초의 친구다. 언제나 내가 원하는 때 내 옆에 있고 내가 외롭거나 속상하거나 슬프거나 아플 때, 심지어 엄마가 나를 혼낼 때도 나를 위로해주는 대상이다. 현실에선 이런 친구가 없다!

사회적 상호작용 능력이 미숙한 아기들에게 벌써 또래 친구를 만들어줄 필요는 없다. 그러니 돌도 안 된 아기에게 친구를 만들어주려 애쓰지 않아도 된다. 자기 외에 첫 대상으로 엄마, 그다음에 중간 대상이 중요하다. 두 돌 이후에 친구와 같은 가족 밖에서의 사회적 상호작용이 시작된다.

그렇다면 중간 대상이 왜 중요한 걸까? 톨핀Tolpin은 중간 대상 형성이 자기 위로가 발달하는 시기에 핵심적인 역할을 한다고 했다. 중간 대상의 자기 위로 능력은 내면화되고 아이는 스스로를 위로할 수 있다. 자기 위로 능력은 다방면에서 아주 훌륭한 심리적 자원이다.

살아가면서 내가 나를 위로해야 할 때를 수없이 마주한다. 시험 성적이 나쁠 때, 친구와 싸웠을 때, 실연을 당했을 때 혹은 회사에서 실수해서 상사에게 혼난 날에도 위로가 필요하다. 가족이나 친구의 위로도 좋지만 사실 자기 자신의 위로가 제일 절실하다. 내가 나를 위로할 수 있다면, 주변 사람의 위로가 부족하거나 때론 없더라도 회복할 수 있다.

자신을 위로하는 힘이 없거나 부족한 사람은 힘들고 스트레스를 받을 때 쇼핑을 하거나 술을 마구 마시거나 게임을 하는 등 일탈에 빠진다. 그러나 쇼핑하고 술 마시는 것은 근본적인 자기 위로가 아니라 임시방편이기 때문에 아무리 쇼핑을 해도 허무해지고 대부분 허전해진 마음을 채우기 위해 또다시 쇼핑과 음주를 반복하게 된다. 자기 마음 안에 자기를 위로해주는 대상(엄마와 토끼 인형)이 내면화된 사람은 자신을 위로할 힘이 존재하기 때문에 좌절에 빠졌을 때 건강한 방법으로 자신을 위로한다. 때론 쇼핑을 하거나 술을 마실 수도 있지만 결코 거기에 깊게 빠져들진 않는다.

엄마가 중간 대상을 만들어주는 것은 당장 아기의 잠을 쉽게 재우고 투정을 쉽게 달랠 수 있는 육아 도우미를 만드는 일이며, 나아가 아기에게 엄마 말고도 또 하나의 심리적인 지지대를 마련해주는 아주 중요한 일이다.

나는 아기가 태어나기 전에 토끼 인형을 여러 개 사두었다. 잠투정이 심한 아기에게 중간 대상이 유용하게 쓰인다는 것을 알게 되었다. 모유 수유를 할 때 토끼 인형도 아기와 함께 안아서 수유하고, 아기와 놀아줄 때도 토끼 인형을 가지고 놀고 특히 잠자리에 늘 토끼 인형을 두었다. 그랬더니 8개월쯤 지나자 아기는 내가 토끼 인형을 주지 않아도 먼저 찾기 시작했다. 다 커서도 잠들기 전이나 위로가 필요할 때 토끼 귀를 만지며 위로를 받는다.

아기 스스로 중간 대상을 만드는 경우도 있다. 어떤 엄마는 아기를 재울 때 매번 자장가가 나오는 해마 인형을 사용했더니 나중에 아기가 그 인형에 애착을 갖게 되었다고 한다. 그래서 잠이 들 때는 물론 외출할 때도 해마 인형을 늘 가지고 다녔단다. 재미있는 점은 나도 아기를 재울 때 친구와 똑같은 해마 인형을 썼다는 사실이다. 그러나 아기는 중간 대상으로 해마 인형이 아닌 토끼 인형을 선택했다. 이처럼 중간 대상은 엄마의 노력과 아기의 선택으로 최종 결정된다. 아기가 크면 클수록 최종 선택은 언제나 아이의 몫이다. 그것이 엄마나 아기 모두에게 편하다.

이렇듯 엄마가 별다른 노력을 하지 않아도 아기 혼자서 중간 대상을 만들기도 하는데, 그 대상이 젖꼭지나 젖병같이 뭔가 떼야만 하는 물건일 때도 있다. 유난히 고무젖꼭지나 젖병에 애착을 갖고 떼기 어려워하는 아기들이 있다. 그 아기들은 다른 아기들보다 구강기 욕구가 더 많은 것일 수도 있고 고무젖꼭지나 젖병을 중간 대상으로 삼은 것일 수도 있다. 그래서 12~18개월이 지나 구강기적 욕구가 더 이상 없는데도 젖병이나 고무젖꼭지에 애착이 형성되어 떼기를 어려워한다. 이제 이러한 물건은 구강기적 욕구를 충족시켜주는 것 이상의 역할을 하고 아기에게 큰 의미를 갖게 된다.

그러나 젖병이나 고무젖꼭지를 늦게 뗄 경우, 구강 건강에 문제가 발생하거나 주변의 오지랖이 심해지기도 한다. 인형이나 담요, 장난감은 시간이 지남에 따라 자연스레 아기가 그 물건을 찾지 않게 될 때까지 놔둘 수 있는 물건이다. 그러나 젖병이나 젖꼭지는 그렇지 않다. 부모가 괜찮다 해도 주변에서 떼라고 성화인 까닭에 엄마가 스트레스를 받을 수 있다. 나는 무엇이든 아기에게 애착물이 생기는 것에 찬성한다. 그러나 아직 애착물이 없다면 굳이 나중에 스트레스가 될 만한 물건이 애착물이 되지 않도록 하자는 것이다.

따라서 엄마가 중간 대상이 될 만한 인형, 작은 담요, 수건 등 보드라운 감촉을 가진 물건을 두세 개 골라 아기 주변에 꾸준히 둬보자. 아기가 잘 때, 놀 때, 울 때 등 항상 아기 옆에 두는 것. 그렇게 제공된 후보 중 아기는 자신이 제일 좋아하는 대상을 스스로 중간 대상으로 고른다.

중간 대상은 되도록 관리가 쉬운 것이면 좋다. 아기를 키우는 엄마라면 청결과 위생을 신경 쓰지 않을 수 없으니 세탁하기 좋은 깃이 좋다. 아기의 가장 친한 친구인 토끼 인형은 망에 넣어 세탁기에 돌리는데 탈수해서 말리면 정말 빨리 마른다는 장점이 있었다. 마르는 데 오래 걸린다면 아이가 젖은 채 사용하려고 들 수 있으니 애착 인형 세탁도 아기가 밤잠을 잘 때 하는 게 좋다.

　중간 대상은 되도록 외출할 때는 가지고 다니지 않도록 하는 게 좋다. 외출할 때 데리고 나가면 더러워질 뿐 아니라 잃어버릴 경우 큰 문제가 발생한다. 아기가 어릴수록 잃어버렸다는 개념을 이해하지 못한 채 울며불며 내놓으라고 한다. 우리 아이도 외출할 때 토끼를 함께 데려가고 싶어했으나 "토끼는 집에서 기다리는 거야"라는 말을 반복해서 했더니 집에 두고 가는 걸 당연시하게 되었다. 그러나 말을 듣지 않는 아기도 있을 것이다. 키즈 카페나 병원에 가보면 애착 인형을 가지고 다니는 아기가 참 많다. 이런 경우 엄마가 잘 챙기는 수밖에 없다.

　나는 토끼 인형 덕을 많이 봤다. 아기가 자다 자주 깼는데 이때 토끼 인형만 안겨주면 다시 잠들었다. 그리고 아기가 넘어지거나 떼를 쓰다 울 때도 토끼 인형을 안겨주면 금세 진정되었다. 그리고 토끼를 의인화해서 아기에게 "치카 해야 해" "손 잘 씻어야 해" "난 야채가 좋아. 골고루 먹어야 해" 등과 같은 교육을 시키기도 했다. 이렇게 중간 대상은 당장 육아 도우미로서도 한몫해낸다. 독박 육아에 지친 우리를 위한 도우미! 또 훗날 아기가 다 커서 더 이상 토끼 인형을 찾지 않게 된다 해도, 토끼는 따스한 기억으로 자리 잡아 마음속 지지대 역할을 해줄 것이다.

마의 181818개월

18개월 전후의 아기를 키우는 엄마들 사이엔 이런 농담이 있다. 1818! 욕이 나온다고 해서 18개월이라고. 아기가 18개월이 되면 떼쓰기가 시작되어 내 새끼지만 욕이 나올 정도로 힘들다는 뜻이다.

우리 아이도 그랬다. 16개월부터 떼가 슬슬 늘더니 18개월을 기점으로 폭발했다. 자기가 하고 싶은 걸 못 하게 하면 엄마 아빠를 때리기까지 했다. 물론 이럴 때 단호하게 "엄마 아빠를 때리면 못써!" "때리는 건 안 돼!" 하고 혼냈다. 그럼 아기는 때리지는 않지만 눈치 보거나 더 크게 앙앙 울거나 했다.

아기는 엄마가 없어도 아빠랑 잘 놀고 밥도 잘 먹었는데 18개월에는 달라졌다. 밥 먹여주는 것도 엄마가, 안아주는 것도 "엄마가! 엄마가!" 다 하라고 했다. 심지어 내가 잠시 화장실이라도 가면 대성통곡하며 화장실 문을 두드렸다. 물론 밖에는 아빠가 있었다.

정말 이상했다. 이런 애가 아니었는데, 내가 뭘 잘못한 걸까, 애가 원래 성격이 나쁜 건가. 뭔가 안 좋은 일이 생기면 엄마 탓 아니면 아기 탓으로 생각하기 쉽다. 그러나 이는 아기가 자라면서 보이는 지극히 정상적인 발달 상황이다. 대상관계 이론에서는 이 시기를 분리개별화 및 재접근 단계라고 설명한다.

10~16개월: 연습

대부분의 아기가 이 시기에 걸음마를 시작한다. 똑바로 서서 걷는 능력을 가진 아기는 자기 능력에 도취되어 자기애가 최고조에 이른다. 또한 아기는 엄마로부터 과감하게 떨어져 이곳저곳을 탐색할 수 있게 된다. 때때로 풀이나 벌레에 정신이 팔려 엄마를 잊은 듯하지만 주기적으로 심리적 안전 기지인 엄마에게 돌아와서 물리적·감정적으로 접촉하고 재충전을 한다. 이 시기에 아기는 까꿍 놀이와 술래잡기를 통해 엄마와의 분화를 연습한다. 까꿍 놀이는 엄마가 사라져도 다시 나타난다는 사실을 알려주면서 아이를 안심시키는 연습이고, 술래잡기는 잡힘으로써 엄마와 융합되지만 다시 달아남으로써 자율성을 얻는 연습으로 둘 다 아기에게 많이 해주면 좋다.

16~24개월: 재접근기, 마의 18개월

이 시기 아기들은 자신의 약함과 엄마에 대한 의존을 새롭게 인식하게 된다. 이처럼 전능감이 하락하고 의존감이 상승하면서 아기는 다시 엄마에게 돌아온다. 이 과정에서 아기는 더 많은 분리불안을 경험한다.

　아기는 걸음마처럼 새롭게 익힌 기술과 경험을 엄마와 공유하고자 한다. 그러나 동시에 아기는 자율성을 지키고 싶어한다. 그래서 엄마에게 "아니"라고 자꾸 말함으로써 자율성을 방어한다. 떼를 쓰는 것이 곧 자신을 방어하는 행동이다.

엄마와 아기 사이의 갈등은 여기서 비롯된다. 자율성은 지키고 싶고 또 엄마는 더욱 필요로 하고. 아기 스스로 갈등이 생긴다. 그래서 엄마에게 안기려 했다가 엄마가 안아주려 하면 도망가는 행동을 반복하기도 한다.

그리고 아기는 자기가 원하는 것을 엄마가 항상 원하는 건 아니라는 사실을 드디어 깨닫는다. 자신에게 늘 따뜻한 줄만 알았던 엄마가 따뜻할 수도, 그렇지 않을 수도 있다는 것도 알게 된다. 분리불안, 자기 존재의 작음, 전능감 상실 등을 깨닫게 되면서 아기는 무력한 분노와 무력감의 폭발을 경험하고 이로 인해 엄청난 투정을 부린다.

재접근기에 아기는 엄마나 타인을 전적으로 좋은 사람이라 생각했다가 다시 전적으로 나쁜 사람이라 여긴다. 엄마나 타인이 좋은 대상인지 나쁜 대상인지는 어떤 순간에 자신과 어떻게 상호작용하는가에 달려 있는데, 즉 그 순간 자기에게 잘해주면 완전히 좋은 사람이었다가 다른 순간 자기를 혼내면 완전히 나쁜 사람이 된다. 이는 전적으로 아기의 기분과 상황에 따라 변하며, 그 둘은 아기에게 다른 사람이다. 대상의 통합이 아직 이뤄지지 않은 것이다.

아기는 의존감과 자율성 사이에서의 갈등으로 엄마에게 도움을 요구하는 동시에 거절한다. 이 시기에 아기를 안아주는 타이밍이 중요한데 엄마인 내 기준이 아니라 아기가 원할 때로 맞춰야 한다. 아기가 울고불고해도 안기는 것을 거부하면 안아주지 않아도 된다. 아기가 원하지 않을 때 안으면 아기의 자율성을 침해하게 되고 아기가 원할 때 안아주지 않으면 아기에게 불안감을 준다. 필요할 때 엄마가 자기 곁에 있어야 하지만 자기를 통제해선 안 된다. 그래서 엄마는 아기를 거부하거나 방치하지 않으면서도 분리와 자율성을 지지해줘야 한다. '참 어쩌란 말이니'라는 속내가 저절로 입 밖으로 나오는 시기다.

이 시기의 육아는 정말 어렵다. 그래서 아빠의 역할이 중요하다. 엄마와 아기 둘 다에게 관심을 갖고 때로는 둘 사이에 개입해 아기의 독립과 성장을 도와야 한다. 이 시기는 모두가 어렵다. 우리 집뿐 아니라 다른 집도 다 똑같다. 시기의 차이가 있을 뿐이다. 조금만 더 버티면 대상항상성이 생겨 아기가 진정되는 때가 찾아온다.

24~36개월 이후: 대상항상성

대상항상성은 대상, 즉 엄마가 곁에 있든 없든 그리고 엄마가 자신의 욕구를 충족시켜주든 그렇지 않든 엄마에 대한 일관된 긍정적 상(이미지)을 갖는 것이다. 드디어 아기 마음속의 갈등이 해결되고 있다. 오랜 시간에 걸쳐 경험이 쌓이고 쌓여 엄마의 좋고 나쁜 측면들이 통합되어 아기는 하나의 엄마 상을 만든다.

아기가 좋은 엄마 상을 만들려면 아기에게 충분히 따뜻한 경험이 있어야 한다. 그래야 힘들고 좌절되는 상황에 압도되지 않고 따뜻했던 경험을 떠올릴 능력, 즉 대상항상성이 생긴다. 내가 넘어져서 아팠을 때 엄마가 안아서 달래준 기억, 잠들기 싫고 무서워서 울었을 때 엄마가 불러준 자장가, 그 따뜻했던 기억으로 아기는 자신을 위로하는 마음속의 엄마를 가질 수 있다. 그리고 시간 인지와 만족 지연 능력이 함께 발달하면서 대상항상성도 함께 발달해간다. 그래서 우리는 좋은 점과 나쁜 점을 모두 갖춘 다른 사람들과도 좋은 관계를 맺으며 살아갈 수 있는 것이다.

　분리개별화 및 재접근 단계는 엄마에 대한 좋은 상과 나쁜 상을 통합하는 과정이다. 이 통합이 잘 이뤄지지 못하면 나중에 타인을 아주 좋거나 아주 나쁘거나 하는 식으로 극단적인 느낌을 갖고 대할 수 있다. 아기가 "엄마, 엄마" 부를 땐 기꺼이 달려가주고 "내가! 내가!"를 외칠 땐 내버려두면 된다. 비록 그것이 1분 만에 바뀔지라도.

쪼매난 거, 이거 혼내야 해, 말아야 해?

: 만 2세 아이 훈육법

어린 아기를 두고 훈육하지 말라는 의견이 있다. 훈육에 대한 정의는 저마다 다르다. 나는 훈육보다는 아이에게 가이드라인을 주자는 입장이다. 위험하다든지 건강에 좋지 않다든지 엄마를 힘들게 한다든지 하는 다양한 이유로 아기에게 하지 말아야 할 것은 꼭 알려줘야 한다. 가이드라인이라니 거창해 보이지만 사실 단순하다. 해도 되는 것과 해선 안 되는 것을 알려주고 구분하기. 그러나 이를 알려주는 과정에서 아기는 떼를 쓰고 울고불고 엄마와 갈등을 일으킨다. 이때 가이드라인을 주고 지키도록 해야 한다. 당장은 힘들지만 그래야 나중에 나도 편해지고 아이도 편해진다.

세상의 법칙을 이제 하나씩 배워가는 아기에게 나쁜 습관은 쉽게 생긴다. 모르고 한 행동이 습관이 되기도 하고 엄마가 강화해줘서 습관으로 자리 잡기도 한다. 어떤 것이든 아기나 주변 사람들에게 해가 된다면 꼭 고쳐줘야 한다.

우리 첫째는 돌 무렵 놀다가 엄마 아빠를 무는 버릇이 있었다. 희한하게 둘째도 비슷한 시기에 이런 행동을 했다. 물론 아기들은 자신이 엄마 아빠를 아프게 한다는 걸 전혀 모른다. 그러니 혼낼 필요는 없다. 하지만 자신의 행동이 타인을 아프게 한다는 것과 다시는 해서는 안 될 행동이라는 것은 꼭 알려줘야 한다. 지금 알려주지 않으면 습관이 되어 어린이집이나 유치원에 가서 친구들 혹은 선생님과의 관계도 안 좋아질 것이다.

그렇다면 언제 어떻게 알려주는 게 좋을까? 바로 물린 그 순간, 반복적으로 알려줘야 한다. 우리 아기는 엄마 아빠랑 즐겁게 놀다가 까르르 웃으며 엄마에게 안겨선 엄마 어깨를 물곤 했다. 보통 이것은 아기가 몹시 즐거운 나머지 흥분해서 하는 행동이다.

아기가 어깨를 무는 순간 과장되게 아! 소리를 지른 후 다음과 같이 이야기했다.

"아가야! 이렇게 물면 안 돼! 엄마가 아파!"

"놀 때는 물지 말고 놀자~"

짧고 굵게, 그리고 단호한 어투로 말하고는 놀이로 되돌아갔다. 이때 지나치게 상냥하거나 다정하게 말하지 않아야 한다. 돌 무렵 아기는 아직 말문이 트이기 전이라 말을 못한다. 그렇기 때문에 아기는 말보다는 엄마의 행동으로 알아듣는다. 엄마가 웃으면서 부드럽게 말하면 설사 그 말이 "안 돼"라고 해도 아기에게는 '해도 된다'는 뜻이고, 엄마가 무서운 표정으로 단호하게 말하면 '하면 안 된다'는 뜻이다. 말보다는 행동으로 아기에게 훈육을 해야 한다는 것으로, 결국 아직 말을 못하는 아기와의 대화에서는 비언어적 단서가 중요하다는 말이다.

비언어 단서cues는 언어 메시지가 심각한 것인지, 위협적인 것인지, 또는 농담인지 여부를 구별해준다. 그리고 비언어 커뮤니케이션은 인간 커뮤니케이션 과정의 일부로서 주고받은 메시지의 많은 부분을 이룬다. 사실 두 사람 사이의 커뮤니케이션 중 약 30퍼센트만이 언어에 의한 것이라고 한다. 특히 외국인과의 대화나 국제 비즈니스 수행 과정에서는 많은 것을 비언어 단서에 의존하게 된다.3

우리가 키우는 아기들은 외국인이나 다름없다. 아기에게는 어른의 말, 규칙, 생활양식 등 모든 것이 낯설다. 성인들 사이에서도 비언어 단서가 대화의 70퍼센트를 차지한다고 하는데 말을 못하는 아기와의 대화는 90퍼센트쯤 되지 않을까.

물자마자 단호하게 이야기했으니 다음부터 아기의 무는 습관이 고쳐졌을까? 그럴 리가! 어른도 행동 교정이 한 번에 이뤄지지 않는데 아기가 될 리 없다. 그러니 우리 아기는 정상이다. 어느 날 놀다가 흥분해선 또 아빠 어깨를 물었다. 사전에 나와 말을 맞춘 남편도 똑같이 짧지만 단호하게 말했다. 그리고 다시 놀아주었다.

자, 그럼 이제는 아기의 행동이 변했을까? 노! 아직 아기 뇌는 자라는 중이기 때문에 엄마가 무엇 때문에 자기를 혼냈는지 알지 못한다. 물고 혼나는 과정을 열 번 백 번 반복해야 자신의 무는 행동과 엄마의 혼내는 행동이 연결되면서 하지 말아야 한다는 것을 깨닫는다. 나쁜 습관은 그렇게 없어진다. 단호하게 혼내되 고쳐질 때까지 천천히 기다려줘야 한다.

떼쓰는 아이 대하는 법

16개월부터 시작된 아이의 재접근 단계(재분리불안)가 잠시 소강상태를 보이는 듯하더니 만 18개월을 지나면서 정점을 찍었다. 얼마 전에 시작된 감기 때문인 것도 같지만 모든 것을 감기 탓으로 돌리기에는 너무 심했다. 어느 주말, 떼가 정말 극에 달했다. 아이는 금요일 저녁부터 뭔가 마음에 안 들면 바로 바닥에 드러누운 채 고성을 지르며 울었다. 때와 장소를 가리지 않은 것은 물론이다. 공원에서도 드러눕고 박물관에서도 드러눕고, 집에서는 여러 번 드러눕고. 이틀 동안 한 열 번쯤 드러누운 것 같다.

아기가 드러눕는 이유는 다양했다. 하루는 자전거를 타고 공원에 놀러 갔는데(물론 아이가 자전거를 타고 싶대서) 그 공원에서 다른 아이가 공놀이를 하고 있었다. 그걸 본 아이는 자전거는 내팽개치고 "공, 공" 하고 울부짖기 시작했다. 나는 아빠랑 아이를 공원에 남겨두고 부랴부랴 집으로 공을 가지러 갔는데 그동안 엄마 오라고, 또 공을 달라고 드러누웠다고 한다.

그런데 막상 공을 주니 처음에만 좋아하고 또 내팽개치고 울기 시작했다. 자기가 원하는 공이 아니었던 건지(집에 공이 여러 개 있다), 이때는 이유를 알 수 없어서 빠방 타러 가자며 겨우 달랬다. 이유가 분명할 때는 그 원인을 해결해줌으로써 아기를 달랬다. 이유를 알 수 없을 때는 아기가 좋아하는 다른 것으로 주의를 전환하기도 한다.

그러나 이유를 알 수 없고 주의 전환도 안 될 때, 이유가 없거나(괜한 심통) 이유를 알아도 해줘선 안 될 때(수로 위험한 것)는 해결해주시 않는다. 일부러 안 해주는 게 아니라 해결해줄 수 없으니까.

엄마가 뭔가를 해주지 않으니 더 심통난 아기는 마구 울어댄다. 그럼 울게 둔다. 그렇다고 아기를 방치하는 것은 아니다. 아기가 어떻게 얼마나 우는지 주시하고 있으니까. 이때 어설프게 안아주려 했다간 오히려 떼와 울음을 더 부추기기 때문에(경험담으로 안아주려 해도 본인이 싫다고 한다) 그냥 울게 둔다.

그러다 아기가 어느 정도 울고 나서 감정이 해소된 것 같으면 "엄마가 안아줄까?" 하고 물어본다. 그러면 아기는 안아달라며 팔을 뻗는다. 그럼 바로 안고 달래준다. 물론 안아줄까 물어봤을 때 거절하면(싫다고 더 앙앙 울어댄다) 조금 더 기다린다. 아기의 화가 덜 풀린 것이다. 이렇게 우는 아기를 방치하는 게 아니라 아기가 울고 나서 진정되길 기다린다.

또 아기는 울면서 엄마 아빠를 때리거나 발로 차거나 할 때가 있는데 이럴 땐 울음이 그치길 기다리지 말고 바로 팔을 꽉 잡고는 단호하게 안 된다고 이야기한다. "엄마 아빠 때리면 안 돼! 아무리 화가 나도 때리는 거 아니야!"

이때 하지 않으려고 애써야 할 것은 바로 '화내기' 혹은 '감정적으로 대하기'다. 하지 않으려 애를 쓴다는 건 사실 나도 그렇게 하기 쉽지 않다는 말이다. 애가 정말 말도 안 되게 떼쓰며 우는 것이 정작 아무렇지 않을 때도 있지만 화가 날 때도 있다. 내가 힘들 때, 피곤하거나 지쳐 있을 때는 쉽게 화가 난다. 그러면 '아이에게 화내도 소용없다.' 소용없는 짓 하지 말자'를 백만 번 되뇐다. 진짜 어금니 꽉 깨물고 되뇐 적이 많다. 어떤 날은 나도 욱해서 아기 엉덩이라도 한 대 때려야 속이 풀릴 것만 같다. 하지만 '내가 애를 때리면서 애보고 남을 때리지 말라고 가르칠 순 없으니 참자'며 꾹꾹 누른다.

떼쓰며 우는 아기 대하기의 핵심은 아이의 감정에 내가 휘둘리지 않는 것이다. 아이의 감정은 아이의 감정이고 내 감정은 내 감정이다. 딱 붙어 지내는 사이에 영향을 안 받기란 쉽지 않지만 그래도 엄마는 어른이다. 영향은 받지만 휘둘리지 않을 수 있다. 아이가 나한테 화내는 게 아니다, 아이는 지금 사리분별을 못하니까 저러는구나 하고 받아들이면 아이의 감정과 내 감정을 분리할 수 있다. 그 이후의 세세한 방법은 엄마마다 아기마다 다를 것이다.

이렇게 아기 감정에 엄마 마음이 휘둘리지 않으면 떼쓰며 우는 아기를 '침착하게' 대할 수 있다. 내 마음이 흔들리지 않으면 안 되는 건 안 된다고 하는 단호함도 지킬 수 있다. 소리 질러서 아기 울음을 잠재우고 싶은 욕망도 진정시킬 수 있다(엄마가 소리 질러봤자 아기는 더 운다). 그렇게 되면 내가 오냐오냐 키우는 건 아닐까 하는 걱정도 사라지고, 또 내가 아기에게 너무 소리 지른 건 아닐까 하는 죄책감도 생기지 않는다.

육아가 어렵다고 느껴질 때 그에 맞는 육아 해결법을 찾기보다는 내가 아기를 어떻게 대해야 할까, 즉 아기를 대하는 구체적인 행동을 고민해보자. 해결법을 찾기 위해서 육아서를 뒤지고 전문가를 찾아가고, 최악의 경우 정작 아기는 뒷전인 채 돈만 쓰게 될 수도 있다. 하지만 '아기를 어떻게 대할까'를 고민하면 내 아기에게 더 집중할 수 있다. 또 엄마인 내가 할 수 있는 게 생긴다. 나도 이 글을 쓰면서 깨달았다. 육아의 핵심은 특정 기질의 엄마와 아기가 만나 '엄마가 아기를 어떻게 대하느냐'에 있다는 것을.

"미안해" "잘못했어요"라는 표현을 잘 못하는 아이

두 아들을 키우는 동생이 이런 고민을 털어놨다. 유치원생인 첫째 아이가 쑥스러움을 많이 타고 말수가 적어 표현을 잘 못한단다. 그래서 아빠에게 혼날 때가 있는데 아빠는 아이가 "잘못했어요"라는 말을 할 때까지 혼내고 자존심에 상처를 입은 아이는 입을 다물어버리고 아빠는 이것 때문에 더 화가 나고……. 아빠와 아이 중간에서 입장이 난처하다는 것이다.

타고나길 쑥스러움이 많고 표현을 잘 못하는 아이들은 친구에게 '미안해'라든지 '잘못했어'와 같은 표현을 잘 못한다. 자존심이 센 아이라면 더욱 그럴 수 있다.

하지만 이런 표현들은 살아가면서 대인 관계에 윤활유가 되어주는 아주 중요한 역할을 한다. 때론 실수하고 잘못해도 "미안해" 하고 사과하고, "잘못했어" 하고 인정하면 관계를 계속 잘 이어나갈 수 있다.

당장 나만 해도 아이가 혼나고 나서 "잘못했어요. 다신 안 그럴게요" 하고 싹싹 빌면 마음이 금방 누그러진다. 그래서 엄마들은 아이가 그런 표현들을 잘했으면 하고 바라게 된다. 이 바람이 잘못된 것은 아니다. 그러나 그런 바람이 지나쳐 '잘못했어요'라는 말이 아이 입에서 나올 때까지 계속 혼내는 경우가 있다. 누가 이기나 보자 하는 심정으로 그 말을 꼭 들으려 한다. 이른바 아이와 기 싸움을 하게 되는 것이다.

기 싸움은 결국 부모만 손해 보는 일이다. 아이에게 그 말을 못 들으면 내 권위를 잃게 되고, 그 말을 기어이 듣더라도 아이에겐 상처만 남는다. 그렇다면 어느 쪽이든 결국 부모 손해 아닐까? 따라서 아이에게 '죄송해요' '잘못했어요'라는 말을 꼭 들으려 하기보다는 지금 내 훈육의 목적이 무엇인지 다시 생각해보자. 아이의 위험한 행동을 제지하려고 했나? 그렇다면 제지한 것에 만족하자. 혹은 아이의 버릇없는 행동을 잡아주고 싶었나? 그렇다면 나무란 것에 만족하자.

그렇다고 표현을 잘 못하는 혹은 안 하는 아이를 그대로 내버려두란 뜻은 아니다. 언어 표현도 습관이기 때문에 부모와의 관계에서 그런 표현을 계속 해볼 수 있도록 도와줘야 한다. 첫 번째로 역할 놀이를 통해서 연습해볼 수 있다. 집에서 엄마 아빠와 함께 장난감이나 인형으로 역할 놀이를 하면서 이런 표현들을 적절히 사용하게 한다. 예를 들어 폴리 구조대 놀이에 흠뻑 빠진 아기와 역할 놀이를 하면서 슬쩍 자동차끼리 쾅 부딪친다. 그때 "어, 부딪쳐서 미안해. 괜찮아?" 하고 물어본다. 한창 말을 잘 따라 하는 때라 자신도 비슷한 상황이 되었을 때 이를 따라 한다. 마무리는 "괜찮아. 사이좋게 지내자"로 한다. 역할 놀이에서 이런 표현들을 반복하면 아이는 이를 자기 언어로 내면화한다.

두 번째로 부모-자식 관계에서 연습해볼 수 있다. 아이와 놀다가 아이가 알고 했든 모르고 했든 엄마를 아프게 했을 때 "네가 이렇게 해서 엄마 아파"라고 말한다. 대개 아기들도 자신이 잘못한 걸 알고 울먹인다(때론 울어버리기도 한다). 그런 아기를 도닥이며 "이럴 땐 울지 말고 '잘못했어요' 하고 말하는 거야"라고 여러 번 반복해서 알려준다.

이때 아이에게 공감해준다고 "그래, 네가 미안해서 우는구나" 등 아이의 감정을 앞지르는 말은 하지 말자. 아이가 미안해서 우는지, 어쩔 줄 몰라서 우는지 혹은 무안해서 우는지 알 수 없을뿐더러 엄마가 자꾸 자신의 감정보다 앞질러 표현하면 아이는 더더욱 표현을 안 하게 된다.

또 집 밖에는 집에서처럼 아이의 마음을 앞질러 공감해주는 사람이 없다. 집에서는 공감만 받던 아이가 밖에 나가서 공감을 받지 못하면 당황하지 않을까? 그러니 아이가 정말 속상해할 때는 공감이 제 역할을 하지만 아이가 잘못했을 때는 어떻게 행동해야 할지 가이드를 주는 게 좋다. 앞으로 어떻게 행동하면 될지 알면 아이도 마음이 편해진다.

물론 우리 아이도 쑥스러워하고 말을 무척 잘하는 데 비해 이런 표현을 금세 따라 하지는 않는다. 나 역시 그 자리에서 꼭 그런 말을 들으려 하진 않는다. 그러면 엄마도 지치고 아기도 지친다. '백 번 들으면 한 번은 말하겠지' 하는 심정으로 자꾸 이야기해준다.

세 번째로 부부 관계에서 연습해볼 수 있다. 다른 게 아니라 아이 앞에서 부모가 이런 표현을 자주 쓰자는 얘기다. 아이들은 어른을 많이 모방하기 때문에 일상생활에서 부모의 태도를 자기 눈에 각인시켜서 배운다. 이렇게 배운 것은 자전거 타는 법처럼 몸으로 익힌 것이라 잘 잊지 않게 된다. 정작 '미안해' '고마워' '사랑해' 같은 표현을 잘 안 쓰면서 아이가 표현을 잘하길 바란다는 건 참 아이러니하다.

'미안해' '잘못했어요'와 같은 말을 잘 못하는 아이는 이런 표현을 잘할 수 있게끔 도와주되, 그 표현이 내면화되어 밖으로 나올 때까지 기다려주자.

다른 것도 마찬가지지만 아이는 가족 관계에서 대인 관계를 연습해 사회로 나아가게 된다. 그러니 부모는 아이에게 '편하고 안정적인 연습장'이 되어주어야 한다.

아이를 혼내고 나면 왜 죄책감이 들까?

: 혼내는 것과 화내는 것

아이가 크면서 혼내는 일이 많아진다. 많은 육아서에서 만 3세까지 혼내지 말라고 하기 때문에 꾹꾹 참았다가 아이가 유치원생 정도 되면 엄마들도 큰 부담을 갖지 않고 혼을 낸다. 그런데 아이를 혼내고 나면 죄책감에 시달린다. 아이가 잘못을 했거나 위험한 일을 하려 했다면 당연히 아이가 그런 일을 반복하지 않도록 혼내는 게 맞다. 그런데 왜 옳은 행동을 한 엄마들이 죄책감에 시달리는 걸까.

그것은 혼내는 것과 화내는 것을 동시에 하기 때문이다. 아이가 잘못을 하면 엄마는 화가 나기 쉽다. 누구를 때리고 오면 '왜 남을 때렸을까' '나는 그렇게 안 가르쳤는데' '남들이 우리 아이를, 나를 뭐라고 생각할까' 하는 여러 생각과 함께 수치심, 분노, 억울함 등 복잡한 감정들이 올라온다. 그래서 잘못한 행동에 대해서 혼을 내다가 아이에게 그런 감정들을 쏟아내기 쉽다. 더군다나 아이는 나보다 약해도 한참 약한 존재이기에 화가 삐죽삐죽 쉽게 올라오고 밖으로 표현된다. 엄마 역시 인간이기에 약자에게 강한 모습을 보일 때가 있는데, 바로 이런 경우다.

하지만 아이가 잘못을 하고 실수를 한 건 당신을 화나게 하려는 것도, 당신을 창피하게 하려는 것도 아니다. 그저 자기의 본능과 의지에 충실했을 뿐이다. 별 의도 없이 그냥 '하고 싶어서' 했거나 역시 '모르고' 한 실수다.

따라서 아이가 하고 싶어서 했을 경우에는 '하고 싶다고 무조건 다 해도 되는 건 아니'라고 알려주고, 모르고 했을 때는 '이제는 알았으니 하지 말라'고 일러주면 된다. 짧고 굵게 주의를 주는 게 좋다.

그러니 아이의 행동 때문에 화가 난다고 여기지 말자. 내 마음속에 삐죽삐죽 올라와 있는 마음의 상처가 아이의 행동과 우연히 맞아떨어져서 아프게 느껴진 것뿐이다. 남편과 사이가 안 좋을 때, 내 부모로부터 받은 상처가 내 아이의 모습과 겹쳐 보일 때, 회사에서 받은 스트레스가 클 때, 내가 피곤하거나 건강이 좋지 않을 때 아이에게 화가 나기 쉽다.

나 또한 완벽하지 않은 인간이다. 나도 모르게 그릇을 깨기도 하고 중요한 일을 깜빡하기도 한다. 아직 자라고 있는 아이는 더하다. 아이를 혼낼 땐 기억하자. 혼내는 것과 화내는 것을 분리하기! 혼만 내자. 내 상처나 감정은 쏟아내지 말자.

무엇보다 부모는 아이를 완벽하게 만들어주는 사람이 아니다. 그저 아이에게 좋은 방향을 가르쳐주는 사람일 뿐이다. 낯선 곳으로 여행 갔을 때 우리를 안내해주는 가이드처럼 부모는 아이의 인생이라는 여행에 친절한 가이드가 되어야 한다. 만약 낯선 여행지의 가이드가 화를 낸다면 우리 마음이 어떨까? 낯선 곳이라 어쩔 수 없이 따르지만 속마음은 그 사람 말을 따르고 싶지 않을 것이다.

처음 화를 낼 땐 아이가 부모를 두려워해서 말을 잘 들을 수도 있다. 하지만 결과적으로 엄마의 화에 아이도 화(적극공격)로 응답하거나 침묵(수동공격)으로 응답할 뿐이다. 사람은 자기를 좋아하는, 그리고 자기가 좋아하는 사람의 말을 잘 듣는다. 그러나 누구도 자기에게 화내는 사람을 좋아하진 않는다. 아무리 부모라 하더라도 말이다.

아이에게 자꾸 화내는 엄마, 분노 조절 장애일까?

아이에게 자꾸 화내는 나, 뭐가 문제일까? 핵심은 내가 화가 나 있다는 것이다. 그것도 아주 많이. 이미 화가 나 있는 사람은 지나가던 사람이 모르고 툭 치기만 해도 크게 화를 낸다. 그렇게 화가 많이 난 상태라면 당연히 분노 조절이 안 된다.

그럼 이 많은 화는 어디서 온 걸까? 남편이 집안일을 안 도와줘서 화가 났을까? 아이가 편식해서 화가 났을까? 아니다. 조절이 안 될 정도의 화라면 어린 시절에서 비롯됐을 확률이 높다. 내 부모님이 나를 화나게 했을 확률이 높다.

그러나 우리는 여러 이유로 부모님께 화를 내면 안 된다고 여긴다. 한국의 전통적인 효 문화 때문이기도 하지만 무엇보다 자신의 생존에 절대적인 영향을 미치는 부모에게 아기는 화를 낼 수가 없다. 성인이 되어 이제 부모가 내 생존에 그리 큰 영향을 미치지 않게 되었음에도 우리는 부모님에게 화를 내지 못한다. 성인이 되었지만 나는 여전히 부모님의 사랑을 갈구하고 있고 또 커보니 부모님이 안쓰러워 보이기도 한다. 게다가 우리는 효도해야 좋은 사람인 문화에서 살고 있다. 부모님이 원망스럽고 부모님에게 섭섭하다가도 또 부모님을 사랑하고 안쓰러워하는 양가감정 때문에 혼란에 빠지기도 한다.

그렇다면 나는 왜 아이에게 화를 낼까? 아이가 심리적인 약자이기 때문이다. 냉정하게 말하면 나는 아이의 사랑 없이 살 수 있다. 하지만 아이는 내 사랑 없이는 살 수 없다. 아이는 부모의 사랑 없이는 적절하게 발달하지 못한다. 생존의 문제다.

우리는 본능적으로 그걸 알고 있다. 그래서 화내도 된다고 여긴다. 엄마도 인간인지라 치사하다. 그래서 화를 낼 수 없는 상대나 화내기 어려운 상대인 부모님, 남편, 친구, 이웃집 아이 엄마에게는 화가 나더라도 잘 표현하지 못한다. 하지만 내 아이는 만만하다. 내가 화를 '내도 되는' 대상이다. 아이 때문에 화가 난다기보다 내가 화내도 되는 대상이기에 아이에게 화가 나는 것이다.

아이에 대한 분노를 조절하고 싶다면 내 화가 어디에서 왔는지 추적해보자. 혼자서 글로, 그림으로 표현해보자. 혼자 하기 힘들다면 상담 센터를 찾아가도 좋다.

미술치료 작업이나 상담 작업을 통해 그 화를 '안전하게' 표현해야 한다. 게슈탈트 심리치료에서는 빈 의자 기법을 써서 '빈 의자'에 나를 화나게 하는 상대가 앉아 있다고 생각하고 그에게 하고 싶은 말을 직접 해보라고 한다. 이렇게 간접적으로 말을 하고 글로 쓰고 표현하는 것만으로도 화가 많이 풀린다.

결국 내 화가 남편과 아이를 향한 게 아니라 어린 시절의 경험으로 부터 비롯됐다는 걸 알고 나면 남편과 아이에게 많이 미안해진다. 그리고 미안해야만 한다. 이 악순환의 고리를 끊을 수 있는 사람은 나밖에 없으니까.

화가 잘 나는 엄마 마음

당위성이 높은 사람은 쉽게 화를 낸다. 당위성에 대한 기대가 좌절되어 분노가 발생하기 때문이다. 당위성이란 영어로 'should' 'must'이다. 반드시, 반드시 해야만 하는 것. 예를 들어 '나는 아이의 모든 이야기를 친절히 다 들어주는 좋은 엄마가 되어야만 해' '아이는 나한테 말대답하면 절대 안 돼' '집에 오면 바로 손을 씻어야 해'와 같은 명제다. 심리학 용어로는 강박이라 할 수 있다.

그런데 살다보면 나라에서 만든 법이나 규칙도 안 지킬 때가 있는데 내가 마음속에서 혼자 정한 규칙을 늘 지킬 수 있을까? 당연히 안 될 때가 많다. 그럴 때마다 화를 내면 나는 화를 잘 내는 엄마가 된다.

그렇다면 언제 당위성이 높아질까? 무엇인가 두려울 때다. 특히 자신의 소망이 이뤄지지 않을까봐 두려울 때 자신과 아이를 규칙으로 옭아맨다. 규칙과 소망은 서로 관련이 없는데 규칙을 잘 지키면 소망이 이뤄질 거라 착각한다.

당연히 삶은 그렇지 않다. 규칙을 지켜도 내 소망이 이뤄지지 않을 수 있고 또 규칙을 지키지 않아도 소망이 이뤄질 수 있다. 강박적인 규칙은 사실 소망을 이루는 데 아무 역할도 하지 않는다. 그러니 나와 아이에게 융통성을 주자. 그러면 화가 덜 난다.

좋은 엄마가 되고 싶은데(소망) 어느 날 아이가 지나치게 질문을 해대서 아이의 질문에 자상하게 대답해줘야 한다는 규칙을 못 지켰다(규칙의 좌절). 그래서 내가 좋은 엄마가 되지 못했나?(소망의 좌절) 그래서 아이가 질문하는 게 싫어졌나?(분노) 혹은 남편이 도와주지 않아서(남편이 규칙을 깨트림) 내가 좋은 엄마가 되지 못했나?(소망의 좌절) 그래서 화가 났을까?(비효율적인 행동 양식)

소망 → 소망이 이뤄지지 않을까 하는 두려움 → 강박적인 규칙을 만듦 → 규칙의 좌절 → 소망의 좌절 → 분노 → 비효율적인 패턴의 반복

좋은 엄마가 되지 못했다는 기대가 좌절되어 화를 낸다면 결국 좋은 엄마는커녕 화내는 엄마가 되어버린다. 그럴 바엔 차라리 좋은 엄마가 되려고 애쓰지 말고 화내지 않는 엄마가 되는 게 낫다. 아이에게 화를 내고 싶지 않다면 내가 가진 규칙, '반드시' 리스트를 알아야 한다. 마음속에 막연히 가지고 있던 규칙을 구체적으로 써보자. 의외로 내가 많은 규칙으로 가득 차 있었고 또 그걸 아이에게 적용했다는 사실을 느낄 수 있을 것이다.

[나만의 반드시 리스트]

1. 나는 반드시 아이를 _____ 키워야만 해

2. 나는 반드시 _____ 한 엄마여야 해

3. 나는 반드시 _____ 한 아내여야 해

4. 남편은 반드시 _____ 한 남편이어야만 해

5. 남편은 반드시 _____ 한 아빠여야만 해

6. 아이는 반드시 _____ 하게 자라야 해

[참고] 수동공격

상담실에서 한 엄마는 아이가 대답을 하지 않아서 화가 난다고 하소연했다. 단순히 아이가 대답을 안 해서 화가 나는 게 아니다. 엄마가 화나는 이유는 아이의 심리적 공격을 받았기 때문이다. 바로 수동공격이다.

수동공격이란 다른 사람에 대한 공격적인 감정을 직접적으로 표현하지 않고 간접적인 행동으로 표현함으로써 자신의 불만, 적개심, 분노 등을 처리하는 것을 말한다. 수동공격을 받으면 엄마로서 자존심이 상해 화가 더 끓어오를 수 있다.

얼마 전 EBS 다큐멘터리를 보니 아빠가 너무 싫어서 아빠가 원하는 '공부 잘하기'를 거부하는 학생 이야기가 나왔다. 이처럼 상대방이 원하는 것을 알지만 해주지 않는 것이 대표적인 수동공격이다. 예를 들어 엄마가 아이에게 뭘 하라고 시켰는데 대답하지 않고 꾸물거리는 행동을 많이 한다든지, 꾸물거리지 않더라도 제대로 해내지 않는다든지 하는 것도 수동공격이다. 또한 회사나 모임에서 일을 맡을 땐 아무 말 없이 받아놓고선 막상 일을 시작하면 갑자기 아프다거나 다른 일이 생겼다는 핑계를 대며 일을 방해하는 방법으로 자신이 이 일을 하기 싫다는 감정을 간접적으로 표현하는 것도 수동공격이다.

그렇다면 화나고 하기 싫은데 왜 직접적으로 표현하지 못할까? 수동공격은 직접적인 공격보다 안전한 방법이다. 얄미운 상대방을 은근하고 간접적으로 기분 나쁘게 만들 수 있으니 안전하면서 동시에 분풀이도 된다. 따라서 가벼운 수준의 수동공격은 누구나 하고 있다.

직접적으로 화를 내거나 상대방의 부탁을 바로 거절하기란 우리 모두에게 어렵다. 거기다 상대방보다 심리적 권력이 낮은 경우(엄마-아이, 직장 상사-부하 직원, 선생님-학생)에는 더 그렇다. 이런 경우 수동공격이 두드러지게 나타난다. 한편 의존적인 성격을 지닌 사람에게도 수동공격이 많이 나타난다. 나서서 일을 처리하기는 싫고 내 일도 타인이 알아서 해주길 바라는 의존적인 마음이 크지만 표현을 하지 못한다. 그래서 자기 뜻대로 일이 되지 않을 때 수동적인 방법으로 일을 방해한다.

어떻게 보면 대답하지 않거나, 꾸물대거나 하는 수동공격은 굉장히 사소한 행동일 수 있다. 그러나 수동공격이 반복되면 상대방에게 짜증을 불러일으키고 짜증이 쌓이면 관계가 좋아질 리 없다.

수동공격을 하는 아이, 왜 그러는 걸까? 아이는 뭔가에 화가 나 있거나 부모와 의견이 다른데 그것을 표현할 수 없는 분위기일 때 수동공격을 한다. 권위적인 가정에서 번번이 자신의 의견을 묵살당한 아이가 수동공격성 성격으로 자랄 가능성도 높다. 혹시 요즘 우리 가족 분위기가 화목하지 않은지, 아이가 주장할 때마다 번번이 거절한 건 아닌지, 나도 모르게 부모의 권위를 앞세운 건 아닌지, 아이의 가치관보다 나의 가치관을 기준으로 살기를 원하는 건 아닌지 돌아봐야 한다.

특히 아이의 수동공격이 반복되어 성격으로 고착되지 않게 주의해야 한다. 수동공격이 성격으로 고착된 사람은 겉으로는 수동적이고 조용한 태도를 취하지만, 속으로는 상대방을 교묘하게 공격할 준비를 하고 있다. 상대방 역시 방어적으로만 대하고 적대감을 느끼게 되니 인간관계가 좋을 수가 없다. 인간관계가 좋지 않다면 행복할 수 없는 건 당연하다.

그렇다면 수동공격을 하는 아이, 어떻게 해야 할까? 수동공격은 심리적 약자가 강자에게 쓰는 공격이다. 아이가 수동공격을 하고 있다는 것 자체가 엄마인 내가 강자이고 아이가 약자라는 반증이다. 따라서 강자인 내가 포용력을 가져야 한다. 아이의 주장을 억압하지 않고 정말로 존중하며 들어주는(단지 경청할 뿐 아니라 아이의 뜻대로 하게 해주는) 자세가 필요하다. 아이가 대답을 안 한다고 "넌 왜 대답을 안 하니!" 소리 지르지 말고 대답을 안 하는 행동 뒤에는 하기 싫어하는 마음이 있다는 것을 그때그때 생각해주면 좋을 것이다.

물론 하기 싫지만 해야 하는 경우에는 아이가 그 일을 하게끔 강요할 수도 있겠지만, 이때도 마음을 헤아려준다.

"네가 하기 싫은 모양이네. 그래도 해야 하는 걸 어떡하니."

"하고 싶지 않아도 해줬으면 좋겠어."

때로는 나도 남편과 아이에게 수동공격을 하고 있지는 않은지 돌아보자. 부부간에 수동공격이 반복되면 부부 싸움을 반복적으로 하는 것과 마찬가지로 사이를 망가뜨릴 수 있다.

수동공격은 간접적인 공격이기 때문에 당장은 내가 나쁜 사람이 되지 않으면서도 나의 화, 언짢음, 짜증, 분노 등 부정적인 정서를 표현할 수 있는 '좋은 방법'으로 여겨진다. 하지만 수동공격은 분명 상대방에게도 부정적인 감정을 불러일으키는 '공격'이며 반복될 경우 직접적인 공격만큼 파괴력이 커 결국 대인 관계를 해친다.

우리 아이가 불안 애착일까

요즘 텔레비전에서 애착 실험이 많이 다뤄지다보니 엄마들이 애착 문제를 많이 걱정한다. 어린이집 앞에서 엄마와 헤어질 때 아이가 너무 많이 울거나 혹은 반대로 아예 울지 않고 신나게 어린이집으로 들어가도 '나랑 애착 형성이 잘못되었나?'라고 생각한다. 우선 대다수의 아이는 애착에 문제가 없고 한창 자라는 시기인 만큼 애착은 얼마든지 변할 수 있다. 지금 애착 관계가 좋다고 해서 평생 좋은 것도 아니다. 불안정한 성인 애착 문제도 친구나 애인 등 좋은 관계를 통해 충분히 개선될 수 있다.

애착은 주 양육자와 아이 간의 신뢰를 바탕으로 한다. 이때 주 양육자가 꼭 엄마 한 명일 필요는 없다. 아빠, 할머니, 베이비시터, 어린이집 선생님도 엄마와 같이 주 양육자가 될 수 있다. 애착 문제는 한두 번이 아니라 반복적으로 아이의 요구를 들어주지 않을 때 발생한다. 심리학적 문제는 언제나 비중에 달려 있다.

또한 부모의 미숙한 육아로 혹은 아기의 타고난 발달상 문제로 인해 애착 문제가 생기기도 한다. 아기가 너무 까다로운 기질이거나 발달이 느려서 애착 형성에 어려움을 겪을 수도 있다. 모든 문제의 원인이 엄마에게만 있는 것은 아니라는 말이다. 애착 형성에는 다양한 요인이 영향을 미치니 만약 내 아이에게 애착 문제가 있다면 두루두루 살펴봐야 한다.

걱정되는 아이의 사회성

요즘 왕따, 학교 폭력 등의 문제가 빈번하게 발생하다보니 많은 부모가 아이의 사회성을 걱정한다. 대인 관계가 좋기를 바라다보면 당연히 뒤따르는 걱정이다. 아이들에게는 친구가 공부보다 더 중요하다. 청소년 상담 센터나 대학 상담 센터에 찾아오는 학생들이 호소하는 주된 문제가 진로나 학업일 것이라는 예상과 달리, 실제로 대인 관계가 가장 많다. 한 보도에 따르면, 지난해 청소년들은 주로 대인 관계 어려움 (20퍼센트)을 가장 큰 고민으로 호소했다.[4] 대인 관계는 한 사람의 행복, 안녕과도 직결되는 문제이므로 중요하다. 아이나 어른이나 대인 관계가 편안해야 행복하다.

그런데 아이의 첫 사회생활은 어린이집도 유치원도 동네 놀이터도 아닌 바로 엄마와 아빠다. '사회'라는 말이 주는 뉘앙스 때문인지 단체 생활이 사회생활이라고만 생각하고, 어린이집, 유치원에서의 생활은 신경을 많이 쓰는 반면 정작 집에서의 생활은 어떤지 의식적으로 생각하는 부모는 많지 않다.

심리학적 관점에서 아이의 첫 사회생활은 바로 엄마, 아빠다. 부모는 첫 번째 타인이다. 따라서 아이의 사회성은 엄마, 아빠와의 관계에서 발달된다. 엄마와 아빠가 자신을 어떻게 대하느냐를 보고 아이는 자기 자신을 대하며, 그것이 가족 밖의 타인에게까지 확장되어 아이는 자신이 어떤 사람인지 결정한다.

아이의 사회성 발달이 걱정될 때는 내가 아이를 어떻게 대하는지를 한번 돌아보자. 그런데 내 태도는 어떻게 볼 수 있을까? 육아서를 읽고 생각을 하는 것만으로는 내가 어떤 엄마인지 정확히 알 수 없다. 텔레비전 프로그램 「우리 아이가 달라졌어요」에 나오는 것처럼 동영상을 찍거나 녹음을 해보자.

「우리 아이가 달라졌어요」에는 다양한 문제가 나오지만 해결책을 찾는 과정에서 늘 효과가 좋은 것은 다름 아닌 CCTV다. 생각만으로 스스로를 성찰하기는 어렵지만 녹화를 해서 보면 쉽고 확실하게 자신의 모습을 볼 수 있다. '나는 아이와 잘 놀아주는 엄마다'라고 이야기하는 엄마를 동영상으로 찍고 보니 아이와의 모든 놀이는 늘 엄마의 주도로 이뤄졌고, 아이의 의견은 늘 무시되어 아이가 스트레스를 받았다는 사례가 있다.

녹음이나 동영상을 통해서도 자기 점검이 힘들다면 상담을 받아보는 것도 좋은 방법이다. 내가 일했던 건강가정지원센터에서는 아이들이 사회성 문제로 놀이치료를 받을 때 부모도 함께 상담을 받곤 했다. 물론 부모와 함께 받을 때의 결과가 말할 것도 없이 더 효과적이다.

정리하자면 다음과 같다.

1. 아이의 첫 사회생활은 엄마와 아빠다. 그러니 사회생활을 걱정할 게 아니라 아이와 부모의 관계를 늘 고민해야 한다.

2. 엄마, 아빠와의 관계가 잘 형성되면 단체 생활에서의 사회생활은 크게 걱정하지 않아도 된다. 설사 단체 생활에서 문제가 발생하더라도 부모와의 관계가 좋은 아이는 회복 또한 빠르다.

3. 아이가 단체 생활에서 문제가 생기면 아이의 놀이치료나 미술치료를 고려하면서(아이가 받은 고통이나 스트레스 등은 엄마 혼자서 해소하기 힘드니 전문가의 도움을 받자) 내가 아이를 대하는 태도를 점검해보자(내 태도 역시 전문가의 도움을 받을 수도 있다).

어린이집 가기 싫어 vs. 제발 좀 가자
: 어린이집의 모든 것

맘카페에 주기적으로, 잊을 만하면 올라오는 질문이 있다. '몇 개월부터 어린이집에 보내도 될까요?' 사연을 읽어보면 질문자는 대부분 전업주부다. 당장 아이를 어린이집에 보내야만 하는 건 아닌데 육아가 힘들다보니 어린이집의 도움을 받고 싶은 마음이 들 때, 이런 질문을 올리곤 한다. 워킹맘들은 복직에 맞춰 베이비시터를 구하든지 진작 어린이집에 보내기 때문에 이런 질문을 하지 않는다.

그런데 정 힘들면 어린이집에 보내면 될 텐데, 왜 이런 질문을 할까? 정말 몰라서 하는 걸까? 아마도 3세 신화에서 이 질문이 비롯된 듯하다. 많은 심리학자나 교육자가 만 3세까지 엄마가 아이를 직접 키워야 한다고 주장하고 있다. 존 볼비의 애착 이론을 근거로 '엄마가' '직접' 아이를 키우는 게 좋다고 이야기한다.

이 때문에 아이가 세 살이 될 때까지는 엄마가 직접 키우는 게 맞는 것 같은데, 너무 힘드니까 이런 문의를 하는 것이다. 솔직히 그 전에 보내도 괜찮다는 의견이 듣고 싶은 거다.

육아는 세 살까지만 중요한 게 아니다. 오히려 어떤 면에서는 세 살 이후가 더 중요하기도 하다. 인간의 발달 순서에 따라 중요한 지점이 달라지기 때문이다. 처음에는 신체 발달이 우선 나타났다가 점점 정서 발달, 인지 발달이 중요해진다. 아기가 태어난 직후에는 잘 먹여서 잘 크는 게 중요하고, 걸음마를 시작하는 한 살엔 다리 근육 발달이, 말문이 트이는 두 살엔 언어 발달이 중요하다. 세 살이 되면 자율성, 주도성 등의 구체적인 정서 발달이 중요해진다. 초등학교에 들어가는 학령기엔 당연히 학습 능력의 발달, 인지 발달이 중요하고 사춘기가 되면 정체성 발달, 사회성 발달이 중요해진다. 그래서 육아는 언제까지가 제일 중요하다고 말할 수 없다. 그때그때 중요한 것이 달라질 뿐이다.

그리고 왜 엄마 혼자서 아이를 봐야만 꼭 엄마가 직접 키운 것이 될까? 왜 이 사회는 육아에 관한 모든 책임을 엄마에게만 지우는 걸까? 낮 시간 동안 아이를 어린이집에 맡기든, 할머니에게 맡기든, 베이비시터에게 맡기든 그건 엄마가 육아에서 다른 이의 도움을 받는 것일 뿐, 결국 주도적으로 아이를 키우는 사람은 엄마다. 나는 이런 상황을 어린이집과 '함께', 할머니와 '함께', 베이비시터와 '함께' 아이를 키우는 것이라고 생각한다. 엄마가 아이를 시골에 맡기고 얼마 동안 찾아가지 않았다든지, 할머니나 베이비시터에게 육아 주도권을 넘겨줬다든지 하는 경우가 엄마가 직접 키우지 않은 사례다.

그런데 3세 이전에 어린이집과 '함께', 할머니와 '함께', 베이비시터와 '함께' 키우면 과연 우리 아이는 잘못될까? 마침 뉴스에 다음과 같은 연구가 소개된 적이 있다.

> "세 살까지는 엄마가 키워야 한다?" … '3세 신화' 근거 없다
>
> 일하는 엄마들의 마음을 불편하게 하는 이른바 3세 신화는 근거가 희
> 박한 것으로 분석됐습니다. 3세 신화는 아이가 세 살이 될 때까지는
> 탁아소나 보육 시설에 맡기지 말고 엄마가 돌봐주는 게 좋다는 기성관
> 념을 가리키는 말입니다.5

보도에 따르면 아이 발달에는 엄마의 마음 건강, 부부 사이, 보육원
의 질(좋은 어린이집을 말하는 것일 테다) 등의 영향이 크다고 한다. 나
는 엄마의 마음 건강에 밑줄을 쫙 치고 싶다. 엄마의 마음이 편하지
않으면 부부 사이는 당연히 좋지 않을 것이다. 그러니 아이 맡기고 일
할 엄마는 일하고, 쉬고 싶은 엄마는 좀 쉬고 기관에 보내지 않고 키
우고 싶은 엄마는 보내지 말고, 모든 엄마가 자기 하고픈 대로 혹은
자기 상황에 맞게 육아를 했으면 좋겠다.

바운서니 장난감이니 온갖 육아 용품이 나날이 발전하고, 키즈 카
페 등 아이들이랑 갈 곳이 아무리 많이 생겨도 육아가 편해지기는커
녕 여전히 힘든 이유는 이러나저러나 말이 많은 완벽한 모성에 대한
과도한 사회적 요구 때문이다.

부모님 세대에겐 미안한 이야기지만, 예전 엄마들보다 요즘 엄마들
이 더 힘들지도 모른다. 과거에는 대가족 제도 아래 할머니, 할아버지,
고모, 이모, 삼촌들이 근처에 살며 다 같이 육아를 도왔다. 아니면 옆

집, 앞집 문 열어놓고 같이 아이를 키우는 공동체 문화가 있었다. 하지만 요즘은 각 가정에서 문 닫고 나 홀로 아이를 키우는 실정이다.

그래서 요즘 엄마들은 혼자 아기를 보느라 아파도 병원 한번 가기 쉽지 않다. 나 역시 그랬다. 병원에 가면 아기가 하도 보채고 울어서 나는 아무리 아파도 병원에 가지를 못했다. 아이를 울려가며 진료받을 자신이 없었다. 정말 심하게 아프면 남편이 점심시간에 잠깐 나오거나 일찍 퇴근해서 아기를 보고 나는 병원에 가서 약을 타오곤 했다.

또한 인터넷이 있기 전에는 몰랐던 육아 정보가 너무 많이 쏟아져 오히려 엄마들을 힘들게 한다. 예전엔 자존감이니 엄마표 영어니 하는 것들을 모르고 키워도 괜찮았다. 그런 거 몰라도 잘만 컸다는 게 아니라 그땐 다 같이 몰랐고 그래서 다 같이 신경 쓰지 않고 키웠다는 말이다.

육아엔 정답이 없는데 전문가들은 자꾸 3세 신화 같은 주장을 내놓아 엄마들을 힘들게 한다. 혹시 내가 틀릴까봐, 내 아이가 잘못 클까봐 걱정하고, 나의 상황과 너의 상황은 너무 다른데 다 같길 바란다. 그러니 엄마들끼리는 서로 한편이 되었으면 좋겠다. 아이를 일찍 기관에 보내든 일곱 살까지 끼고 키우든 학교를 보내든 홈스쿨링을 하든 엄마들끼리 이러쿵저러쿵하지 말았으면 좋겠다.

"사회성을 위해 어린이집 일찍 보내는 내가 맞아."

"애착을 위해 어린이집 일찍 보내는 건 틀린 거야."

이런 논쟁보다는,

"어린이집 일찍 보내는 나도 맞고, 어린이집 안 보내는 너도 맞다."

이렇게 하자.

어린이집을 선택하는 기준

매월 3월이면 많은 아이가 첫날을 맞이한다. 어린이집에서의 첫날, 유치원에서의 첫날, 학교에서의 첫날. 첫날을 앞두고 엄마도 아이도 긴장한다. 나는 두 아이를 키우는 동안 여러 번 이사를 해야 했기에 총네 군데의 어린이집을 겪었다. 그러다보니 어린이집을 선택하는 나만의 기준이 생겼다.

첫째 아이를 어린이집에 보낼 때는 아이사랑 보육 포털[6]로 어린이집 입소를 신청하는 시스템이 아니었다. 입소를 원하는 어린이집에 찾아가 원장님과 상담을 하고 손으로 대기 명단을 작성하는 식이었다. 우리 동네에 어떤 어린이집이 있는지 인터넷 검색도 힘든 시절이었다. 아기를 안고 직접 돌아다니며 어린이집 간판을 보고 어린이집 이름과 전화번호를 메모해서 상담 전화를 걸곤 했다. 그리고 각종 정보에 대해 일일이 물어봐야 했다.

둘째를 어린이집에 보낼 때는 보육 포털에서 많은 정보를 제공해주고 있었다. 그래서 집 주변 어린이집 검색도, 상담 가기 전 사전 조사도 미리 하고 갈 수 있었다.

보육 포털에 들어가 내가 사는 동네에 있는 어린이집을 검색해본다. 어린이집 선택 기준 중 하나는 집과의 거리다. 근접성은 아주 중요하다. 어린아이를 데리고 비가 오나 눈이 오나 매일 두 번씩 왔다 갔다 해야 하므로 집에서 가장 가까운 어린이집 위주로 살폈다. 아이도 나도 매일이 편해야 한다고 생각한다. 보육 포털을 통해 어린이집 세 곳에 대기를 걸어둘 수 있다. 대기를 걸어놓은 날짜가 빠를수록 유리하지만 최종적으로 엄마가 일을 하는지, 영유아 형제자매가 있는지 등의 조건에 따라 점수가 가산되기 때문에 대기가 빠르다고 꼭 우선적으로 입소가 이루어지는 건 아니다. 그래도 대기가 느린 것보다는 빠른 게 나으니 마음에 드는 곳이 있으면 입소 희망 날짜를 쓰고 대기에 올려놓도록 하자.

보육 포털에서 우리가 눈여겨볼 정보는 어린이집 입소 대기자 수, 반별 아동 수 및 교사 수, 현 기관 근속 연수, 건물 소유 형태다. 대기자가 많다는 것은 그만큼 동네에서 인기 있는 어린이집이라는 뜻이고 교사 수가 많다는 것은 아무래도 아이를 돌볼 인력이 여유 있다는 뜻이다. 원장 선생님이 0세 담임이나 조리사를 겸하는 경우가 많은데 이왕이면 겸하지 않는 것이 좋다. 하지만 원장이 0세 담임을 겸해도 조리사, 보조 교사 등이 있다면 인력에 여유가 있으니 괜찮다고 본다.

교사의 근속 연수도 중요하다. 아무래도 직장 내 대우가 열악하면 퇴사율이 높다. 아이와 하루를 보내는 사람은 원장이 아니라 담임이다. 그런데 월급이 박하거나 근무 환경이 좋지 않다면 당연히 우리 아이에게 잘해주기 힘들 것이다. 내가 대학을 졸업하고 구직할 때도 구인 사이트에 공고를 자주 올리는 회사는 피하라고 들었다.

그리고 의외로 놓치기 쉬운 점이 건물 소유 형태다. 월세냐 전세냐 자가냐. 다른 조건이 동일하다면 당연히 자가가 좋다. 공간을 임대해서 어린이집을 운영하는 경우 경제적 부담이 있을뿐더러, 집주인이 기간을 연장해주지 않아 본의 아니게 어린이집을 폐업하는 경우도 있다.

보육 포털에서 이 정도로 살펴봤으면 직접 상담하러 가보자. 오전은 어린이집이 가장 바쁜 시간이니 점심 먹고 1~3시 사이 아이들이 낮잠 잘 때 약속을 정하고 상담하러 가는 것이 좋다. 불쑥 찾아가는 것은 실례다. 그리고 상담을 하러 갈 때 아이를 데리고 갈 것을 추천한다. 물론 아이와 함께 가면 상담에 집중하기 힘들 수도 있지만 여러 상황을 살펴볼 수 있다. 첫째로 우리 아이가 그 어린이집을 어떻게 받아들이는지 볼 수 있다. 엄마와 함께 가도 특정 장소를 좋아하지 않는 경우가 있다. 아이가 느끼기에 불편하거나 무서운 느낌이 든다면 싫어할 수 있다. 둘째로 어린이집 교사가 우리 아이를 어떻게 대하는지 볼 수 있는 좋은 기회다. 엄마 앞이니 우리 아이한테 다 잘할 것 같지만 꼭 그렇지는 않다. 선생님마다 묘하게 다른 뉘앙스와 태도를 보이니 직접 관찰할 것을 추천한다. 대개 어린이집 상담은 아이들 낮잠 시간인 1~3시나 많은 아이가 집으로 돌아간 4~5시 이후에 원장 선생님과 진행된다. 이때 미리 요청하면 내 아이의 담임교사도 만나볼 수 있다.

어린이집을 방문하면 시설을 둘러보자. 우리 아이가 매일 활동할 곳이니 청결해야 한다. 화장실이나 교구 등의 청결 상태를 살펴보면 알 수 있다.

또한 원장 선생님에게 다음과 같은 질문을 할 수 있다.

- 어린이집 문 여는 시간과 닫는 시간은 어떻게 되나요?
- 가장 빨리 등원하는 아이, 가장 늦게 하원하는 아이의 등·하원 시간은 어떻게 되나요?
- 중요한 먹거리, 식자재는 어디서 받아서 사용하나요?
- 식단표는 어디에서 받아서 하나요?
- 우리 아이가 낮잠을 안 잔다면 어떻게 해주시나요?
- 특별활동 프로그램에는 어떤 것이 있나요? 비용은 어떻게 되나요?
- 매달 행사(생일파티 등)로는 어떤 것이 있나요? 엄마는 무엇을 준비해야 하나요?
- 공연 관람, 소풍 등은 얼마나 자주 가나요?

그리고 어린이집 네 곳을 보내면서 알게 된 나만의 어린이집 선택 꿀팁은 이렇다. 첫째, 등·하원 시간에 어린이집을 가보자. 그리고 날씨가 좋은 날에 어린이집 부근 놀이터를 가보자. 서너 번 이상 가보길 권한다. 그때 만나는 아이들의 표정과 목소리가 많은 것을 말해준다. 실제로 나는 아이의 첫 어린이집을 선택할 때 괜히 등·하원 시간에 그 주변을 얼쩡거리곤 했다. 아이들을 반기는 선생님의 목소리와 태도, 엄마에게 전달 사항을 전하는 선생님의 목소리와 태도를 충분히 볼 수 있었다.

그리고 동네 놀이터에서 어린이집 선생님과 아이들을 만나면 유심히 관찰했다. 어린이집마다 확실히 분위기가 달랐다. 개인적으로 나는 다소 높은 톤의 따뜻한 말투로 이야기하는 선생님을 선호한다. 오버

톤이라 해도 엄마 앞에서조차 다운되어 있다면 엄마가 없을 때는 어떨까 생각하니까 이런 결론이 나왔다. 그렇게 관찰한 곳 중 마음에 드는 데를 점찍어놓고 상담을 갔다.

둘째, 상담을 가는 계절에 따라 에어컨이나 난방 가동 여부를 잘 살펴보자. 선생님의 옷차림을 보면 알 수 있다. 겨울에 교사가 실내에서 조끼 등 옷을 껴입고 있다면 당연히 난방을 아끼는 곳이다. 가벼운 차림이라면 난방을 잘 해주는 곳이다.

엄마마다 상황이 다르고 아이마다 기질과 성격이 다르기 때문에 여러 기준 중에서 어떤 것을 우선순위로 둘지 스스로 한번 고민해보자. 나는 가까운 곳을 선호했지만 가까운 어린이집이 마음에 들지 않아 다소 거리가 멀어도 다른 조건이 좋은 어린이집을 선호하는 엄마도 있다.

나는 일을 하다보니 워킹맘이 많은 어린이집을 선호한다. 내가 보냈던 네 곳의 어린이집 중 워킹맘이 많은 어린이집인 A와 D는 아이를 오래 맡아주는 것을 당연하게 여겼다. 반면 B 어린이집은 노골적으로 아이를 빨리 데려가라고 요구했다.

"어머니, 아이가 어머니를 자꾸 기다려요. 빨리 데려가는 게 정서에 좋을 것 같아요."

이런 어린이집이 낮에 아이를 잘 보살펴줄까? 그러나 워킹맘이 많았던 A와 D 어린이집 원장 선생님들은 남다른 배려를 보였다.

"어머니, 운동도 다니시고 쉬기도 하시고 편하게 일 보고 오세요. 저희가 잘 볼게요. 늦게 오셔도 됩니다."

"어머니 마음 놓고 일 보세요. 아이는 친구들과 잘 놀고 있어요."

언제나 나를 안심시켜줄 뿐 아니라 실제로 아이도 즐겁게 지냈다. 그러나 이런 곳은 역시나 인기가 많아 들어가기 쉽지는 않다.

또 아이가 어린이집을 다니는 1~4세까지는 아이의 외부 활동이 부담스러웠다. 아이를 믿고 맡긴 후 마음 편히 일해야 하는데 혹시 아이를 잃어버리기라도 하면, 사고라도 나면 어쩌나 싶어 불안했다. 그래서 공연 관람이나 소풍이 많은 곳은 제외했다. 대신 어린이집 앞 놀이터를 자주 가는 곳을 선택했다. 이런 나와 달리 실내 활동을 갑갑하게 느끼는 활발한 아이를 키우는 엄마는 외부 활동이 많은 어린이집을 선택했다. 이처럼 엄마와 아이의 성향에 따라 선택의 기준은 달라진다. 역시나 정답은 없는 셈이다.

이렇게 해서 최선을 다해 선택했다면 어린이집을 믿고 아이를 보내자. 이제 아이를 나와 함께 키워주는 든든한 지원군이 생긴 셈이다. 친정, 시댁이 다 멀어 육아 지원 하나 없었던 나는 어린이집 덕분에 일도 다시 할 수 있었고 어린이집 덕분에 아이 둘을 잘 키웠다(지금도 어린이집 덕을 보며 잘 키우는 중이다). 늘 어린이집과 선생님들에게 감사하는 마음이다.

어린이집 적응 기간과 어린이집 옮기기

예민한 감각을 타고난 첫째 아이는 첫 어린이집, 이사해서 옮긴 어린이집, 첫 유치원, 또 여섯 살에 옮겼던 유치원의 적응 기간에 모두 울며 등원했다. 좀 컸다고 생각한 대여섯 살에도 아이는 한 달간 울먹이며 유치원 셔틀버스를 탔다.

첫 어린이집 등원 때는 당연히 한 1~2주 정도를 매일 울며 등원했다. 점차 나아지면서 한 달 무렵엔 울먹이는 정도였고, 그 후엔 당연히 가는 것으로 인식하고 울지 않았다.

아이들은 처음 어린이집이나 유치원에 갈 때 대부분 많이 운다. 난생처음 엄마와 헤어져 낯선 사람(선생님)에게 맡겨지니, 우는 것이 당연하다. 우는 것으로밖에 표현할 줄 모르기도 하고.

만 36개월이 지난 아이도 첫 등원 때 다른 아이들과 마찬가지로 울 수 있다. '내가 만 3년을 끼고 키웠는데 왜 울지? 안정 애착이 안 됐나?' 하고 걱정하지 말자. 딱 36개월을 기점으로 대상영속성의 발달이 완료되는 것이 아니기 때문이다. 아이는 계속 자라고 있다.

대상영속성: 시야에서 대상이 사라지더라도 다른 장소에 계속 존재한다는 사실에 대한 인식7

울부짖는 아이를 선생님께 맡기고 뒤돌아서는 엄마의 마음은 찢어진다. "내가 무슨 부귀영화를 보자고 애를 어린이집에 맡기나? 이래도 될까?" 하는 죄책감이 마음을 짓누른다. 엄마의 의무를 다하지 않는 것만 같다. 나도 아이를 어린이집에 보낸 첫날, 아이를 기다리며 '내가 꼭 일을 해야 하나' 고민도 하고 아이 생각에 울기도 했다.

그렇다면 언제쯤 아이의 적응 기간이 끝날까? 짧으면 1~2주, 길게는 한 달 이상 지켜보자. 대개 선생님들은 우는 아이를 안고 업고 장난감으로 유도하며 잘 달래준다. 내가 선택한 선생님을 믿자! 선생님은 우는 아이를 방치하지 않는다. 설사 우는 기간이 한 달 이상으로 길다 해도 조금씩 울먹이는 정도이거나 등원 후에 바로 울음을 그친다면 괜찮다.

적응 기간에 엄마는 어떻게 해야 할까? 우리 아이들이 다녔던 곳은 아이가 심하게 운 날, 엄마와 헤어진 후 울음 그치고 재미나게 노는 사진을 보내줬다. 불안하고 걱정이 되면 사진을 보내줄 수 있냐고 요청해보자. 어린이집도 엄마와 신뢰를 쌓고 싶어하기 때문에 이런 요청은 들어준다. 둘째, 적응 기간에는 마음이 아프겠지만 인사할 때 빠르고 단호하게 헤어지는 게 좋다. 인사를 질질 끌면 아이에게 여지를 주는 것이라, 울음이 더 커질 수 있다. 셋째, 당분간은 여행과 같이 어린이집을 빠지는 일정은 잡지 않는 게 좋다(아플 경우를 제외하고). 월요일부터 금요일까지 매일 어린이집 가는 일이 아이의 일상으로 완벽하게 자리 잡을 때까지 평범한 일상을 유지하는 것이 아이의 적응을 돕는다. 육아에서도 일관성 없는 육아가 제일 안 좋다고 하듯 어린이집 적응에도 어린이집을 보냈다가 안 보냈다가 일관성 없게 하는 것이 가장 안 좋다. 두세 달은 빠지는 일 없이 얼마 동안이라도 꾸준히 등원해서 아이가 어린이집에 잘 석응할 수 있도록 돕자.

그런데 어린이집 적응이 힘들거나 안 되는 경우가 있다. 울며 등원하는 기간이 두 달이 넘어갈 때(우는 시간), 그리고 등원할 때 활자세로 격하게 심하게 울 때(우는 정도)다.

아이가 어린이집 적응을 힘들어하는 이유는 다음과 같다.

첫째, 아이의 선천적 기질의 문제다. 기질 문제는 엄마의 공감과 기다림을 필요로 한다. 아이가 기질적으로 예민하고 낯선 사람이나 장소에 두려움을 크게 느끼는 성격이라면 적응 기간이 길어진다. 이런 아이들은 TCI 기질 및 성격검사를 해보면 기질 중에 자극 추구 점수가 낮거나 위험회피 점수가 높다. 자극 추구가 낮은 기질 혹은 위험회피가 높은 기질을 타고났다면 아이가 적응할 시간을 많이 주자. 이때 부적응 문제는 엄마의 잘못도, 아이나 선생님의 잘못도 아닌, 그냥 내 아이가 그렇게 태어난 것뿐이다. '넌 그런 성격이구나' 하고 담담하게 받아들여주는 자세가 요구된다.

아이들은 동물 같은 감각을 지니고 있어서(농담 삼아 반인반수의 시기라고 한다) 엄마가 불안해하는 것을 귀신같이 눈치챈다. 예민한 아이들은 엄마의 감정에 더 민감하다. 엄마가 같이 불안해하거나 혹은 더 불안해하면 아이에게도 그 감정이 전달된다. 그러니 불안하고 걱정되더라도 아이 앞에서는 덤덤한 척하자.

그렇다고 엄마가 나서서 '아무 문제 아니다'라고 말하지는 말자. "네가 몰라서 그렇지 어린이집은 재미있는 곳이야"라고 섣불리 말하지도 말자. 아이가 빨리 괜찮아졌으면 하는 마음은 알지만 기다려줘야 한다. 어른인 우리도 겪지 않은 일을 상상하기 힘든데 어린아이는 더 힘들 것이다. 아이에게는 낯선 어린이집, 유치원, 학교에 가는 것이 아주 큰 스트레스 요인이다. 그런데 엄마가 공감해주지 않으면 아이는 '내 감정이 틀린 건가?' '감정=나인데 내가 틀린 건가?'라고 느낄 수 있다. 안 그래도 힘들고 불안한데 내가 틀렸다는 생각까지 하게 되는 것은 좋지 않다.

[TIP 1] 공감과 스킨십

태도는 담담하게, 경청과 공감 그리고 스킨십을 많이 하자.

"처음 어린이집에 가서 우리 별이가 많이 힘들구나."

"별이 어린이집이 많이 낯설지?"

"어린이집에 모르는 사람이 너무 많지?"

이렇게 말하고 아이의 이야기를 들어주자. 아이의 이야기에 해결책을 제시해줄 필요는 없다. 가만히 이야기를 들어주거나 아이가 이야기를 안 하면 그저 꼭 안아주면 된다. 아이 정서에는 스킨십이 최고의 치료제다.

[TIP 2] 어린이집 사진을 보여주며 선생님에 대해 이야기하기

어린이집, 유치원 선생님과 아이들 사진을 구하자. 선생님께 부탁하면 된다. 내 아이가 다니는 유치원에서는 홈페이지에 올려주기도 했다. 아이와 함께 사진을 보며 선생님과 친구 이름을 알려준다. 그리고 '선생님이 좋은 사람'이라고, '너를 좋아해서 네가 오길 매일 기다린대'라고 말해주자. 친구들도 너를 기다린다고 말해주자.

선생님에게도 이런 말을 부탁한다. "별이야, 선생님이 너 언제 오나 기다렸어~!" 그럼 아이는 "진짜?" 하고 눈을 반짝인다. 나를 궁금해하는 사람은 바로 나를 좋아하는 사람이기 때문이다. "너를 좋아해"라는 표현과 다름없다.

아이가 적응을 힘들어하는 두 번째 이유는 환경 문제다. 대부분의 아이는 일주일에서 한 달 정도의 기간(적응 기간이라고 쓰고 우는 기간이라고 읽는다)을 거쳐 어린이집에 적응한다. 만약 아이가 오랫동안 적응을 못한다면? 보내고 나니 이상한 느낌이 오는 어린이집이라면? 어린이집 그만두는 것을 두려워하지 말자. 어린이집을 옮기는 것을 걱정하지 말자. 가까운 곳에 빈자리가 없다면 거리가 조금 멀거나 인기가 조금 없는 곳에 눈을 낮춰 보내면 된다. 그런 곳이 의외로 더 괜찮은 어린이집일 수도 있다. 환경 문제는 환경을 바꿔주는 게 답이다.

이사 와서 급하게 결정했던 아이의 두 번째 어린이집이 그런 경우였다. 아이가 새 어린이집에 등원한 지 일주일 정도 되자 울음이 잦아들고 서서히 적응하는 듯 보였다. 그런데 3주차가 되자 다시 등원 때마다 울기 시작했고 매일 아침 "어린이집 가기 싫다"고 여러 번 말했다. 출근은 해야 하고, 아이는 울며 어린이집 가기 싫다고 하니 정말 죽을 맛이었다. 죄책감과 불안에…….

그래서 아이와 어린이집을 면밀히 관찰하기 시작했다. 등원할 때 아이는 원장님이나 다른 선생님이 맞이하러 오면 괜찮았지만 담임이 나와서 안아주면 격하게 거부했다. '담임에게 뭔가 있구나' 하는 느낌이 왔다. 등원할 때만 우는 게 아니었다. 아침에 격하게 울던 아이도 하원할 때는 엄마를 다시 만나니 반가워서 활짝 웃기 마련인데, 우리 아이는 하원할 때 나를 보자마자 또 울었다. 마치 하루 종일 서러웠던 마음을 쏟아내는 느낌이었다.

아이가 말을 곧잘 할 때라 물어보니 담임이 "그렇게 울면 엄마가 데리러 오지 않는다"고 말했단다. 어떻게 보면 별말 아닌 것 같다. 우리 엄마들도 비슷하게 협박을 하기도 하니까. 하지만 돈을 받고 내 아이를 맡아주는 사람이 할 말은 절대 아니다. 더군다나 아이와 아직 애착이 형성되지 않은 상태에서 섣불리 훈육을 하면 아이가 선생님을 무서워하게 되고 어린이집에 적응할 수가 없다. 아이는 담임 선생님 말을 굳게 믿고 엄마가 오지 않을까봐 하루 종일 울음을 참고 있다가 엄마가 나타나자 울음을 쏟아냈던 것이다(그 담임은 나에게도 그다지 친절하지 않았다. 엄마 앞에서조차 조심하지 않는 사람이 엄마가 없을 때 아이에게 과연 친절할지 의문이다).

내가 B 어린이집을 그만두기로 했을 때 같은 어린이집을 보내던 한 엄마는 원장 선생님께 건의를 해보자면서 나를 말렸다. 그 엄마도 그만두고 싶은 마음이 있었지만 그만둔다는 말을 꺼내기 굉장히 어려워했다. 하지만 소중한 내 아이를 희생해가며 그 어린이집을 개선할 이유는 없었다. 또 개선될 여지도 없다고 판단했다. 바뀌지 않을 사람을 상대하느니, 내가 그 사람을 상대하지 않는 것이 맞다는 결론을 내렸다.

또다시 어떻게 적응을 하냐고 묻는 엄마들이 많다. 기껏 적응했는데 또 옮기면 아이에게 스트레스를 주지 않겠냐고. 당신은 익숙하지만 계속 상처 주는 사람이 좋은가? 낯설지만 상처 주지 않고 따뜻한 사람이 좋은가? 아이에겐 누가 더 좋을까? 낯섦은 시간이 해결해주는 문제지만 상처는 시간이 해결해주지 않는다. 오히려 시간이 지남에 따라 누적된다. 이상한 회사나 어린이집은 빨리 그만두는 게 상책이다(지금까지 총 일곱 군데 회사를 다녀보고 내린 결론이다). 결국 우리 아이가 제일 먼저 그만두고 그 뒤로 다른 엄마와 아이들도 줄줄이 그만두었다.

4주차에 나는 다른 어린이집을 알아보았고, 동네에서 딱 한 군데 빈자리가 있어 그곳에 등록했다. 그 어린이집은 공기청정기도 없고 놀이 시설도 부족하다는 단점이 있었지만 원장 선생님을 비롯한 다른 선생님들이 무척 따뜻해 보였다. 세 번째 어린이집으로 옮기고 아이는 사흘 만에 적응에 성공했다. 그리고 졸업 때까지 즐겁게 다녔다.

아이가 적응을 심하게 못할 때는 여러 정황을 모아보고 이상하다는 판단이 들면 빨리 그만두기를 권한다. 아이의 반응은 대부분 마땅한 이유가 있고 엄마의 촉은 대부분 맞다.

내 아이를 가장 잘 아는 사람인 엄마가 내 아이의 기질이 어떤지, 새로 들어간 어린이집, 유치원이 어떤지 잘 관찰해서 내 아이에게 가장 좋은 방법을 선택하자. 최선을 다해 어린이집을 선택하고 아니다 싶으면 얼른 옮기자. 옮겨도 괜찮다.

텔레비전·유튜브, 보여줘도 되나요?

우리 아이는 16개월부터 만화에 관심을 가지고 본격적으로 텔레비전 시청을 즐겼다. 물론 텔레비전이 아이에게 해롭다는 건 잘 알지만 나 역시 힘들다는 핑계로, 편하고 싶어서 도움을 받았다. 그러나 텔레비전을 보여주는 게 문제가 아니라 정해진 규칙 없이 틀어주는 게 문제였다. 군이 규칙을 찾자면 밥을 준비할 때나 내가 밥 먹을 때 틀어주고, 아이가 밥 먹을 땐 껐다. 아침저녁으로 30분에서 한 시간 정도 봤다. 이 정도면 양호한 거라 생각했다.

아이가 텔레비전을 20~30분 정도 보고 나면 다른 놀이를 찾아 더 이상 보지 않았기 때문에 내심 안심했다. 심지어 텔레비전을 보다가 스스로 끄고 밥을 먹으러 오곤 했다. 사실 다른 아이들은 잘 그러지 않는다. 역시 범생이 기질! 그러나 텔레비전에 점점 빠져들던 어느 날, 아이가 저녁밥을 먹기 전에 딸기를 달라고 했다. 엄마라면 으레 그렇듯 밥을 먼저 먹고 딸기를 먹여야겠다는 생각에 먼저 텔레비전을 보고 있으라고 했다. 당연히 아이는 딸기를 잊어버리고 텔레비전에 집중했나.

그리고 얼마나 지났을까. 내가 저녁밥을 다 차렸는데도, 텔레비전을 보기 시작한 지 40~50분이 넘어가는데도 아이는 밥 먹으러 올 생각을 안 하고 텔레비전만 봤다. 스스로 끄고 와서 밥 먹길 기다리고 있었는데 아이는 텔레비전에 완전 푹 빠져 있었다. 순간 '어, 이건 아닌데……' 싶었다. 그래서 아이에게 "이제 밥 먹어야 해. 텔레비전 끈다"라고 말하고 껐더니 아이가 엄청 크게 울며 떼를 쓰기 시작했다. 뒤로 누워서 울다가 나한테 와서 애원하며 울다가 또다시 누워서 버둥거리며 울다가……. 두 돌 전이라 아주 혀 짧은 소리로 "틀어줘요. 틀어줘요. 틀어줘요. 엉엉엉"을 무한 반복했다.

마음이 아프고 약해졌다. 너무 귀여운 목소리로 "띠비 뜨러뎌요. 흑흑" 이러는데 정말 틀어주고 싶어 죽겠더라. 그런데 아이가 너무 우니까 '아, 다시 틀어주면 안 되겠다'라는 생각을 했다. 왜? 이렇게 애를 울렸는데 다시 틀어주면 아이는 그 순간은 기뻐하겠지만 결과적으로 엄마의 일관성 없는 태도 때문에 혼란에 빠지기 때문이다.

다시 말해 아이는 '내가 텔레비전을 계속 봐도 되는 건가? 안 되는 건가?' 헷갈리게 되고, 엄마는 텔레비전을 껐다가 금방 켜주는 사람이 된다. 즉 신뢰를 잃게 된다. 그러니 '다음에 또 이런 일이 생기면 떼를 쓰면 되는구나'를 몸으로 익히게 된다. 아기가 떼를 씀으로써 이득을 볼 수 있다는 걸 경험하게 해서는 안 된다. 결국 엄마인 내가 힘들어지고 아이의 심리 발달에도 좋지 않다. 우리 애가 떼가 심하다고? 그렇다면 한번 생각해보자. 애가 떼를 써서 이득을 본 적이 많은가?

아이는 지독한 떼울음을 터뜨렸다. 그동안 나는 아이를 가만히 지켜보면서 특별한 말은 안 했다. 몇 번 '안아줄까' 하고 물어보는 정도로만 가만히 있었다. 그나마도 아빠가 퇴근하고 돌아와서 아빠에게 안겨서 또 울다가 딸기 먹자고 해서 울음을 그쳤다. 딸기 때문에 텔레비전을 보여준 건데 말이다. 아, 이토록 일관성 있는 비일관적 육아라니! 아기는 딸기 먹고 나서 밥도 먹었다. 딸기 먼저 먹으면 밥 안 먹을까봐 걱정했는데, 그래서 텔레비전을 보여준 건데……. 이 또한 지나친 걱정과 잘못된 대처였다. 때로는 밥과 후식의 순서가 바뀌어도 되는데 말이다.

이렇게 떼울음 쓴 이튿날은 물론 텔레비전을 보여주지 않았다. 아이도 틀어달라고 떼쓰기는커녕 아예 찾지도 않았다. 그렇게 애원해도 엄마가 안 틀어주니 포기한 듯 보였다. 이런 포기는 아이도 학습할 필요가 있다. '이대로 텔레비전을 죽 보여주지 말아버릴까' 생각하다가 하루에 한 프로그램씩만 보여주기로 결정했다. 그때는 아이가 어려서 규칙을 함께 정하기는 무리라 나 혼자서 규칙을 정했다. 크면서 1, 2, 3 정도의 숫자를 알게 되면 그때는 함께 규칙을 정하는 게 좋다. 나와 아이들은 보통 세 개 정도 보는 것으로 합의를 했다.

그리고 텔레비전을 보여주면서 "뽀로로만 보는 거야. 알았지? 뽀로로 끝나면 네가 텔레비전 꺼"라는 말을 열 번도 넘게 했다. 물론 아이는 대답도 하지 않고 뽀로통한 표정을 짓지만 프로그램이 끝나고 "뽀로로 끝났네. 이제 텔레비전 꺼야지, 엄마가 끌까? 네가 끌까?"를 또 열 번 말하면 아이는 자기가 끄겠다며 달려온다. 그리고 텔레비전을

_끄_곤 또 한참 뾰로통한 표정이다. 여기서 중요한 건 여러 번 반복해서 말하는 거다. 말할 때 아이에게 여지를 주지 않는 단호함이 중요하다.

이렇게 드디어 우리 집에도 텔레비전을 보는 규칙이 정해졌다. 월화엔 뽀로로, 수목엔 폴리, 금토일엔 번개맨, 아이가 제일 좋아하는 프로그램을 하나씩만 보기. 규칙이 정해지니 텔레비전을 보여줘도 마음이 불편하지 않다. 텔레비전에 지나치게 노출시키지 않으니 죄책감도 덜어지고, 특히 현란한 화면에 물욕을 부추기는 광고를 안 보니까 좋다. 물론 내가 배고픈데 아이가 놀아달라고 하면 힘들지만 텔레비전을 보도록 방치하지 않는 엄마가 돼서 마음이 한결 편하다.

제한된 자율성, 육아의 원칙이자 유튜브를 보여주는 법

둘째 아이를 낳은 뒤에는 텔레비전보다 유튜브가 성행했다. 텔레비전은 편성표에 맞춰 챙겨봐야 하는 번거로움이 있는 반면, 유튜브는 내가 보고 싶을 때 언제든지 볼 수 있는 편리함에 나도 많이 이용한다. 더군다나 텔레비전에서 하는 뽀로로, 폴리 등 아이들이 좋아하는 인기 동영상이 모두 무료로 올라와 있다. 텔레비전 시청을 전혀 금지하지 않는 우리 집에서는 둘째 아이도 돌이 지나 텔레비전과 유튜브를 보게 되었는데, 다만 리모컨의 주도권은 나에게 있었다. 집에서는 텔레비전으로 유튜브를 시청했기에 가능한 일이었다. 물론 스마트폰이나 패드로 유튜브를 보여줄 때도 아이들에게 스마트폰을 만져보게 하지는 않았다. 기본적으로 이 폰은 엄마 거, 저 폰은 아빠 거라는 것을 명확히 했고 항상 조작은 엄마, 아빠가 하는 것이 원칙이었다. 내가 스마트폰에서 유튜브를 켜고 아이들이 좋아하는 만화를 검색어로 넣은 후, 결과 화면을 보여주면 그제야 아이들은 자기가 보고 싶은 것을 고를 수 있다. 제한된 자율성이라는 원칙은 텔레비전이든 유튜브든 동영상을 볼 때 항상 지켰다.

요즘 아이들은 태어나자마자 전자 기기와 함께 생활해 리모컨이나 스마트폰 정도는 금방 조작할 수 있다. 문제는 스마트폰의 경우 한 번의 자극(터치)으로 즉시 반응(화면 변화)을 얻어낼 수 있어 아이들이 쉽게 중독되고, 그 부작용으로 책과 같은 느린 자극이나 뜻대로 되지 않는 친구들과의 상호작용이 시시하게 혹은 너무 어렵게 느껴질 수 있다는 것이다. 그 결과 쉬운 자극만 추구하고 시시하거나 어려운 자극은 회피하게 되는 게 수순이다. 스마트폰 중독의 위험성은 내가 여기서 구구절절 말하지 않아도 다 잘 알리라.

그렇기에 아이에게 리모컨이나 특히 스마트폰을 통째로 주는 것은 굉장히 위험하다. 보여주기만 하는 것과 조작까지 맡기는 것의 차이는 크다. 보여주기만 하면 스마트폰은 동영상 전달 매체로 그 기능이 제한되지만 아이가 직접 스마트폰을 조작할 수 있게 되면 이는 완전히 다른 의미를 지니게 된다. 특히 유튜브의 경우, 추천 동영상 기능이 있어 아이 혼자서 보면 어떤 영상을 볼지 알 수 없다. 대부분 아이가 평소에 즐겨 보는 만화와 유사한 동영상을 추천해주기는 하지만 가끔 이상한 동영상이 추천 목록에 뜨곤 한다(지인의 아이가 한글을 배우고 난 후에 스스로 유튜브에 검색어를 넣어 성과 관련된 동영상을 봤다는 이야기를 듣고 어린아이에게 스마트폰 사주는 일은 절대 하지 말아야겠다는 생각을 했다).

포노 사피엔스 시대에 언제까지 아이들의 스마트폰 사용을 제지할 순 없는 노릇이지만 아직 영유아인 아이들에게는 제재가 필요하다고 생각한다. 아직은 그림책을 감상하고 놀이터에서 친구와 뛰어놀고 사계절의 느린 변화를 천천히 즐겨야 하는 나이니까.

아들이란 동물, 정말 모르겠어!

한 방송에서 24개월 아기들을 대상으로 공감에 대한 실험을 했다.[8] 아이와 함께 놀던 엄마가 다친 척을 하고 아이의 반응을 지켜봤는데 여자아이들은 눈물을 글썽이고 엄마를 걱정하는 데 반해, 남자아이들은 무슨 일이 일어났는지 눈치채지 못하거나 심지어 웃기까지 했다. 뇌 연구 결과를 보면 이런 현상은 쉽게 이해된다. 남자는 뇌에서 감정을 담당하는 부위가 작고 제한되어 있지만 여자는 감정을 담당하는 부위가 넓고 계속 발달한다고 한다.

나도 아들을 키우기 전에는 여성성과 남성성은 사회에 의해 학습되는 것인 줄로만 알았다. 그러나 아이를 키우며 아직 사회화되지 않은 어린아이들에게 나타나는 특징을 가까이에서 목격하면서 여자와 남자의 차이는 길러질 뿐만 아니라 타고나는 것도 크다는 사실을 알았다. 타고났다는 것은 뇌의 차이를 말한다.

우리 아들은 걸음마를 막 떼고 말은 아직 하지 못할 때부터 산책을 나가면 자동차에 관심을 보이곤 했다. 특히 굴착기가 지나가면 열

광했다. 집에서는 여러 그림책 가운데 항상 자동차가 나온 것을 골라서 제일 먼저 읽어달라고 했다. 내가 자동차에 대해 언급하지 않아도 아이는 먼저 자동차에 대해 묻고 자동차를 좋아했다.

아들과는 한여름 땡볕 더위에도 한겨울 추위에도 놀이터에 나가야 했다. 놀이터에서는 내가 놀아주지 않아도 돼서 나 역시 편했기에 매일 나갔다. 가끔 가만히 앉아서 그림을 그리거나 블록을 갖고 놀기도 했지만 자세히 들여다보면 그림이 아니라 지도 그리기를 즐겼고 블록으로 무기나 자동차를 만들어 갖고 놀았다. 하지만 아이들이 제일 좋아하는 놀이는 레슬링과 씨름과 격투기를 묘하게 섞은 격하게 치고받고 노는 싸움 놀이다. 침대에서 바닥으로 구르며 몸을 던져야 했다. 엄마도 예외가 없다.

다시 공감 실험으로 돌아가보자. 아들을 주로 키우는 양육자인 엄마는 엄마이기 전에 여성이기 때문에 성적 특성이 다른 대상인 아들을 이해하기 힘들다. 그래서 우는 엄마를 모른 체하거나 웃는 아들은 냉정하고 못된 아이로 보인다. '내가 혹시 애를 잘못 키웠나?' 하고 육아 과정을 돌아보기도 한다. 어쨌든 공감하지 못하는 행동은 잘못된 것이니까 아들에게 "엄마가 다쳐서 아프잖니" "동생 마음이 어떻겠니?" "친구랑 입장 바꿔 생각해봐!" 하면서 때로는 알려주고 때로는 혼내서 아들을 바꾸려고 든다. 그러나 아들은 엄마의 훈육을 알아듣지 못하며 변하지 않는다.

우리는 이해가 안 되는 상대를 나도 모르게 내 기준에 맞춰 자꾸 고치려고 든다. '사람을 고친다'는 것, 좋게 말해 '변화시킨다'는 것은 사실 '지금의 너는 틀렸다'는 말의 다른 표현이다. 엄마가 자꾸 아들을 바꾸려고 하고 변화시키려고 하면 아들은 자신의 존재가 틀렸다고 생각한다. 이것이 아들을 이해하지 못하는 육아의 문제점이다.

남자아이들은 대체로(전부 그렇다는 말은 아니다) 공격적인 놀이나 장난감을 좋아하고 놀이터의 높은 곳에서 뛰어내리는 것과 같이 위험한 행동을 즐긴다. 대근육 발달이 빠른 데 반해 소근육 발달은 느리고 여자아이들보다 언어 발달도 느린 편이다. 왜 이런 차이가 날까? 이 모든 것이 뇌의 발달 순서 때문이다. 남자아이의 뇌와 여자아이의 뇌는 서로 다른 순서로 발달하다가 서른 무렵에 비슷해진다고 한다. 하지만 우리는 아이의 발달 과정 중에 자꾸 판단을 내리려고 한다. 그러다보니 현대의 양육에서나 교육 과정에서 남자아이의 느린 발달 순서가 많이 불리한 위치에 놓이곤 한다.

남자아이의 발달 과정을 그대로 수용해주기 위해서는 대근육 발달에 맞는 놀이나 교육이 필요하다. 아들을 가진 많은 엄마가 이 부분을 힘들어한다. 일단 출산과 육아로 몸이 많이 약해져 있어 아들과 놀아주는 게 힘에 부친다. 그래서 아들 육아에는 특히 아빠의 도움이 필요하다. 퇴근 후 아빠와의 신체 놀이는 아들의 공격성을 안전하게 표출할 수 있는 창구다.

한편 엄마는 자신과 동일시하기 쉬운 딸과 달리 아들은 동일시하지 않는다. 오히려 자신과 확실히 다르다고 생각한다. 똑같다(동일시) 혹은 틀렸다(고쳐야 해)고 생각하지 않고 다르다고 생각하면 아들 육

아가 그리 어렵지 않다. 여자인 나와 다르게 대해주고 때로는 아들이
잘 모르는 여자의 고유한 특성에 대해 알려주면 되니까 말이다.

아이의 자존감 도둑은 누구?

인간은 스스로 자기 모습을 보지 못한다. 내가 재미있는 사람인지 재미없는 사람인지, 내가 예의 바른 사람인지 무례한 사람인지, 내가 당당해 보이는지 비굴해 보이는지 나 혼자선 알 수 없다. 그래서 인간은 거울을 통해 자기 모습을 확인하듯 대상(타인)을 통해 자기 존재를 확인한다. 이를 거울 대상이라고 하는데, 거울처럼 자신을 비춰주는 사람을 말한다. 아기의 거울 대상은 부모가 되고, 조금 더 자란 아이의 거울 대상은 선생님이나 친구가 되고, 아내의 거울 대상은 남편이 되고, 남편의 거울 대상은 아내가 된다. 또한 부모의 거울 대상은 아이가 된다. 서로가 서로의 거울 대상이 된다.

유난히 날씬하게 나를 비춰주는 거울이 있다. 또 유난히 사실적으로 비춰주는 거울도 있다. 하지만 우리는 그런 거울의 특징을 종종 잊어버리고 거울에 비친 내 모습이 진짜라고 믿고 살아간다. 진짜 내 모습을 내 눈으로는 볼 수 없으니까.

이처럼 우리는 거울 대상의 특징(긍정적인, 애정이 넘치는, 부정적인,

회의적인 등)이 어떤지 의식조차 못한 채 그 거울 대상을 통해 내가 좋은 사람인가, 사랑받을 만한 사람인가, 내가 믿음직한 사람인가를 결정짓는다.

다시 말해 아이의 거울 대상인 부모가 아이를 좋은 아이로, 긍정적으로 바라보면 아이는 스스로를 좋은 아이라고 생각한다. 반대로 부모가 아이를 믿지 않고 불신에 찬 눈으로 보면 아이는 스스로를 신뢰할 수 없는 사람이라고 평가하게 된다. 그저 부모가 애정이 넘쳐서 아이를 좋게 보는 것뿐이거나 그저 부모가 세상에 대한 불신이 커서 자기 아이조차 믿지 못하는 것뿐인데도 그렇다. 아이는 그게 자기 모습이라고 믿고 내면화한다.

아기에게 엄마가 중요한 이유는 바로 여기에 있다. 엄마는 아기에게 최초이자 아주 중요한 거울 대상이고 매일 자기 모습을 비춰주는 존재다. 이런 거울 대상을 통해 인간은 타인이 자기 자신을 대하는 방식으로 자기 자신을 대한다. 아이 역시 엄마가 자신을 대하는 방식으로 스스로를 대한다. 엄마가 긍정의 눈으로 아이를 비춰주면 아이는 자기를 긍정적으로 대하고, 엄마가 아이를 사랑해주면 아이도 자기 자신을 사랑한다.

그런데 아이의 사회생활이 확장됨에 따라 아이가 스스로를 대하는 태도는 타인에게로 넓어진다. 즉 자신을 긍정적으로 보는 아이의 주변 사람들 역시 아이를 긍정적으로 본다. 정리하자면 다음과 같다.

아이의 존재 → 거울 대상: 엄마가 아이를 대하는 태도, 시선 → 아이

가 자신을 대하는 태도, 시선 → 타인이 아이를 대하는 태도, 시선 →
아이가 자신을 대하는 태도에 다시 영향을 미침

나는 아이를 어떻게 대하는지 한번 생각해보자. 회의적인 태도, 냉소적인 태도가 몸에 배어 아이에게도 냉소적으로 대하는 건 아닌가, 나도 모르게 짜증으로 아이를 대하는 건 아닌가, 아이가 성적이 좋았을 때만 밝은 표정이 나오는 건 아닌가……. 나는 아이를 왜 그렇게 대할까 질문하기에 앞서 내가 나를 대하는 방식을 보자. 아마 많은 경우 부모님이 나를 대하던 방식으로 나 역시 나를 대하고, 또 내 아이를 대하고 있을 확률이 높다. 그래서 모성애와 부성애가 대물림되는 것처럼 보인다.

어린 시절, 부정적인 태도로 나를 대하던 사람이 있었나? 그건 내가 부정적인 평가를 받아 마땅한 사람이라서가 아니라 나를 보던 사람들이 부정적이었던 것뿐이다. 원인은 내가 아닌 그 사람에게 있다. 그러니 나를 더 이상 부정적으로 보지 말자. 남의 안경을 통해 나를 보지 말고 얼룩진 거울로 나를 보지 말자. 반짝반짝 빛나는 깨끗한 거울을 찾아 나를 비춰보자. 그리고 아이에게도 반짝반짝 빛나는 거울이 되어주자. 자기 자신을 사랑하는 아이로 키우고 싶은 소망은 내가 아이를 사랑하는 좋은 거울이 되어줌으로써 쉽게 이룰 수 있다.

[TIP] 좋은 거울이 되어주는 구체적인 방법
1. 아이에게 말할 때의 말투를 점검해보세요. 스마트폰으로 녹음해서 다시 들어

보면 정말 깜짝 놀랄 거예요. 내가 이렇게 말했나 하고요. 동영상을 찍는 건 더 좋은 방법이에요.

2. 아이를 다시 만날 때 환하게 웃어주고 안아주세요. 하원할 때, 하교할 때요. 매일 같이 지내는 아이지만 다시 만날 때마다의 행동이 첫인상을 반복해서 주는 효과가 있거든요.

3. 아이의 떼, 울음 등을 견디세요. 버티세요. 아이의 부정적인 행동에 일일이 대응하려다 보면 내 행동 역시 부정적이기 십상입니다. 무언가 말해주려고 하거나 무언가 하려고 하지 말고 그냥 묵묵히 견디세요. 나중에 아이도 엄마의 견디는 태도를 보고 자신에 대해 부정적인 평가를 하지 않는답니다.

4. 나의 짜증, 화, 스트레스를 어떻게 풀고 있는지 점검해보세요. 풀고 있지 않다면 나의 스트레스가 아이에게 갈 확률이 높거든요.

5. 가족 간에 농담과 유머를 많이 하세요. 유머는 아이의 삶에 여유를 주고 활력소가 된답니다.

아이의 자존감 도둑, 엄마

2014년 알바몬이 대학생 735명을 대상으로 한 설문조사에 따르면, 대학생이 뽑은 '자존감 도둑'에 엄마가 1위로 뽑혔다. 가장 가까운 사람이 가장 큰 상처를 주고 있다는 결과였다. 대학생들은 학교생활과 사회생활을 하기 때문에 엄마 외에도 영향을 주고받는 사람이 많다. 엄마가 1위이긴 하지만 동기, 절친, 동료 등 근소한 수치로 다양한 자존감 도둑이 나왔다.

그렇다면 엄마가 가장 절대적인 영향을 미치는 영유아나 어린이들의 자존감 도둑은 누구일까? 그 비중은 어떻게 될까? 따로 조사를 해보지 않아도 쉽게 추측할 수 있다.

유치원 부모 참여 수업 때의 일이다. 선생님이 참여한 모든 부모에게 자기소개와 함께 아이의 칭찬을 하나씩 해주길 요청했다. 우리 아이 칭찬을 뭐로 하면 좋을까 곰곰이 생각했다. 무슨 칭찬을 해야 아이가 기뻐할지 고민이 됐다. 또 다른 부모들은 어떤 칭찬을 할지도 궁금했다.

그런데 꼭 이런 자리에서 칭찬에 앞서 아이에게 한마디씩 하는 부모가 있다. "편식은 심하지만 그림을 잘 그리는 철수 엄마 아빠입니다." "우리 영수가 산만해서 좀 아쉬웠지만 열심히 참여해서 좋았습니다." 아이가 다섯 살 때도 그런 부모가 있었는데 일곱 살 때 다닌 유치원에도 그런 부모가 있었다. 그런 이야기를 할 때면 나도 모르게 그 아이의 표정을 살피게 되는데 역시나 아이의 표정은 좋지 않다.

아이가 다녔던 유치원에서 생일잔치 때 엄마 아빠가 아이 앞으로 편지를 써서 유치원으로 보내달라는 요청이 왔다. 그러면 선생님이 생일인 아이를 안고 엄마 아빠의 편지를 친구들 앞에서 읽어준다. 그런데 생일 축하 편지에다가 굳이 '그런데 네가 이건 못하니 앞으로 잘하길 바라'라고 쓴 엄마가 있었다. 선생님과 친구들이 다 듣는 데서 아이가 얼마나 속상했을까. 일곱 살 때 일인데도 아이는 잊지 않고 초등학생이 되어서 왜 그런 내용을 편지에다 썼냐고 엄마를 원망했단다. 그제야 그 엄마는 자신의 잘못을 깨달았다.

아마 그 어떤 엄마도 남들 앞에서 내가 내 아이를 '험담'하고 있다고는 생각지 못할 것이다. 무심결에 평소 아이에 대해 품고 있던 불만이 불쑥 나온 것이다. 아이에 대한 부정적인 마음이 크면 이렇게 부지불식간에 표현될 가능성이 있다.

나 역시 비슷한 일이 있었다. 얼마 전 고깃집에 밥을 먹으러 갔는데 직원이 둘째 아이를 보고 "아유, 밥도 잘 먹네. 예쁘다" 하고 칭찬을 해주었다. 그런데 거기다 대고 "에휴, 얘는 밥만 잘 먹어요. 반찬을 잘 안 먹어요. 탄수화물만 좋아한답니다"라는 푸념 아닌 푸념을 해버렸다. 평소 편식하는 아이에 대한 불만이 컸기 때문이다. 그리고 아직 둘째 아이가 어려 내 말을 알아듣지 못할 거라 생각하고 무심결에 내뱉은 말이었다.

아이가 말은 못 알아들었더라도 그 뉘앙스를 느끼고 얼마나 속상했을까. 그리고 아이를 귀여워해준 그 직원은 얼마나 무안했을까. 그냥 "네, 잘 먹지요. 감사합니다" 하고 기분 좋게 받아들였으면 좋았을걸, 왜 모르는 사람에게 굳이 아이의 단점을 말했을까 참 후회가 됐다.

부모가 아이의 자존감을 깎아내리는 데 외모 지적도 큰 몫을 한다. 어느 날 놀이터에서 아이들끼리 신나게 모래놀이를 하고 있었다. 얼굴만 알고 인사만 하던 둘째 아이 친구의 엄마와 이야기를 나누게 되었다. 그 엄마는 우리 아이를 보고 얼굴이 참 작다며 비율이 정말 좋다고 칭찬을 했다. 나는 그 집 아이도 참 예쁘고 귀엽게 생겼다고 대답했다. 인사치레가 아니라 정말 예쁘게 생긴 아이였다. 그런데 그 엄마는 "예쁘게 생기긴 했죠. 그런데 우리 아이는 얼굴이랑 머리가 너무 커요. 비율이 안 좋아요" 하며 한숨을 내쉬었다. 나는 무척 당황했다. 우리 아이와 비교하며 자신의 아이를 깎아내리니 어찌할 바를 몰랐다. 얼마 전 식당에서의 일을 후회하고 있었기에 아이들이 들을까봐 목소리를 낮추어 대답했다. 아기가 머리가 큰 것은 정상인데.

이처럼 남들 앞에서 "얘는 키가 너무 작아서 걱정이에요" "살이 너무 쪄서 다이어트를 시켜야 해요"라며 걱정으로 포장해 외모를 지적하는 부모도 많다. 아이의 문제적 행동 혹은 건강상의 문제가 있다면 부모로서 어떻게 개선할 것인가 고려해봐야겠지만, 아이의 생김새는 아이도 부모도 어쩔 도리가 없고 어찌할 필요도 없다.

방송인 김제동씨는 배우 조인성씨와 함께한 강연에서 "잘생긴 것들을 칭송할 수는 있어요. 그러나 못생긴 것들이 비난받는 세상이 되어선 안 됩니다"라고 했다. 우리가 바라는 건 아이가 잘생긴 것이 아니라 아이가 행복해지는 것 아닌가? 내 아이가 특별히 잘생기지 않은 까닭에 외모로 인한 이득을 볼 순 없겠지만 그건 보장되지도 않은 미래에 대한 아쉬움이다. 그러나 내가 아이 보고 못생겼다고 지적을 하는 순간 아이는 곧바로 불행해진다.

부모의 입장에서 이런 지적은 좋은 의도를 가지고 한 것일 수 있다. 그런 말로 아이에게 자극을 주고, 그 자극이 동기부여가 되어 단점을 개선하길 바라는, 그래서 결국엔 더 좋은 사람, 더 잘난 사람이 되길 바라는 마음일 것이다.

그러나 아이 입장에서는 자꾸 외모를 지적하는 말을 들으면 단점을 가진 자신을 부모님이 싫어한다고 생각해버린다. 그리고 사랑받지 못하는 자기 자신이 싫어진다. 자기혐오가 일어나 개선에 대한 동기가 생기기는커녕 문제를 포기하고 말아버린다. 거기다 다른 사람들 앞에서 자신의 단점을 자꾸 드러내니 수치심까지 더해진다. 좋은 의도라 할지라도 단점 지적은 결국 누구에게도 달갑지 않은 상처뿐인 결과만 남긴다. 진정 아이가 바뀌길 바란다면 아이와 단둘이 있을 때 이야기를 나누는 것이 더 낫다.

때로 부모의 이러한 태도에는 단순한 불만뿐 아니라 불순한 의도가 숨어 있기도 하다. 스스로의 자존감이 너무 낮아서 자식의 자존감을 훔쳐야만 살아갈 수 있는 부모도 있고, 자신의 단점을 고치지는 못하면서 아이에게 그 단점을 투사하고 고치려 드는 부모도 있다.

자존감이란 무엇인가에 관해 의견이 분분하다. 나는 '나는 좋은 사람, 괜찮은 사람'이라고 느낄 때 자존감이 높다고 생각한다. 그런데 이런 느낌을 혼자서도 가질 수는 있지만 동시에 혼자서만 가질 수는 없다. 엄마, 아빠, 친구, 선생님이 '너는 좋은 사람이야' '너 괜찮은 아이야'라는 피드백을 줘야지 더 큰 확신이 생긴다. 이는 내가 무엇인가 잘해서 받는 '칭찬'과는 달리 내가 있는 그대로 '사랑' '인정' '수용'받고 있다고 느낄 때 얻는 확신이다. 아이의 단점까지 사랑하고 칭찬할 필요는 없지만 그저 단점을 다른 사람 앞에서 드러내지 않는 것만으로도 아이의 자존감을 지켜줄 수 있다.

오늘만큼은 아이의 자존감을 위해서 무언가를 더하려고 애쓰지 말고 아무것도(그 어떤 지적도) 하지 않는, 아이를 있는 그대로 곁에 두는 날이 되었으면 한다.

아이의 자존감, 어떻게 높일까

스타 강사 김미경 원장은 한 인터뷰에서 어머니께서 어릴 때부터 아주 멋진 태몽을 이야기해주었다고 했다.[9]

제가 유년 시절에 어머니는 저를 낳을 때의 태몽을 귀가 닳도록 들려주었습니다. "백마 탄 왕자가 병사 수천 명을 이끌고 우리 집 앞을 지나갔다. 그 왕자가 불쑥 우리 집에 들어서더니 너의 손을 잡고 나가더라. 그러더니 너를 말에 태워 하늘로 같이 올라갔다. 웅장한 말발굽 소리가 사방에서 메아리쳤다. 너는 큰 인물이 될 운명을 타고났다." 대충 이런 요지였습니다. 어머니는 말 흉내를 내면서 실감나게 태몽을 들려주었습니다.

그러나 나중에 어머니의 친구로부터 자신의 태몽에 관련된 '진실'을 들었다고 한다.

"미경아. 그거 지어낸 거야. 내가 국어 교사잖니. 네 어머니와 함께 영화 「벤허」를 보면서 태몽을 만들었지. 기왕이면 웅장하게, 극적으로, 그리고 긍정적으로. 네 어머니가 상상력을 발휘해 구술을 하면 내가 더 그럴듯하게 이야기를 만들었지. 그게 미경이 너의 태몽이야. 하하."

실제 태몽은 그렇지 않았지만 어머니가 태몽을 통해 '너는 크게 될 사람이다!'라는 믿음을 심어주었다는 이야기다. 위인전을 보면 비슷한 이야기가 많이 나온다. 박혁거세는 알에서 태어났고 김유신은 임신 20개월 만에야 태어났다고 한다. 진짜인지 여부가 중요하다기보다는 김미경 원장의 어머니가 그러했던 것처럼, 박혁거세나 김유신같이 특별한 사람에게 정당성을 부여하기 위해 옛사람들이 이야기를 꾸며낸 게 아닐까?

산타클로스를 믿는 아이들은 아직 환상과 현실의 경계에 살기 때문에 태몽 또한 쉽게 믿는다. 또 태몽은 엄마의 특별한 사랑을 전해주기에도 아주 좋다. 그래서 나도 첫째가 네 살 무렵이 되었을 때 이야기를 지어 들려주었다.

아가야, 너는 원래 하늘나라에 사는 천사였단다. 그런데 어느 날 우연히 구름 사이로 땅나라를 구경하게 되었지. 땅나라에는 놀이터도 있고 키즈 카페도 있고 바다도 있고 무척 재미있어 보였어. 그러던 어느 날 엄마가 아기가 갖고 싶다고 하느님께 기도를 했어. 땅나라를 구경하던 아기가 엄마를 보았고 엄마에게 가겠다고 하느님께 말했어. 그래서 하느님이 아기를 엄마에게 보내줬어. 그렇게 우리가 만나게 된 거지. 엄마에게 와줘서 정말 고마워!

동생이 생겼을 때도 탄생 신화를 통해 동생이 생긴 이야기를 들려주었다.

아기는 하늘나라에서 아주 친한 천사 동생이 있었는데, 그게 바로 아루였어. 아기가 땅나라에 먼저 내려온 뒤에 아루가 내려오기로 약속하고 헤어졌어. 그래서 엄마에게 아기가 먼저 오고 아루가 나중에 온 거야.

이 탄생 신화는 우리가 키우던 고양이가 무지개다리를 건넜을 때, 죽음을 받아들이기에는 너무 어렸던 네 살 아이에게 죽음에 대해 이야기할 때도 활용할 수 있었다.

아가야, 죽는다는 건 하늘나라에 가는 거야. 너도 원래 하늘나라에서 왔잖아. 하늘나라에서 살다가 땅나라에 왔다가 다시 하늘나라로 가고 그러는 거야. 푸는 언젠가 다시 꼭 땅나라에 와서 우리를 만나러 올 거야. 엄마도 지금 푸를 못 봐서 슬프지만 우리, 푸가 돌아올 때까지 같이 기다리자.

해마다 도대체 우리 고양이는 언제 땅나라로 다시 돌아오냐고 묻고 있지만(조만간 다시 고양이를 키워야 할 것 같다), 다행히 아이는 하늘나라 땅나라 이야기로 고양이의 죽음을 잘 받아들였다.

그러더니 며칠 전 아기가 어른이 되면 꼭 일을 해야 하냐고, 자기는 놀고만 싶다고 물었다. 이때도 탄생 신화로 대답했다.

아가는 하늘나라에 있을 때 천사였지? 천사는 사람들을 도와줘. 그래서 아기가 땅나라에 사람들을 도와주려고 왔어. 일을 하는 건 사람들끼리 서로 돕는 거야. 네가 먹는 과자도 누군가 만들어서 먹을 수 있는 거잖아. 그러니 어른이 되면 일을 해서 나도 돕고 다른 사람도 도와야 해. 너는 천사였으니까 잘할 수 있어.

위기의 순간도 있었다! 엄마는 하늘나라에 있었던 때가 기억나냐고 묻는 게 아닌가.

너도 하늘나라에서 있었던 일 기억 안 나지? 엄마는 아기보다 훨씬 더 오래전 일이라 기억이 잘 안 나. 하지만 천사가 엄마에게 말해줘서 알고 있어. 우리 모두는 천사였단다.

쓰고 보니 동화 같은 이야기다. 태몽은 용띠에 맞게 용으로 정하고 이야기해줬다.

엄마가 자고 있는데 엄청 엄청 엄청 큰 파란 용이 엄마 품으로 쏙 들어왔어. 엄마가 너무 놀라서 용을 안았는데 순식간에 용이 하얀색 고양이로 변한 거 있지? 너무너무 귀여워서 집으로 데려왔는데 꿈에서 깨고 나서 네가 태어났어! 너는 커다란 용처럼 큰 사람이 될 거야.

아기의 진짜 태몽은 하얀 고양이다. 이 정도면 진짜 태몽과 가짜 태몽의 환상적인 조화 아닌가?

지금은 아이가 탄생 신화나 태몽의 의미를 모르고 마냥 듣고 있을 것이다. 하지만 이 이야기의 힘은 20년 뒤에 드러날 거다. 아이가 어른이 되어 내 품을 떠나 힘든 일에 직면했을 때, '이 어려움도 한때야. 결국에 나는 잘될 사람이야' 하는 스스로에 대한 믿음으로 든든하게 나타날 것이다.

아이가 커서 산타 할아버지를 믿지 않는 나이가 되면, 자신이 천사였다는 것도, 커다란 용이 나타났다는 태몽도 믿지 않을 수 있다. 하지만 엄마가 자신을 특별하게 생각했다는 마음, 자신은 소중한 존재라는 마음은 평생 가져갈 것이다. 오늘 당장 우리 아이만의 특별한 태몽과 탄생 신화를 만들어보자. 태몽을 특별하게 만들어보자. 엄마의 특별한 사랑은 이야기로 전해지고 그 이야기를 통해 아이의 자존감은 자라날 것이다.

아이가 내 호의에 짜증을 낸다면?

엄마가 어디까지 해줘야 할까? 엄마가 언제까지 해줘야 할까? 아이가 내 호의를 딱 기분 좋게 받아들일 때까지다. 내가 무언가를 해줬는데 아이가 짜증을 낸다면, 내가 오버했다는 걸 알아차리고 멈춰야 한다.

네 살인 둘째 아이는 요즘 스스로 팬티와 바지를 입는다. 매일 다리 두 개를 바지 한쪽에 몰아넣어서 다리 하나를 꼭 빼줘야 한다. 그렇다고 내가 입혀주면 안 된다. 아이가 분노의 고함을 내지르기 때문이다.

바쁜 아침 시간, 그냥 내가 슥슥 입혀버리면 1분도 안 걸릴 일이 느릿느릿 5분 이상은 걸리는 것 같다. 답답하기도 하고 조급하기도 하지만 이런 내 마음을 꾹꾹 눌러 담는다. 희한한 건, 아이도 스스로 할 수 있는 것과 못하는 것을 분명히 구분하고 있다는 점이다. 바지 입기보다 고난이도의 기술이 필요한 건 윗도리 입기다. "이건 엄마가 해줘." 그래서 윗도리는 내가 입혀줄 때까지 얌전히 기다린다. 바지만 기필코 "내가!" 할 뿐이다.

귀엽기만 하던 아이와 나 사이에도 조금씩 경계선이 생기고 있다. 아직 많은 부분은 아니지만 최소한 바지 입는 것에선 선이 분명하게 그어졌다. 이제 바지 입기는 그의 몫이다. 참, 찍찍이 운동화도 혼자 신고 손 씻는 것도 혼자 한다. 기다리느라 힘들긴 하지만 일일이 챙겨주지 않아도 되니 나도 편해졌다.

엄마와 아이 사이의 거리, 이제 조금씩 멀어져야 할 때다. '고작 네 살인데요?'가 아니라 '이제 네 살이니까'가 시작이다. 이렇게 하나씩 혼자 하는 게 늘어나다가 사춘기 무렵에는 많은 부분에서 엄마가 손을 떼야겠지. 그때 가서 갑자기 모든 것에서 손을 떼기는 엄마도 아이도 힘들 거다. 그래서 네 살부터 시작해야 한다.

일상에서 아이의 자율성 키우기

일상에서 쉽게 실천할 수 있는, 아이의 자존감을 높이는 방법이 있다. 아이의 자율성을 키워줌으로써 아이의 자존감을 올리는 것이다. 자율성은 스스로 결정하고 행동하는 힘이라 할 수 있는데, 그 행동에 대한 책임을 기반으로 한다. 내가 선택해서 어떤 행동을 하고 그 결과가 좋든 나쁘든 내가 다 받아들이는 것이다.

그렇다면 어떤 것을 아이 스스로 선택하고 결정하고 책임지게 할 수 있을까? 내가 아이에게 자율성을 준 것은 바로 '아침에 입을 옷 고르기'다. 많은 엄마가 바쁜 아침 시간에 아이와 옷 때문에 실랑이를 벌인다. 아이는 계절에 맞지 않는 옷, 상황에 어울리지 않는 옷 등을 꼭! 꼬오옥! 입어야 한다고 주장하고, 엄마는 그 옷은 안 된다며 더 예쁜 옷, 더 따뜻한(혹은 더 시원한) 옷을 입으라고 주장한다. (정말 얘네, 어린이집이나 유치원에서 단체로 모의 작당이라도 하고 오는 걸까? 다른 집도 다 그렇다.)

그런데 아이의 자율성을 키우는 데 옷 스스로 골라 입기보다 좋은 게 없다. 옷 고르기는 위험한 일도 아니고 돈이 드는 일도 아니며 잘 잘못이 있는 일도 아니다. 그러니 내 눈에 좀 거슬리더라도 계절에 안 맞더라도(밖에 나가보면 스스로 알게 되니) 눈 딱 감고 자율성을 키워주자! 아이에게 맡기자!

나는 아이가 계절에 맞지 않는 옷을 입는 건 참겠는데 어제 입었던 옷을 빨자마자 또 입고 또 입는 것은 참기가 힘들었다. 우리 아이들은 좋아하는 것만 지독하게 좋아하는 덕후 기질이 다분해서 옷도 자신이 좋아하는 옷만 매일 입겠다고 고집을 피웠다. 그러면 나는 빨래를 자주 해야 하는 데다 다른 옷을 산 돈이 무척 아까워졌다. 그렇다고 아이에게 안 입은 옷도 좀 입으라고 실랑이를 하게 되면 다른 데 써야 할 에너지가 소진되고, 아이는 아이대로 마음이 상해 좋지 않은 결과만 나왔다.

그래서 생각한 해결 방법은 아예 옷을 살 때부터 아이와 함께 사는 것이다. 요즘은 스마트폰으로 옷을 살 수 있으니까 아이와 집에서 편하게 앉아 쇼핑을 할 수 있다. 다만 아이는 돈에 대한 개념이 잡혀 있지 않고 너무 많은 선택지는 아이에게 불안감을 줄 수 있기 때문에 내가 먼저 계절, 가격, 아이의 취향(청바지는 절대 싫어, 추리닝 완전 좋아) 등을 고려해 몇 가지 선택지를 추린다. 그리고 아이와 함께 쇼핑몰에 접속해 스스로 몇 가지를 고르게 한다. 직접 고른 옷은 아이가 무척 좋아한다. 다 자기가 고른 옷인 만큼 골고루 잘 입는다. 매 계절 이렇게 아이는 쇼핑 기술을 키우고 있다. 쇼핑할 때도 아이가 고르게 하고, 매일 아침에 입을 옷도 아이가 고르게 하니 자율성은 두 배로 쑥쑥 자랄 것이다.

어떤 엄마는 아이에게 저녁 메뉴를 고르게 하기도 한다. 본인이 매일매일 메뉴를 생각하는 것도 골치고 아이에게 스스로 메뉴를 고르게 하면 잘 먹는다고 한다. 이 아이 역시 본인이 선택한 기쁨에 즐겁게 식사하며 자율성을 쑥쑥 키우고 있겠지. 그러나 우리 아이들에게 메뉴를 고르라고 한다면…… 매일 먹었던 것만 또 먹자 하겠지. 그건 엄마인 내가 못 받아들이겠어서 메뉴 정하기는 제외했다.

이처럼 집마다 상황은 다르니 어떤 것을 아이의 선택에 맡길 수 있을지 한번 고민해보자. 우리 집처럼 옷 쇼핑과 코디를 아이 자율에 맡겨도 좋고, 저녁 메뉴나 외식 메뉴를 맡겨도 좋겠다. 오늘 놀러 갈 곳을 선택하게 해도 좋고 간식을 고르게 해도 좋다. 이 중에서 엄마인 내가 받아들일 수 있는 것, 편한 것, 사정에 맞는 것을 골라보자. 단, 너무 많은 선택지는 아이를 불안하게 할 수 있으니 선택지를 좁혀서 서너 개 중에 고르게 해야 한다는 것을 잊지 말자. 아이가 커갈수록 선택할 수 있는 것을 조금씩 늘려 스스로 선택하는 기쁨을 누리게 하자. 설사 아이가 고른 옷이 못생겼고 아이가 고른 과자가 맛이 없어도 그 결과를 아이가 받아들이는 것까지가 자율성이니까.

육아를 통해 엄마의 자존감 올리기

내 자존감이 낮은데 내 아이도 낮으면 어떻게 하나 걱정하는 엄마들이 많다. 게다가 나는 이미 성인이어서 자존감 형성은 다 끝난 것 같은데 어떻게 하지 싶다. 그럼 나는 남은 삶을 평생 낮은 자존감으로 살아야 할까? 아니오! 자존감도 다양한 영역에서 키울 수 있다. 자존감도 영역을 나눠 '우리는 엄마니까 육아라는 분야에서만큼은 내 자존감이 높다!'라면서 자존감 높은 엄마가 될 수 있다.

그렇다면 어떻게 육아 자존감을 높일 수 있을까? 자존감은 '나는 나 자신을 사랑해'라고 말한다고 해서 올라가는 것이 아니다. 아이를 위해 돈을 많이 쓰고 투자를 한다고 낮은 자존감이 높아지지도 않는다. (그러니 자존감을 위해 비싼 장난감, 옷, 교구, 전집은 사지 말자!)

너무나 냉정하고 무섭게도 자존감은 '나의 실질적인 성취'가 있어야 생기는 마음이다. 다시 말해 내가 고생을 좀 해야 된다. 고생스러운 과정을 지루하게 통과하고 이겨냈을 때 내가 나 자신을 평가하면 만족스러워진다. 그때 유능감과 자기 효능감이 생겨서 자존감이 높아진다.

따라서 아이를 키우면서 내가 실질적으로 잘해낸(고생을 한) 무언가가 한두 가지 있으면 좋다. 예를 들어 자연분만을 했다, 모유 수유를 했다, 매일 베이비 마사지를 해줬다, 천 기저귀를 썼다, 이유식을 만들어 먹였다, 영상물을 보여주지 않았다, 매일 놀이터를 나갔다, 책을 열심히 읽어줬다, 남편이나 기관의 도움 없이 혼자 키웠다, 매일 아이 사진을 찍어줬다, 육아 일기를 썼다 등이 있다. (옳은 방법이 아니라 힘들어 보이는 방법을 나열했다. 당연히 나도 다 못한 것들이다.)

아기가 5개월 되었을 무렵, 이유식을 준비하기 위해 책을 한 권 샀다. 온오프라인에서 다양한 이유식 레시피로 유명했던 저자는 모유 수유에 실패하고 이유식만큼은 내가 잘 해먹이겠다는 마음으로 이유식 만들기에 심혈을 기울였다고 한다. 그녀는 모유 수유로 인해 낮아진 육아 자존감을 이유식으로 회복했다. 이처럼 자존감은 낮아질 수 있지만 다시 회복될 수도 있다는 사실에 주목하자.

육아의 모든 분야를 다 잘해낼 순 없다. 하지만 한두 가지를 정말 잘해낸다면 나도 내 자신을 스스로 인정할 수 있게 된다. 모두 평균치 이상을 하려고 애쓰지 말고 할 만한 것 한두 가지만 정말 열심히 해보자. 나는 최근에 '아이 세 돌까지 마트에서 파는 과자나 음료수를 한 번도 먹이지 않았네. 다른 사람이 그렇게 했다고 했을 때 엄청 어려울 줄 알았는데 나도 해냈구나!'라는 생각을 하면서 무척 뿌듯했다. 그리고 아이 돌 지나고부터 천 기저귀를 쓰면서 아기 피부를 지켜준다는 자긍심이 생겼다.

이렇게 열심히 키우고 나면 나중에 아이가 다 컸을 때 해줄 말이 생긴다.

"엄마가 너 자연분만하고 잠도 못 자고 열심히 모유 먹였어. 그러니 너는 건강하게 잘 자랄 거야."

"엄마가 너 모유는 못 먹였지만 이유식은 열심히 해먹였단다. 그래서 너는 지금 이렇게 튼튼한 거야."

"엄마가 그 더운 여름에도 추운 겨울에도 너랑 매일 놀이터에 나갔단다. 우리 얼마나 재미있게 놀았는데! 네 사회성이 좋은 이유야."

이런 말을 통해 엄마의 자긍심이, 엄마의 뿌듯함이 아이에게도 그대로 전달된다. 그리고 엄마가 나를 위해 이렇게 열심히 해주셨구나 하고 아이는 엄마의 사랑을 느낄 수 있다. 엄마의 자긍심, 뿌듯함, 사랑은 아이의 자존감에 영향을 미칠 것이다.

우리에게 육아만큼 낯설고 어려운 일이 또 있을까? 공부는 학과목을 가르쳐주는 선생님이 있고 회사에는 일을 가르쳐주는 팀장이나 선배가 있지만 육아는 아무도 가르쳐주지 않는다. 심지어 친정 엄마도 육아를 가르쳐주기엔 너무 오래되어 기억이 바랬거나 시대가 바뀌어 그 지식은 쓸모를 발휘하지 못하기도 한다. 결국 육아의 대부분은 내가 알아서 해내야 한다. 그만큼 힘든 일이기 때문에 더욱 자존감을 높이기 좋은 기회다. 실질적인 성취를 통해 유능감을 느끼면 내가 다른 건 좀 못해도 나 자신을 쉽게 이해하고 용서할 수 있다.

그러니 모든 것을 잘하려 애쓰다 모든 것을 망치는 오류를 범하지 말고 한 가지 어려운 일을 열심히 해보자.

육아와 열등감, 내 이야기

육아를 통해 자존감을 올릴 수도 있지만 육아라는 게 결코 만만치 않다. 자존감을 향상시켜주는 일보다는 자존감을 깎아먹는 일이 더 많다. 아이를 키운다는 것, 그 자체만으로 신체적으로 힘든데 자존감이 자꾸 깎이니까 정신적으로도 힘들다.

여기서는 내 육아 콤플렉스, 열등감을 이야기하려고 한다. 콤플렉스는, 아니 콤플렉스니까 먼저 나서서 이야기하고 싶지 않다. 나만 모르는 척하고 있으면 마치 없는 듯한 게 콤플렉스니까. 하지만 내 열등감을 스스로 인정하고 치유하고 싶은 마음에 이 글을 쓴다.

우리 아이들은 병치레가 참 잦다. 첫아이는 16개월에 돌발진으로 인한 열성경련을 했다. 고열이 나면 경기를 하는 아이였다. 모 카페를 보면 아이 체온이 섭씨 38~39도가 되어도 해열제를 안 먹인다는 분들이 있는데 나는 그럴 수 없었다. 아이의 열성경련을 최대한 방지하기 위해 섭씨 37.8도만 되어도 해열제를 바로 투여했다. 그러고도 열이 잘 안 잡혀 수차례 응급실을 방문했고 해열 주사와 수액으로 겨우 열을 내리곤 했다. 열 때문에 16~25개월 사이에 세 번이나 입원을 했다. 다행히 그 뒤로 입원은 안 했지만 네 살 때 폐렴, 다섯 살 때 독감, 여섯 살 때 다시 폐렴…… 철마다 크게 아팠다. 그리고 그때마다 열성경련을 하지나 않을지 늘 조마조마했다.

둘째는 형의 기록을 깨고 첫돌 무렵 벌써 세 번 입원을 달성했다. 모두 폐렴이었다. 7개월 때 형한테서 폐렴이 옮은 것을 시작으로 12개월에 또 폐렴에 걸렸고, 그것을 형한테 옮긴 후 13개월에 다시 옮겨 받아 금방 재발했다. 이 때문에 마지막 폐렴 입원 때 영아 천식 소견을 받아서 치료 중에 있다. 아이가 너무 어려서 천식 검사는 불가하고 돌 전에 세 번 폐렴이 걸린 것으로 미루어 천식으로 간주한다 했다. 다행히 크면서 자연스레 좋아진다고 하니 그때까지 매달 대학병원에 다니며 장기 치료 및 관리를 철저히 해야 한다.

둘째가 천식 진단을 받고 나는 몇 날 며칠을 잠을 못 잤다. "앞으로 어떻게 관리해줘야 할까?" "내가 어떻게 해줘야 할까?"라는 생각도 많이 했지만 한편으로는 "왜 나에게 이런 시련이……" "내가 뭘 잘못해서 아이가 이렇게 자주 아플까?" 등 육아 자존감을 깎아먹는 부정적인 생각도 자꾸 났다.

천식은 기관지 알레르기다. 둘째 아이는 기관지가 다른 사람보다 예민해 알레르기 항원을 만나면 기관지 근육이 수축되고 염증이 잘 생긴다. 알레르기 가족력이 있으면 발생할 확률이 높다. 엄마인 나도 아빠인 남편도 타고나길 모두 알레르기가 있다. 그러니 내 잘못이 아닌데도 마치 모든 게 내 잘못인 것만 같았다.

부정적인 생각은 주변 아이들과의 비교 때문에 더 심해졌다. 첫아이를 키울 때는 주변에 병치레가 잦은 아이가 많았다. 열 경기를 했던 동갑내기 여자아이도 있었다. 다른 아이들도 몇 번씩 입원을 경험했다. 그래서 내 아이의 병치레가 크게 도드라져 보이지 않았다. 그냥 이맘때는 다 아프겠거니 했다.

그런데 둘째 때는 주변에 참 건강한 아이들이 많았다. 그리고 그것을 자랑하는 엄마도 있다. 그러니 더더욱 꼭 내가 뭘 못해줘서 아이가 아픈 것만 같았다. 나중에 둘째가 연달아 입원할 때 주변 사람들에게 아이가 또 입원했다는 소식조차 알리고 싶지 않았다. 아이의 입원 소식을 알리는 것은 꼭 나의 나쁜 성적표를 남들이 다 볼 수 있는 벽에다 붙이는 것만 같았다.

나에게 없는 것: 아이들의 건강
내가 할 수 없는 것: 아이들의 병치레 → 열등감

둘째 아이 폐렴 소식에 시이모님께서 걱정해주시며 남편의 사촌도 철마다 폐렴에 걸려서 초등학교 2학년 때까지 매년 입원을 했다고 이야기해주셨다. 그 말이 어찌나 위로가 되던지. 나만, 내 아이만 그런 게 아니구나.

그리고 며칠 전에 둘째 또래 아이들의 엄마들을 만났는데, 한 아이는 입원까진 안 갔지만 수액치료를 받았고 다른 한 아이는 최근 한

달 동안 폐렴으로 두 번, 장염으로 한 번, 총 세 번을 입원했다고 한다. 그리고 그 아이의 엄마 역시 나처럼 죄책감과 열등감으로 괴로워하고 있었다. 우리는 서로 많은 위로를 주고받았다. 힘들 때는 이렇게 비슷한 처지의 사람을 만나 이야기를 듣는 게 참 좋은 심리 치유 방법이다.

해결 방법

정서(스스로에 대한 긍정적인 평가)

결핍 인식(아이들의 건강 문제) → 행동(알레르기 방지, 호흡기 치료 등)

열등감 유발 대상 회피(자식 건강 자랑하는 엄마 만나지 않기)

이렇게 내 성적표를 공개하니 한편으론 후련하고 다른 한편으로는 여전히 부끄럽다. 남들이 보기엔 아무렇지 않을 수도 있다. 그런 게 바로 열등감이고 콤플렉스다. 열등감은 타인의 평가가 아닌 자기 평가 문제니까.

엄마, 나는 누구예요?

대학교 상담센터에 한 학생이 찾아왔다. 심리검사를 해보니 자신에 대한 점검을 많이 하는 경향이 있었다.

"나는 어떤 사람인가요?"

학생은 고개를 떨어뜨린 채 대답하지 못했다. 노래를 잘 부르고 싶고 축구를 잘하고 싶다고 했다. 뭘 하든 최고로 잘하고 싶다고 했다. 그래서 인기 있는 사람이 되고 싶다고 했다. 노래와 축구를 좋아하냐는 질문에 고개를 가로저었다. 그의 이야기에는 자신은 없고 그저 되고 싶은 자기와 그렇게 되지 못하는 못난 자기만 있었다.

"당신은 어떤 사람이에요?"라는 질문에 쉽게 대답할 수 있는가? 이 질문은 어려운 질문이 아니다. '내가 좋아하는 것'을 말할 수 있으면 된다. 내가 좋아하는 것들이 나를 설명해주니까. 그런데 잠깐! 내가 좋아하는 것이 진짜 내가 좋아하는 것일까? 혹시 사람들이 다 좋아하니까, 있어 보여서 좋아하는 건 아닐까? 아빠가 혹은 엄마가 좋아했던 것은 아닌가? 혹시 선생님이 멋지다고 했던 것이나 친구들이 감탄

하고 좋아했던 것은 아닌가? 혹시 얻기 쉬워서, 그저 탐닉하는 것이라 좋아하는 건?

사회적 동물인 인간은 부모와 친구로부터 굉장히 많은 영향을 받는다. 그래서 이게 내가 진짜 원하는 건지, 부모님이 원하는 건지, 주변 사람들이 원하는 건지 헷갈릴 수 있다. 헷갈린다고 해서 주체성이 없는 게 아니라 청소년기나 청년기에 정체성을 만들어가는 과정에서 지극히 당연한 일이다.

그렇다면 이런 혼돈 속에서 내가 좋아하는 것을 어떻게 구별할 수 있을까? 일단 한번 해보면 내가 즐거운지 아닌지 알 수 있다. 그리고 해봤는데 힘들거나 그만하고 싶다면 거기서 끝. 그래도 하고 싶다면 진짜 좋아하는 거다. 정말 좋아한다면 얻기 어려워도 내가 고생을 해서라도 얻고 싶고 내가 힘들어서라도 유지하고 싶어지게 마련이다.

돈과 시간은 대부분의 사람에게 한정된 자원이다. 더군다나 시간은 모든 사람에게 한정돼 있다. 따라서 한정된 돈과 시간을 따로 낸다는 것은 정말 좋아한다는 증거다. 회사 일로 바쁘고 힘들어도 영화 보는 시간만큼은 어떻게든 마련한다든지, 아기 보느라 너무 피곤해도 미싱을 돌린다든지, 새벽에 일어나는 수고를 감수하고서라도 수영을 간다든지……. 이런 것은 내가 정말 좋아해야만 할 수 있는 일이다. 이렇게 내가 좋아하는 것을 하나둘 구별해가면서 정체성이 정립된다.

심리 상담에서는 "당신은 어떤 사람이에요?"라는 질문에 '내가 느끼는 감정'으로 답할 수도 있다. 어떤 상황에서 기쁘다, 슬프다, 즐겁다, 행복하다, 괴롭다, 원망스럽다……. 똑같은 상황에서도 사람마다 느끼는 감정은 다 다르기 때문에 너와 나를 구분 짓는 정체성 확립의 기준으로 '내가 느끼는 감정'이 있다.

그러나 우리는 좋아하는 것과 마찬가지로 감정 역시 주변의 영향을 무척 많이 받는다. 더군다나 부정적인 감정은 스스로를 억압하기 때문에 진짜 내가 느끼는 것을 잘 모르는 경우가 많다. 예를 들어 엄마와 밀착된 딸은 엄마의 감정을 자기 것으로 착각하며 살기 십상이고, 부정적인 감정을 담아내지 못하는 사람은 타인들에게 자신의 감정을 투사해서 남의 것으로 착각하며 산다. 그래서 상담 시간에 '내 감정, 내 생각, 내 느낌, 내 마음' 등에 초점을 맞춘 질문을 하게 된다. "당신은 어떻게 느끼셨나요?" "그때 어떤 마음이 들었어요?" "그럼 어떻게 될 것 같나요?"와 같은 질문을 통해 엄마와 나의 감정을 구분 짓고 친구와 달랐던 내 마음을 확인하며 그렇게 나를 알아가게 된다. 나를 알면 내가 이해되고 결국 나를 온전히 받아들일 수 있게 된다. 그렇게 치유가 일어난다.

정체성 정립은 어려운 일이 아니다. 노트를 꺼내 써보자. 내가 좋아하는 것과 내가 느끼는 것, 이 두 가지만 알면 된다. 하지만 어린아이들이 이 두 가지를 알기란 쉽지 않다. 그렇기 때문에 앞서 이야기한 자율성이 매우 중요하다. 스스로 놀이를 정하는 것, 스스로 옷을 고르는 것, 스스로 밥을 먹는 것, 스스로 친구를 사귀는 것. 아이 스스로 정해보는 경험을 많이 하게 해야 한다. 그래야 아이 스스로 내가 좋아하는 것을 잘 알 수 있을 것이다.

네 마음이 그렇구나!
: 엄마의 아기 심리 치료

첫째 아이가 20개월이 됐을 무렵, 경주 테디베어박물관에 갔다가 갑자기 수많은 공룡을 보고 또 그 공룡들의 괴성(녹음된 소리지만 아기에겐 실제 소리로 다가왔을 것이다)을 듣고는 무척 놀랐다. 나한테 꼭 안겨서 울먹이는 바람에 1층 공룡 전시관은 지나치고 지하 층만 겨우 관람할 수 있었다. 그렇게 경주를 다녀온 다음 주, 아이가 자다가 깨서 자주 울고 또 낮에는 "곤뇬 무토워~ 곤뇬 무토워~(공룡 무서워)"를 반복해서 말했다. 정말 무한 반복하니 마음도 아프고 후회도 되었다. 경주에서 처음 본 공룡이 아이에게 꽤나 충격이었던 모양이다.

어른들에겐 별일 아니지만 아이에겐 큰일인 경우가 많다. 혹은 어른들은 이튿날이면 잊어버리지만 아이에겐 며칠이 지나도 잊히지 않는 무서움으로 남는 일도 많다. 이럴 때 엄마인 우리는 어떻게 할까? 대개는 "괜찮아" "공룡 안 무서워" "공룡 여기 없어" 등의 말로 아이를 안심시키려 한다. 그러다가 아기가 계속 말하면 "공룡 없잖아!" 하고 소리를 지를지도 모른다. 물론 엄마는 아이를 빨리 안심시키려는 좋은 의도에서 하는 말이지만 안타깝게도 이런 말은 도움이 되지 않는다. 그렇다면 어떻게 해야 할까?

게슈탈트 심리치료에서 사용하는 기법 중 '지금 여기에서의 재경험'이 있다.

게슈탈트 치료에서 추구하는 것은 내담자가 자기 자신에 대해 좀더 명확한 자각을 하도록 도와주는 것이다. 내담자의 과거 사건에 초점을 맞추는 것도 중요한 일이다. 다만, 그것들을 하나의 지나간 사건으로서가 아니라, 지금 여기의 체험으로 만들어줌으로써 새로운 의미를 발견하도록 해주어야 한다. 예를 들어 '그때의 사건을 말씀하시면서 지금 느끼는 기분이 어떠신지요'라고 질문하면 내담자는 자신의 과거에 대해 새로운 조망을 가질 수 있게 된다. 이때 내담자는 자신의 과거 경험을 새롭게 지각하거나 통찰을 갖게 되어 마침내 과거 경험을 통합할 수 있게 되는 것이다.10

내담자가 "그때 공룡을 보고 너무 무서웠어요" "시험을 망치고는 두려웠어요" "엄마가 너무 미웠어요" 등 중요한 감정을 드러낼 때 다음 이야기로 넘어가지 말고 상담자는 "잠시 그 마음에 머물러보세요"라고 말한다. 그런데 감정에 머문다? 이게 무슨 말일까?

감정에 머문다는 것은 그 감정을 생생히 다시 느껴보는 것이다. 감정을 다시 느끼는 것을 어려워하는 내담자라면 "그 감정을 크기로, 색깔로 표현해보세요" "분노를 수치로 표현한다면 몇 점일까요?" 등 다양하게 표현해보도록 할 수도 있다. 이때 우리가 머물러야 하는 감정은 대부분 부정적인 것일 때가 많다. 신뢰관계가 형성된 상담자와 안전한 상담실에서 그동안 표현하기 두려웠던 부정적인 감정을 마음껏 표현함으로써 불편했던 마음이 사라지는 것을 경험할 수 있다.

자, 이러한 게슈탈트 심리치료 기법을 아이에게도 적용해보자. 물론 위에 쓰인 예는 성인이나 청소년 상담 사례다. 아직 말도 잘 못하고 표현이 미숙한 아기나 아이들에겐 다음과 같이 적용해볼 수 있다.

1단계: 언어를 통한 재경험

아직 말도 잘 못하는 아기라면 "공룡 무서웠어?" "얼마나 무서웠어? 많이 무서웠어?"라고 되물어주자. 물론 딱히 답을 기대하고 묻는 질문이 아니라 아이의 마음을 대신 읽어주는 공감 질문이다. 그리고 또 엄마가 "공룡 많이 무서웠구나" "공룡 정말 많았어" "공룡이 되게 크고 소리도 질렀지. 그래서 놀랐어?" 하고 대신 표현한다. 이를 통해 아기는 꿈에서 혼자 공룡을 재경험하는 게 아니라 엄마와 함께 그때 그 무서웠던 공룡을 안전하게 재경험할 수 있게 된다.

2단계: 장면을 재연한 재경험

인형이나 모형을 사서 그때 그 장면을 되풀이한다. 이 역시 엄마와 함께 무서웠던 경험을 안전하게 재경험하는 것이다. 반복해서 재경험함으로써 '그래도 내가 괜찮구나. 위험하지 않구나'를 아이가 느끼도록 한다. 이를 위해 나는 곧바로 공룡 검색에 들어가 애플비 공룡백

과를 샀다. 책과 공룡 모형을 같이 판매한다. 군이 비싼 공룡을 사줄 필요는 없다는 생각에 간단하고 합리적인 가격대를 골랐다.

공룡 모형으로 "쿠오오~ 공룡이 이렇게 소리를 질렀지?" "공룡이 잡으러 간다~!"(실제 장면은 아니지만 아기가 상상할 수 있는 장면을 보여준다) 하면서 놀아주었다. 처음에는 이 작은 모형의 공룡도 무섭다고 말하던 아이가 공룡 놀이를 반복하니 나중에는 공룡을 좋아하게 되었다. 이렇게 아이는 공룡 트라우마를 극복했고 더 이상 "곤뇨 무토워"를 외치지 않게 되었다. 물론 아주 가끔 그 말을 하지만 처음처럼 무한 반복하지는 않는다. 그리고 공룡 장난감을 아주 좋아한다.

만약 가벼운 교통사고를 겪은 아이라면 장난감 자동차를 이용해 아이가 겪은 사고를 재연해볼 수 있다. 또 아이가 친구와 싸우고 속상해한다면 인형을 가지고 역할극으로 친구와의 싸움을 재연해볼 수 있다. 그림 그리는 것이 가능한 연령대의 아이라면 그림으로 표현해보자고도 할 수 있다.

재연할 때는 물론 아이가 먼저 말하게 하고 아이의 언어에 귀기울여주자. 그리고 되도록 아이의 언어를 반복해서 "그랬구나!"(무서웠구나, 힘들었구나, 속상했구나, 짜증났구나, 안타까웠구나, 슬펐구나, 화가 났구나, 놀랐구나 등 다양한 '~구나')로 맞장구쳐준다. 마치 내가 속상한 일을 겪고 절친한 친구에게 하소연할 때 다정하게 들어주듯이 말이다. 이는 놀이치료 기법과도 유사하다.

엄마와의 재연 과정을 통해 아이는 자신이 느낀 부정적인 감정에 압도당하거나 그 감정을 무서워하지도 피하려고 하지도 않고 '온전히'

느낄 수 있다. 감정을 온전히 느끼는 순간 힘들고 불편했던 마음은 신기하게도 사라지거나 줄어든다.

그런데 엄마가 아이의 불편한 감정을 보는 것이 힘들다면, 이런 놀이가 어려울 수 있다. 그럴 때는 아이의 불편한 감정(무서움, 공포, 불안, 분노, 걱정, 짜증, 놀라움, 실망, 섭섭함 등)과 비슷한 불편한 감정이 내 안에 있기 때문일 가능성이 있다. 하지만 감정이란 것은 피한다고 피해지는 게 아니라 피할수록 오히려 더 끈질기게 따라오는 녀석이다. 그러므로 나의 불편한 감정도, 아이의 불편한 감정도 마냥 외면해서 편해지려고 하지 말자. 당장은 그 감정이 안 보이지만 내 마음속에는 불편한 감정이 반복 재생되고 있다.

오늘부터 가벼운 마음으로, 가벼운 감정부터 아이와 함께 놀이로 대해보자. 아이도 엄마도 마음이 좀더 가벼워지는 걸 느낄 수 있을 것이다.

※ 주의! 물론 심각한 정서적 손상이나 트라우마를 겪었다면 전문가에게 의뢰해야 합니다.

책을 좋아하는 아이로 성장하게 하려면?

요즘은 아이가 한글을 떼기 한참 전부터, 아니 태어나기 전부터 부모가 태교로 책을 읽어준다. 그래서 육아 카페에 가보면 '몇 살 때는 무슨 책이 좋냐'는 질문과 정보 글이 가득하다. 책 관련 육아 카페나 아이 책 블로그도 성황이다.

책을 읽음으로써 얻는 이득 때문에 많은 부모는 우리 아이가 책을 좋아하길 바란다. 그렇다면 어떻게 아이가 책을 좋아하게 만들 수 있을까? 혹자는 엄마 아빠가 집에서 책을 많이 읽는 모습을 보여주면 된다고 하는데 일단 영유아기에는 아이 앞에서 책을 읽기 어렵다. 책을 보고 있으면 집어던지고 물고 찢고 놀아달라고 하기 때문에 집중할 수가 없다. 엄마가 책을 읽도록 내버려두는 효자 아기는 굉장히 드물다. 다행히 이런 모습을 보이지 않아도 아이를 책으로 유인할 수 있다. 바로 인간의 원초적인 욕구, 재미를 통해서다.

아이 책이든 어른 책이든 좋은 책의 첫 번째 조건은 바로 '재미'다. 재미가 있어야 끝까지 읽을 수 있다. 책 읽는 게 재미있어야 읽고 또 읽고, 이렇게 반복하다보면 독서가 평생의 습관으로 자리 잡는다.

독서는 뇌의 다양한 영역을 쓰는 고차원적인 행위이기 때문에 집중력과 사고력 등 많은 에너지를 요구한다. 한마디로 어려운 일이다. 더군다나 요즘은 재미있는 방송이나 게임 등 자극적인 놀거리가 너무 많다. 아무 생각 없이 인터넷 유머 글을 읽거나 게임을 하는 것은 쉽다. 특별히 사고력이나 집중력을 필요로 하지 않는다. 이렇게 쉬운 놀거리가 넘치는데 책이 재미없다면 책을 볼 수 있을까? 단지 자기계발과 같은 독서가 주는 이득만으로 독서를 계속하기란 어렵다. 학창 시절 공부를 열심히 하면 여러모로 좋다는 건 누구나 다 알지만 모두가 열심히 하는 것은 아닌 것처럼 말이다.

그래서 더더욱 아이에게 재미있는 책을 읽어주는 것이 중요하다. 어린 시절 재미있는 책을 많이 읽어서 '책=재미'라는 인식을 갖게 되면 평생 독서를 할 수 있다.

그렇다면 우리 아이에게 재미있는 책을 어떻게 찾아줄까? 나는 돌이후부터 본격적으로 책을 읽어주기 시작했다. 그리고 아이가 그림책보기에 취미를 붙인 것은 그보다 훨씬 뒤의 일이다. 빠른 아이들은 돌전에도 잘 본다고 한다.

돌에서 두 돌 무렵은 아이들의 취향이 확연히 드러나지 않을 때다. 그럴 때는 무난한 베스트셀러 그림책을 읽어주면 좋다. 사실 베스트셀러를 참고하는 건 아이들이 커도 여전히 괜찮은 방법이다. 아이 연령별 베스트셀러를 잘 메모해두자. 많은 사람의 사랑을 받는 만큼 책이 재미있거나 괜찮을 확률이 높다.

나는 주로 인터넷 서점을 이용하는데, 카테고리에 국내도서〉유아〉0~3세〉그림책〉판매량 순으로 클릭해서 베스트셀러 순위를 보고 책을 구매했다. 어릴 때라서 책을 망가뜨리기 쉬워 빌리기보다는 샀는데, 아이들은 반복해서 읽는 것을 좋아하기 때문에 많은 책이 필요치는 않다. 기억에 남는 책은 『달님 안녕』 『두드려 보아요』 『사과가 쿵!』 『잘잘잘123』 『돌잡이 수학』 시리즈 등이 있다. 이 책들은 두 아이 모두 좋아해서 수없이 보고 또 봤던 것들이다.

아이들은 크면서 슬슬 취향을 드러낸다. 자동차를 좋아하는 아이도 있고 공주를 좋아하는 아이도 있다. 바다 생물을 좋아하는 아이도 있고 공룡을 좋아하는 아이도 있다. 평소 아이의 관심사나 좋아하는 것을 잘 관찰해서 책을 사주자. 첫째 아이는 곰을 좋아해서 곰 관련 그림책을 사주었더니 역시나 읽고 또 읽었다. 곰 자연 관찰 책도 읽어줬고, 고양이를 키우던 때라 고양이 책을 사주니 잘 봤다. 그러다 관심사가 공룡으로 바뀔 무렵에 공룡 책을 사주었다.

어른과 마찬가지로 아이의 취향 역시 계속 변한다. 따라서 타이밍을 잘 맞춰 책을 사주려면 요즘 우리 아이가 무엇에 관심이 있는지를 엄마가 잘 관찰해야 한다. 베스트셀러와 아이의 취향을 고려해서 책을 고르다보면 아이가 특히 좋아하는 작가가 생기기 마련이다. 그러면 그 작가의 다른 책들도 살펴보자. 소설가 김영하는 그런 방법으로 독서를 하라고 추천했다. 아이의 독서도 다르지 않다. 우리 아이는 『고양이 모그』의 작가 주디스 커를 좋아해서 그의 다른 책을 샀고, 『까만 크레파스』의 작가인 나카야 미와도 좋아해서 그 작가의 다른 책도 사서 읽었다.

이외에 또 고려할 사항은 바로 아이의 '나이'다. 프랑스의 베스트셀러 그림책인 『추피』의 주인공 추피는 세 살 아이인데 그래서인지 서너 살 아이들이 무척 좋아한다. 또래의 이야기는 내 이야기 같아 공감을 일으키니 인기 만점이다. 그러나 아이가 크면 그림책 주인공도 함께 성장해야 한다. 아이가 유치원생이 되면 『공룡유치원』, 6~7세가 되면 '지원이 병관이' 시리즈, 『개구쟁이 특공대』 같은 책이 좋다.

책을 무척 좋아하는 첫째 아이는 이제 아무 책이나 읽어줘도 다 재미있게 잘 본다. 글밥이 많고 내용이 꽤나 어려운 사회·지리·과학 분야의 다양한 책을 읽어주었는데 거부감 없이 잘 봤다. 혹시나 해서 그림이 적거나 거의 없고 글씨는 많은 문고판을 읽어줘도 잘 본다. 심지어 요즘 인기 있는 나무집 시리즈 새 책이 중고로 싸게 나왔기에 샀는데 사온 날 바로 보자고 하더니 정말 재미있게 보고 있다.

아직 읽기 독립은 되지 않은 아이가 읽기 독립할 때는 꼭 재미있는 책을 주자. 늘 엄마가 편하게 읽어주던 책을 혼자 읽으려면 힘겨워한다. 그래서 혼자 읽으려면 정말 재미있는 책이어야 한다. 아주 재미있는 책을 엄마가 조금 읽어주다가 툭 끊어버린다. 자연스럽게 전화가 왔다든지 내일 읽어준다고 미룬다든지 하면, 뒷이야기가 궁금한 나머지 아이 혼자 책을 읽게 된다.

아이가 책을 많이 읽기 위한 중요한 조건이 하나 더 있다. 바로 책 읽을 시간이다. 요즘 아이들은 너무 바쁘다. 어린이집도 유치원도 종일반, 방과 후 과정이 활성화되어 있고 초등학생이 되면 더 바빠진다. 태권도, 미술, 피아노와 같은 예체능 학원에 영어, 수학, 과학, 논술 학원 등 셀 수 없이 많은 학원을 다닌다. 요즘은 유치원생이나 초등학생, 중학생 할 것 없이 저녁이 다 되어서야 집으로 돌아온다. 이런 아이들이 도대체 언제 책을 읽을 수 있을까.

어릴 때는 무릎에 앉혀놓고 엄마나 아빠가 책을 읽어주니 독서 시간을 부모가 조절할 수 있다. 그러나 학령기 이후 읽기 독립이 되면 책 읽는 시간은 아이가 정한다. 엄마가 강제하기 어려워진다. 다만 부모는 아이들이 책을 읽을 만한 분위기를 조성해줄 수 있다. 주말에 온 가족이 도서관 가기, 매일 저녁 텔레비전도 게임기도 다 끄고 책 읽는 시간 갖기, 정기적으로 재미있는 책 사주기, 도서관에서 책 빌려다놓기 등을 통해 아이는 책과 한층 가까워질 수 있을 것이다.

나는 요즘 말로 책 덕후인데, 이렇게 책을 많이 읽고 좋아하게 된 데는 초등학교 시절 남아도는 시간이 한몫했다. 부모님은 늦게까지 일하시고 외향적인 언니와 남동생은 나가 놀고 텔레비전은 깜깜한 저녁이 되어서야 하던 시절, 정말 시간은 많고 심심해서 책을 읽기 시작했다. 책을 읽다보니 재미를 느끼고 푹 빠졌다. 책이 좋아서 읽은 게 아니라 읽다보니 좋아졌다. 그렇게 책을 많이 읽다보니 공부는 물론 인생에 많은 도움이 되었다.

아이가 책을 좋아하게 만들어 많이 읽게 하려면, 아이가 어릴 땐 책에 재미 붙일 수 있게 도와주기, 아이가 크고 나면 책 읽을 시간 마련해주기, 이 두 가지를 기억하자.

아이의 언어 발달을 돕고 싶다면?

우리 아이들은 둘 다 활발한 옹알이를 시작으로 말문이 빨리 트였고 두 돌 전에 이미 문장을 구사하며 말을 잘하는 편이었다. 언어 발달이 남달라 영유아 검진에서도 언어는 언제나 평균보다 빠른 발달을 보였다(신은 공평하게도 몸무게나 키에서는 그렇지 않았다).

유아들은 상상과 현실, 꿈과 현실, 예전에 겪은 것과 오늘 겪은 것을 섞어서 말하곤 하는데(이런 경우 본의 아니게 아이의 말이 거짓말이 된다. 그래서 어린이집이나 유치원의 아동학대 사건이 발생하면 아이들의 증언이 증거로 인정되지 않기도 한다) 첫째 아이는 상상, 과거의 일 등을 섞지 않고 또래에 비해 상황 설명을 정확히 잘하는 편이다. 덕분에 유치원에서 친구들과 갈등이 있었을 때 정확한 설명으로 억울함을 벗을 수 있었다. 그러다보니 주변에서 묻는다. 애들이 어떻게 그렇게 말을 잘하냐고. 엄마가 뭘 해줬냐고.

그러면 나는 '감사하게도 아이들이 타고났다'고 대답한다. 정말 심리학을 공부하고 상담 사례를 진행할수록 아이들은 타고나는 게 크다는 것을 알게 된다. 나이가 어리면 어릴수록 더 그렇다(그러니 아이에게 무슨 문제가 생겨도 너무 엄마 탓을 하지 말자).

어느 출판사의 '말하기' 전집 같은 것도 사주지도 않았고(전집은 아이가 일곱 살 되어서 처음으로 사주었다. 그전엔 단행본만 매달 서너 권씩 구매해왔다) 언어발달을 저해할 수도 있다는 텔레비전, 유튜브 등의 동영상 노출도 돌 이후 꾸준히 하고 있다(미국 소아과 의사협회의 권고대로 어떻게 두 돌까지 안 보여줄 수 있겠는가).

하지만 '타고난 기질과 성향+지금까지 겪어온 환경=현재의 아이'이기 때문에 우리 아이들의 언어 발달이 빠른 이유는 아이들 스스로가 타고난 것과 더불어 부모의 영향도 있다고 할 수 있다. 그래서 내가 끼친 영향이 뭐가 있을까 생각해봤다. 나는 첫째를 임신했을 때 먼저 아기를 낳고 키웠던 친구로부터 『베이비 위스퍼 골드』라는 책을 선물 받았다. 아기를 사랑하는 저자 트레이시 호그에게 엄청난 감동을 받아 나는 아기가 태어나기 전에 그 책에 밑줄을 그어가며 읽었다. 수면 교육으로 유명한 이 책은 '책대로 안 커' '애들은 책대로 안 돼'의 가장 대표적인 예이기도 하지만 수면 교육 외에 다른 좋은 이야기도 많다. 가장 인상적이었던 건 아기를 낳고 병원에서 집으로 데려오면 집을 소개해주라는 것이었다. 세상에 나온 아기는 모든 것이 낯설 테니 익숙한 엄마 목소리로 집을 소개해주라고 했다. 내가 말도 못하는 우리 아기에게 말을 걸기 시작한 것은 바로 그때부터였다.

아가야, 여기가 우리 집이야. 엄마는 하얀색을 좋아해서 하얀색이 많아.
이건 침대고 저건 액자야. 이건 시계고 저건 거울이야.
네 장난감은 여기 있어. 토끼 인형 귀엽지? 너도 귀여워!

이런 식으로 집 소개를 하고 매일의 일상에서도 책에 나온 대로 아기에게 다음 일과를 안내해주었다.

우리 아가 맘마 먹었으니까 트림할까?
트림하고 나서는 모빌 보면서 노는 거야. 이거 예쁘지?
자, 이제 목욕해볼까? 옷을 벗고요, 기저귀도 벗고요.
(물 틀어주면서) 물 따뜻해? 따뜻해서 좋아?

태어난 지 한 달 정도 된 아기에게 내가 했던 말이다. 그런데 친구 집에 가보니 아이가 두 돌이 되도록 엄마는 아기에게 딱히 말을 걸지 않았다. 의외로 이런 집이 많다.

그 시절 혼자서 아기를 보니 몸은 힘들었지만 심심해서 나는 아기에게 말을 걸었다. 하루 종일은 물론 아니다. 아기에게 하루 종일 말을 걸라고 하면 누구라도 힘들 텐데, 더군다나 나는 저질 체력이라 절대 힘든 건 못한다. 그저 심심할 때, 아기에게 다음 일정이 있을 때 말을 했다. '조금씩, 매일, 꾸준히'가 핵심이다.

그리고 돌이 지나면 아기도 무언가 말을 하려고 한다. 빠빠, 까까, 뿡까, 깜깜, 아니, 구구, 멍멍……. 외계어 같기도 한 이 말들을 다른 사람들은 못 알아들어도 엄마는 잘 알아듣는다. 하도 붙어서 생활하니까 모르려야 모를 수가 없다. 그럴 때 아기가 말하려는 것을 정확한 발음으로 반복해서 크게 말해줬다.

물?

물 달라고 하는 거야?

그래 물 여기 있어.

물 마시자.

물 시원하지?

엄마도 물 마시는 거 좋아해.

간단한 문장 속에서 물을 몇 번이나 반복했을까? 여섯 번이다. 이처럼 한 번의 대화에서 한 단어를 여러 번 반복하면 좋다. 문장은 짧고 간단하지만 단어는 아기가 쓰는 단어나 아기 말을 거의 사용하지 않았다. 예를 들어 '맘마' '까까'라는 단어는 처음에만 잠깐 쓰고, 금방 '밥' '과자'라는 단어로 넘어갔다. 아기 단어만 쓰면 아무래도 제대로 된 단어와 말을 배울 수 없다.

남편은 '치뜨' 같은 아기의 짧은 발음을 그대로 따라 하며 아기와 대화하기도 했는데 그러지 말아달라고 요청했다. 아기가 '치뜨'라고 말은 하지만 사실 '치즈'라고 말하고 싶었을 거다. 못하는 것과 안 하는 것은 다르다. 또한 아기가 정확한 발음을 익히려면 엄마 아빠의 정확한 발음이 선행되어야 한다.

두 돌이 되면서 아기가 본격적으로 말을 잘하게 되었을 무렵, 동요 CD와 이야기 CD를 샀다. 『최승호, 방시혁의 말놀이 동요집』[11]과 CD는 말장난으로 이루어진 노래라 아이들이 정말 좋아한다. 유치한 가사에 웃음이 빵빵 터졌다.

말놀이 동요 대표곡은 유튜브에도 있다. 이 CD는 아이들 개그 코드에 딱 맞아 어린 아기부터 초등학교 저학년까지 강력 추천한다. 그리고 삼성출판사에서 나온 인기 동요, 전래동화, 마술동화, 명작동화 등 보들북 시리즈도 집에서 차에서 수시로 들려줬다.

첫째 아이는 이야기 듣는 것을 너무 좋아해서 세 살 때에도 아기소파에 가만히 앉아 이야기 CD를 30분씩 잘 들었다. 덕분에 엄마는 자유 시간 확보! 다만 둘째는 이야기보다는 노래 듣는 것을 좋아해 동요 CD 위주로 틀어주고 있다. 아이마다 취향의 차이가 있지만 듣는 것을 싫어하는 아이는 거의 없다.

　요즘 아이들이 영상에 많이 노출되는 만큼, 차에서만이라도 영상을 보여주기보다는 오디오북을 들려주길 추천한다. 듣기를 잘하면 집중력도 자라난다. 그리고 영어든 우리말이든 역시 듣기가 먼저 이루어져야 말하기도 잘할 수 있다.

언어 발달 전문가의 도움을 받아보기

영국의 언어 치료 전문가 샐리 워드가 쓴 『베이비 토크』[12]를 보면 엄마가 아기에게 어떻게 말을 걸어야 하는지에 대한 자세한 안내가 나온다. 이를 정리해보면 다음과 같다.

- 매일 30분간 아기하고만 단둘이 지내는 시간을 내기(젖을 먹이거나 기저귀 가는 시간 포함).
- 주위가 조용할 것, 텔레비전·라디오·음악이 없을 것, 다른 사람이 드나드는 것도 피할 것.
- 어른들끼리 나누는 대화는 아기의 듣기 능력 발달에 조금도 도움이 되지 않음.
- 조용한 환경에서 한 사람의 어른이 들려주는 말에 귀를 기울여 확실하게 듣는 기회가 많아야 함.
- 듣는 것과 주의를 기울이는 것(집중하는 것)은 어떤 학습에서든 꼭 필요한 능력, 이 능력을 키워주자.

아기 뇌는 반복을 경험함으로써 신경회로가 발달한다. 엄마는 지겹지만 아기에겐 반복이 아주 중요하다. 그리고 아기의 칭얼거리는 소리에 엄마가 반응해주면 아기는 '아, 내가 목소리를 내면 원하는 게 이루어지는구나' 하고 알게 된다. 그래서 아기는 자신이 원하는 바를 전달하기 위해 노력하고 이것이 바로 언어 발달의 시작이 된다. 이때 주의할 점은 질문하지 않는 것이다. 질문은 아이에게 큰 부담이 될 수있다.

0~3개월

태어난 날부터 아기에게 말을 걸자

짧고 간단한 문장으로

목소리는 높게

천천히 말하기

아기와 정면으로 마주 보기

반복하기

아기가 칭얼댈 때 반응(대답)하기

노래 불러주기

- 이럴 땐 전문가에게

아기가 웃지 않는다.

말을 걸고 안아 올려주어도 울음을 그치지 않는다.

짧은 모음이 들어간 아쿵, 쿠- 등의 소리를 내지 않는다.

빛이 들어오는 쪽이나 딸랑이 소리가 나는 쪽을 보지 않는다.

6~9개월

까꿍 놀이나 짝짜꿍짝짜꿍 같은 간단하고 반복이 있는 말놀이를 많이 한다.

반복되는 구절이 있는 짧은 동요를 불러준다.

아기가 내는 소리를 그대로 흉내 내어 되돌려준다.

아기가 말하고 싶어하는 것을 대신 말해준다.

의태어, 의성어 등을 듬뿍 사용한다.

어떠한 경우라도 아기에게 말을 하도록 시키지 마라.

(예: 자 말해보자꾸나, 이거 말해봐, 따라 해봐)

짧고 간단한 문장을 사용한다.

사물의 이름을 많이 들려준다.

아기가 무엇에 집중하고 있는지 잘 관찰한다.

- 이럴 땐 전문가에게

자신 또는 가족의 이름을 알고 있는 것 같지 않다.

사람에게 말을 거는 듯한 소리를 내지 않는다.

마마마, 바바바 등의 옹알이를 하지 않는다.

까꿍 놀이 등 주고받기 놀이를 즐기지 않는다.

소리가 나는 장난감에 전혀 흥미를 보이지 않는다.

12~16개월

짧고 간단한 문장을 사용한다(대명사를 사용하지 말고 분명한 이름을 이야기할 것).

조금 느리고 큰 소리로 말하며 다양한 가락을 붙인다.

짧은 한 문장에 사물의 이름을 반복해서 말한다.

아기가 낸 소리를 흉내 내어 아기에게 되돌려준다.

상황에 알맞은 재미있는 소리를 내본다(부릉부릉, 부웅부웅, 높이높이, 쿵쿵 등).

- 이럴 땐 전문가에게

당신과 교대로 목소리를 내는 일이 전혀 없다.

'모자는 어디 있지?'라는 질문에 제대로 된 방향을 쳐다보지 않는다.

마치 이야기를 하고 있는 듯한, 서로 다른 소리가 많이 섞여 있는 옹알이를 하지 않는다.

'영차영차' 등 몸짓을 사용하는 놀이를 하려 하지 않는다.

몇 초 이상은 무언가에 집중하는 일이 없다.

24~30개월

아이가 집중하는 대상에 함께 주목한다.

과거에 일어난 일에 대해 순서대로 정리해서 이야기해준다.

새로운 단어를 많이 사용한다. 단어 수를 늘린다.

아이가 집중해서 놀고 있는 대상에 관해 실황 방송을 해준다.

되풀이나 동작이 따르는 동요를 들려준다.

아이의 발음이 틀렸을 때는 지적하지 말고 짧은 문장 속에서 여러 차례 들려준다.

아이가 말한 내용을 알 수 없을 때는, "미안 잘 안 들렸어"라며 어른의 책임으로 돌린다.

아이가 말한 내용에 살을 붙여준다.

- 이럴 땐 전문가에게

한 단어밖에 말하지 않고 사용하는 단어의 수가 늘어나지 않는다.

아이가 말하는 것을 알아듣기가 무척 힘들다.

함께 놀아주기를 원하지 않는다.

흉내 놀이나 상상 놀이를 하지 않는다.

아주 단순하게 말하지 않으면 어른이 말하고 있는 내용을 이해하지 못하는 것처럼 보인다.

주의를 집중하고 있는 시간이 무척 짧다.

샐리 워드는 사랑하는 어른이 자기에게만 몰두하고 있다고 느끼면 아이는 스스로에 대해 자신감을 갖게 된다고 주장한다. 그래서 아이는 애정을 얻으려고 어떤 행동을 해야 할지 고민하는 스트레스를 느끼지 않아도 된다. 그런 스트레스를 받으면 제멋대로 구는 아이가 된다고 한다. 한 아이에게만 집중하는 말 걸기 육아를 통해 아이의 정서가 많이 안정될 수 있다.

내 경험과 책의 내용을 요약하자면 이렇다.

♪ 조금씩, 매일, 꾸준히 아기에게 말 걸기

♪ 다음 일정이 있을 때 아기에게 미리 말해주기

♪ 아기가 (아직 말 못할 때) 말하려고 하는 것을 엄마가 반복해서 크게
  말하기

♪ 질문이나 말을 해보라는 요구는 하지 않기

♪ 짧고 간단한 문장으로 말하기

♪ 노래 들려주기

♪ 오디오북, CD 적극 활용하기

혹시 아이의 언어 발달이 걱정된다면 인터넷 맘카페나 지역 카페
에 문의하지 말고 꼭 언어 치료 전문가를 만나보자. 인터넷에 이런 문
의를 올리면 대부분 기다리라고만 한다. 그러다가 언어 치료의 좋은
타이밍을 놓칠까봐 염려된다. 내 아이의 발달은 내가 가장 잘 알고 또
내가 아니면 누가 책임지겠는가. 그러니 책과 인터넷은 참고만 하자.

아기 배변 훈련

만 두 돌이 되면 우리나라 엄마들은 배변 훈련을 생각한다. 빠른 아이는 두 돌이 되기도 전에 이미 떼기도 한다. 하지만 프로이트 이론에 따르면 항문기는 만 3세에 시작되고, 배변 훈련은 만 3세 이후에 하는 것이 좋다고 했다. 많은 심리학자가 이것을 인용한다.

두 돌이 된 첫째 아이를 두고 나는 '두 돌 지나 여름에 떼면 되겠지' 하고 쉽게 생각했다. 더욱이 아이가 기관 생활(가정식 어린이집)을 하고 있으니까 '어린이집에서 알아서 해주겠지' 하고 쉽게 의존했다. 그리고 우리 아이는 오감이 예민한 편이고 언어 발달도 빠르며 의사 표현이 분명해서 빨리 떼리라 여겼다. 나는 아닌 척하면서도 아이가 수월하게 기저귀를 떼주길 바라는 욕심을 가지고 있었다. 그리고 이 욕심은 아이에게 부담으로 작용했다.

여름이 되었는데도 어린이집에서 기저귀를 떼줄(?) 생각을 안 하기에 아이 기저귀는 언제쯤 떼는 게 좋을지 담임 선생님에게 문의했다. 그러자 선생님 왈, 소변 간격이 두 시간 정도는 되어야 배변 훈련을 할 수 있는데 우리 아이는 기저귀를 보면 조금씩 지리거나 싸서 아직 시작하기 이르다는 의견을 주었다. '하아, 그렇구나. 이번 여름은 그냥 넘기는구나.' 아쉽기 짝이 없었다. 선배 엄마들의 조언에 따르면 벗겨 놓기 좋고 빨래하기 좋은 여름이 기저귀 떼기도 좋은 계절이라고 했는데……

그런데 여름이 본격적으로 시작되어 무더위가 심해지자 아이가 기저귀를 싫어하게 되었다. 특히 밤에 재울 때마다 난리였다. 땀이 나니까 엉덩이가 간지럽다고 징징징. 기저귀 싫다고 징징징. 결국 잠을 잘 때는 기저귀를 벗기고 땀 흡수가 잘되는 천 기저귀를 채워서 재웠다. 잠에 빠지고 나면 종이 기저귀로 갈았다.

어느 순간 아이가 기저귀에 소변을 보면 "엄마 오줌 싸떠요. 갈아줘요" 하고 요구했다. 기저귀의 찝찝함을 느끼게 된 것이다. 바로 배변 훈련의 신호였다. 그러나 아기 변기에 하자고 하면 극렬히 거부했다(결국 아기 변기는 단 한 번도 사용하지 않았다는…… 이거 왜 샀나).

가을이 되어 이사를 하게 되었고 어린이집을 옮기면서 배변 훈련 시도는 미뤄졌다. 그렇더라도 배변 훈련 동영상을 보여준다든가 아빠가 소변 보는 모습을 보여주는 등 예습은 조금씩 이루어지고 있었다. 그러던 어느 날 '변기에 한번 해볼래?' 하고 권했더니 아기가 하겠다고 했다. 열심히 격려했다. 디딤대를 밟고 변기에 서는 것까지는 성공했는데 싸지를 못한다. 아무리 기다려도 소변이 나오지 않았다. 아이는 긴장했다. 그렇게 몇 차례의 시도가 실패로 끝나고 나는 배변 훈련을 이듬해로 미루게 되었다.

'천천히 해도 괜찮아. 네 살, 다섯 살 때 떼면 어때? 언젠가 떼기만 하면 되잖아'라면서 심리학자로서 쿨한 태도를 보이고 싶었지만 엄마의 태도는 그렇게 될 수 없는 게 현실이었다. 슬슬 기저귀 값이 아까워지기 시작하고 '누구 기저귀 뗐대' 하는 소리만 들어도 자꾸 신경이 쓰였다.

아기가 변기에 한 번이라도 성공하면 폭풍 칭찬을 해주라고 한다. 어떤 엄마는 아침에 일어나자마자 변기에 앉혀서 성공했다고 한다. 그러나 성공하려면 변기를 사용해야 하는데 우리 아기는 변기를 아예 거부하니 그 한 번이 정말 어려웠다.

그러던 어느 토요일, 아빠와 함께 목욕을 하던 아이가 나오면서 "엄마 변기에 싸떠요!"했다. 남편이 드디어 변기에 싸는 데 성공했다고, 아이가 싼다고 했을 때 아이 혼자 세워두고 모르는 척했더니 잘 싸더라고 목욕이 다 끝나고서야 알려줬다.

그날 진짜 춤을 추고 난리법석을 떨면서 칭찬을 해줬다. 아이가 몇 번의 시도 끝에 낸 용기인지를 잘 아니까 정말 기특해서 저절로 몸이 움직였다. 준비해둔 뽀로로 손도장을 손등에 찍어줬다. 아이도 엄마가 이렇게 좋아하니 어안이 벙벙하면서도 싱글벙글 무척 좋아했다. 시댁과 친정에 바로 화상 전화를 걸어 자랑도 했다. 눈치 빠른 어른들께서도 아기에게 폭풍 칭찬을 해주셔서 아이는 으쓱으쓱한 상태가 되었다. "나는 이제 형아 돼서 변기에 쌀 뚜 이떠요!"

이튿날인 일요일, 외출 계획을 다 취소하고 본격적으로 아이의 배변 훈련을 시작했다. 별건 없었다. 기저귀를 벗기고 팬티를 입히고 "이제 쉬하고 싶으면 엄마한테 말해~"라고 했다. 그리고 아기가 긴장할까 봐 "팬티에 싸도 돼. 바지 젖으면 엄마가 금방 빨아줄게" 하고 안심시켰다.

화장실로 달려가면 나는 아이가 옷 벗는 것만 도와줬다. 아이는 디딤대에 혼자 올라가 소변을 봤다. 나는 모르는 척, 안 보는 척 화장실을 나와 밖에서 곁눈질로 지켜봤다. 엄마가 바로 옆에서 지켜보면 아이가 더 긴장해서 잘 못했다. 그렇게 아침에 두 번 연속 성공하더니 오후에 세 번은 바지에다 쌌다. 노느라 쉬하겠다는 말을 안 하기도 했고 소변을 보고 나왔는데도 다시 지리기도 했다.

실수했을 때는 괜찮다고 다독이며 '변기에 쌌으면 좋았을걸. 그래도 괜찮아. 다음엔 화장실 가자'라고 말했다. 그러니 아이도 "변기에 싸뜨면 좋았을걸" 한다. 그리고 저녁때는 또 성공. 성공할 때마다 춤추면서 칭찬했다. 매번 뽀로로 도장도 찍어줬고. 그러고 나서 월요일, 화요일 이틀이 지났는데 어린이집에서 실수 한 번, 집에서 실수 한 번만 했을 뿐 아주 잘하고 있다. 그간 못했던 게 이상하게 느껴질 정도로.

아이가 기저귀도 거부하고 변기도 거부해서 힘들었던 지난여름, 아기에게 '기저귀 벗어도 되지만 바지랑 이불에다 오줌 싸면 안 돼'라고 두어 번 말했다. 이불에 쌌다고 막 혼내지 않고 지나가듯 가볍게 말해서 부담이 될 줄 몰랐는데, 아이는 그 말을 가슴에 담아두었는지 이불에 실수하고는 엄청 울었다. 그 뒤로도 갑갑해서 기저귀 벗겨달라 해놓고 바지에 실수하면 또 엄청 울고. "바지에다 싸면 안 되는데 싸부렀떠요. 엉엉."

첫째 아이는 평소에 내가 "뭐 하면 안 돼"라고 말하면 잘 따른다. 그래서 엄마가 "바지에다 싸면(실수하면) 안 돼"라고 말했던 게 아이한 테는 큰 부담으로 다가왔던 것이다. 그 뒤로는 아이한테 계속 "실수해 도 괜찮아"라고 열심히 말해줬다. 처음부터 실수해도 괜찮다고 해줬 으면 좋았을 텐데. 그렇게 말하지 못한 건 내 본심이 아이가 실수해도 괜찮은 건 아니었기 때문이다. 예민한 아이도 그런 엄마의 본심을 느 끼고 있었던 게 아닐까.

지금 내가 정말 마음 편하게 "실수해도 괜찮아"라고 말하게 된 데는 이사하면서 장만한 가스건조기의 영향이 컸다. 아, 이불도 여분을 샀 고 방수 커버도 장만했다. 이제는 실수해도 진짜 괜찮은 상황이 되었 다. 그래서 엄마도 아이도 마음이 편해져 순식간에 성공한 게 아닌가 싶기도 하다. 일요일에 내복 바지 네 개와 이불 빨래가 나왔지만 세탁 기로 휘리릭 돌리고 건조기로 휘리릭 말려서 생활에 지장은 없다. 예 전 같았으면 입힐 내복 바지도 덮을 이불도 없었을 텐데. 물론 건조기 따위 없어도 본디 바다와 같은 마음을 가져 편하게 아이의 배변 훈련 을 해줄 엄마들이 많겠지만.

예민한 아가를 위한 배변 훈련

배변 훈련은 크게 소변과 대변으로 나눌 수 있지만 상황에 따라 더 쪼개볼 수 있다. 예민한 아가들은 상황에 영향을 많이 받는다.

소변

1〉 집에서의 소변

2〉 외출 시의 소변

  - 실내

  - 실외

대변

1〉 집에서의 대변

2〉 외출 시의 대변

이렇게 쪼갠 후 하나씩 차근차근 미션을 깨나가는 기분으로 배변 훈련을 하다보면 부담이 덜해진다. 배변 훈련 중 아기 입장에서 그나마 쉬운 게 집에서의 소변과 대변 보기다. 가벼운 시도(다시 말해 부담 주지 않는 '한번 해볼래?' 정도)에서 한 번 성공하면 폭풍 칭찬을 해서 이 한 번의 성공이 습관이 될 수 있도록 이어줘야 한다.

그런데 소변은 잘 가리는 반면 대변 기저귀를 늦게 떼는 경우가 많다. 예민한 아가들뿐 아니라 많은 아이가 대변을 보려면 오래도록 변기에 앉아 있어야 한다는 부담감을 느끼고, 힘 조절이나 근육 조절을 어려워하기 때문이다. 아기가 응가 마렵다고 기저귀를 달라고 하면 마음 편히 내주자. 이러다 습관 되면 어쩌지 걱정이 될 거다. 나도 유치원 입학을 앞두고 마음이 조급해졌다.

하지만 영원히 기저귀를 차는 아이는 없다. 이러다 창피당하면 어쩌지 걱정되겠지만 아기는 아직 창피함을 모른다. 엄마가 자신을 창피해하면 아기도 자신을 창피하게 여긴다. 그리고 우리 아기들도 기저귀 말고 변기에 해야 한다는 걸 잘 알고 있다. 다만 시간이 더 필요할 뿐이다. 그러니 마음을 준비할 시간과 몸이 자랄 시간을 주자.

두 번째 미션, 외출 시의 배변. 예민한 어른들도 밖에서는 대변을 보지 못하는 경우가 많다. 하물며 아이들은 어떻겠는가. 집과는 전혀 다른 환경에 아기들은 쉽사리 긴장해버리고 만다. 외출해서 대소변을 가리지 못하면 그냥 마음을 비우고 기저귀를 내주자. 걱정 말고 아이 마음을 편하게 해주면서 배변 훈련을 하자. 이때 아주 가벼운 톤으로 다음에는 화장실이나 변기에서 시도해보자고 흘려 말해보자.

외출 시의 배변은 아이의 친한 친구가 있다면 그 집에서부터 시도해보는 게 좋다. 아무래도 집 화장실은 이 집 저 집 비슷하게 생겼고 또 친구네 집이니까 아이에게도 부담이 덜하다. 친구네 집에 놀러 가서 오래 있으면 소변이나 대변이 마려울 테고. 친한 친구 집 다음에는 식당이나 공공 화장실에서 시도해보자. 시도는 늘 가볍게 권하는 정도로만, 절대 강요하지 않는다. 우연히 성공하는 날이 오면 또 폭풍 칭찬해주자. 우연의 성공이 그렇게 습관으로 또 이어지기를 기대하면서.

그렇게 집 안팎에서 대소변을 다 가린다 해도 상황에 따라 아이는 실수할 수도 있다. '배변 훈련이 다 된 줄 알았는데'라면서 실망하지 말자. 우리도 실수는 하니까. 이때 아이의 실수를 다루는 엄마의 태도가 중요하다. 아이는 엄마의 태도, 가치판단을 그대로 내면화한다. 엄마가 실수에 엄격하면 아이도 엄격하고, 실수에 관대하면 아이도 관대하다. 기질적으로 엄마의 태도를 그대로 타고나기도 한다.

인생을 놓고 보면 배변 훈련에서의 실수는 아무것도 아닐 수 있다. 아이는 더 큰 실수들을 저지르게 될 것이다. 먼 훗날 아이가 커서 어떤 실수를 했을 때 그걸 딛고 다시금 일어설 수 있을지, 그 실수 때문에 포기하고 주저앉을지는 어린 시절로부터 영향을 받을 수밖에 없다.

우리 아기는 훈련을 시작하고 일주일 뒤 여행이라는 변수가 있었던 까닭에(여행 내내 기저귀를 채웠다) 다녀와서 다시 기저귀를 찾기도 했지만 격려해주니 다시 소변을 아주 잘 가렸다. 아이는 손등에 상으로 찍어주는 뽀로로 도장을 볼 때마다 자신이 무언가를 잘해냈다는 기억을 되새긴다. 손등 도장은 돈이 들지 않으면서도 아주 좋은 선물이자 강화물이다.

이제 대변이 문제였다. 우리 아이는 변기에 싸지는 못하고 대변이 마려울 땐 기저귀를 달라고 했다. 대변 가리는 걸 어려워하는 아이들을 많이 봤기 때문에 그러려니 하고 마음 편히 기저귀를 채워줬다. 물론 그러면서도 "다음엔 변기에도 해보자" 하고 덧붙이는 걸 잊지 않았다. 그리고 대변 훈련 책도 사서 가끔 읽어주었다. 그러다 유치원 입학이 임박해서야 드디어 아기 변기를 사용하게 되었다. 하지만 이 예민한 아이는 유치원에서 대변 보는 일은 드물었고 대부분 집에 와서 해결했다. 기저귀를 떼도 어쩔 수 없는 예민함은 있나보다.

배변 훈련을 통해 아기가 배우는 것은 대소변 가리기만이 아니다. "나도 할 수 있어!" "나는 잘해!"라는 자신감과 "실수해도 괜찮아"라는 교훈을 얻는다. 그렇기 때문에 칭찬과 실수에 대한 엄마의 태도가 중요하다. 엄마의 칭찬이 아기 마음에 내면화되어 나중에 큰일을 해낼 수 있는 자신감이 되고, 엄마의 용납이 아기 마음에 내면화되어 나중에 실수하더라도 스스로를 격려할 수 있게 된다.

자신감과 실수에 대한 인정, 이 두 가지만 있어도 우리 인생은 훨씬 여유롭고 행복해지지 않을까? 비록 우리 엄마들은 자신감도 부족하고 자신의 실수에 대해 잘 용납하지 못하지만 내 아기에게만큼은 두 가지 선물을 줄 수 있으니 그것 또한 다행이고 행복한 일이다.

[심리검사] 나는 어떤 유형의 부모일까?

에릭 번에 의해 발전된 심리 치료의 한 분야인 교류분석에서는 인간은 모두 세 가지 자아 상태를 가지고 있다고 본다. 즉 부모 자아, 성인 자아, 어린이 자아인데, 이 자아 상태의 균형 여부에 따라 그 사람의 행동이 달라질 수 있다. 쉽게 말해 성격이 결정된다.

아래 질문에 '예' '아니오'로 대답해보라. 최대한 솔직하게 답해야 한다. 내가 원하는 모습을 골라서는 안 된다. 나의 실제 모습을 골라야 정확한 검사 결과가 나온다.

CP	예	아니오
자식이나 아내(또는 남편)가 잘못하면 곧바로 추궁합니까?		
규칙을 지키는 것에 엄격한 편입니까?		
최근에 아이들을 엄하게 대하지 않는다고 여깁니까?		
당신은 예의나 습관이 지나칠 정도입니까?		
무엇이든 한번 시작한 것은 끝까지 하지 않으면 속이 후련하지 않습니까?		
자신은 책임감이 강하다고 생각합니까?		
작은 부정이라도 우물우물 넘겨버리는 것이 싫습니까?		
'못쓰겠다' '~해야만 해' 등의 말을 잘 하는 편입니까?		
시간이나 금전에 대해서 흐지부지하는 것이 싫습니까?		
좋은 것, 나쁜 것을 명확히 하지 않으면 마음이 편치 않은 편입니까?		

NP	예	아니오
남이 길을 물었을 때 친절히 안내해줍니까?		
부탁받으면 대체로 승낙합니까?		
친구나 가족에게 무엇인가 사주는 것을 좋아합니까?		
아이들을 자주 칭찬하거나 다독거려주는 편입니까?		
남의 일을 도와주는 것을 좋아하는 편입니까?		
타인의 결점보다는 장점을 보는 편입니까?		
남이 의욕을 상실한 상태라면 위안해주고 싶습니까?		
자식이나 아내(또는 남편)의 실패에 관대합니까?		
당신은 동정심이 있는 편이라고 생각합니까?		
경제적 여유만 있다면 길가에 버려진 아기를 기르겠습니까?		

A	예	아니오
당신은 감정적이기보다는 이성적인 편입니까?		
아이들을 꾸짖기 전에 사정(상황)을 잘 조사합니까?		
아이에 대해서 모르는 점이 있으면 다른 사람과 상의해서 처리합니까?		
일은 능률적으로 명확히 끝맺는 편입니까?		
당신은 여러 가지 책을 잘 읽는 편입니까?		
아이를 지도하는 데 감정적으로 대하는 상황이 적은 편입니까?		
결과까지 예측하고 행동에 옮깁니까?		
무슨 일이든 할 때는 자신의 이해관계를 생각합니까?		
신체 조건이 안 좋으면 자중하고 무리하지 않는 편입니까?		
육아에 대해서 아내(또는 남편)와 냉정히 의논합니까?		

FC	예	아니오
기쁘거나 슬플 때는 곧 표정으로 동작으로 나타냅니까?		
농담을 잘하는 편입니까?		
말하고 싶은 것은 사양하지 않고 말할 수 있습니까?		
아이들이 떠들거나 장난치는 것을 방치하십니까?		
갖고 싶은 것이라면 손에 넣지 않고는 마음이 풀리지 않는 편입니까?		
영화, 연극 등에서 오락을 즐길 수 있습니까?		
아이들과 노는 데 열중할 수 있습니까?		
만화책, 주간지 등을 읽고 즐길 수 있습니까?		
"야! 굉장하다" "멋진데!" 등의 감탄사를 잘 쓰는 편입니까?		
아이들에게 농담하거나 악의 없이 건드리는 것을 좋아합니까?		

AC	예	아니오
당신은 조심성이 많고 소극적인 편입니까?		
마음먹은 것을 말 못하고 후회한 적이 많습니까?		
무리를 해서라도 타인에게 잘 보이려고 노력하는 편입니까?		
당신은 열등감이 강한 편입니까?		
아이들을 위해서는 어떤 싫은 일이라도 참아야겠다고 생각합니까?		
타인의 표정을 보고 행동하는 점이 있습니까?		
자신의 생각보다 부모나 주위 사람의 말에 영향을 받는 편입니까?		
윗사람이나 아이들의 비위를 맞추는 면이 있습니까?		
싫은 것은 싫다고 말하지 않고 참아버리는 일이 많은 편입니까?		
우울한 감정이나 슬퍼지는 감정이 될 때가 흔히 있는 편입니까?		

항목별로 '예'라고 대답한 것이 몇 개인가? 가장 많이 예라고 대답한 항목 두세 가지를 골라보자. 내가 고른 항목을 아래에서 찾아보자.

1. 부모 자아(P)

자신을 길러준 부모(양육자)로부터 직접 받아들여 내면화된 자아다. 그래서 부모 자아 상태에 있을 때는 자신의 부모와 똑같은 말투, 몸짓 등이 나타나기도 한다. 그런데 이 부모 자아에는 두 가지 면이 있다.

비판적인 부모(CP): 무섭고 엄격한 부모

① 특징

CP가 높은 사람은 양심적이고 규칙을 잘 지키며 의리가 있다. 또한 의무감과 책임감이 강한 노력가다. 이상이 높고 독선적이며 완고하고 징벌적이다.

이런 부모는 아이를 도덕적으로 엄하게 키우는 부모 유형이다. 우리가 아이를 훈육할 때는 반드시 필요한 자아다. 따라서 CP가 너무 낮다면 아이 훈육이 어렵게 느껴질 수도 있다.

② 아이에게 주는 영향

CP가 너무 높은 부모는 아이에게 열등감을 줄 수 있고 굴욕감, 죄책감 등을 심어줄 수도 있다. 따라서 아이는 반발하거나 위축되거나 과잉 순응해서 침묵할 수도 있다.

③ 조언

자신의 기준이 절대적이라는 생각을 버리고 때로는 융통성을 가질 필요가 있다.

보호적 부모(NP): 따뜻하지만 때로는 지나친 간섭쟁이 부모

① 특징

NP가 높은 사람은 마음이 선하고 공감을 잘한다. 타인을 돌보기 좋아하고 긍정적인 자세로 대한다. 바로 아기를 키우는 엄마의 마음이라고 할 수 있다. 아이를 키우고 돌보는 데 반드시 필요할 뿐 아니라 원만한 인간관계에서도 필요한 자아다. 따라서 NP가 너무 낮다면 아이를 돌보는 일이 무척 힘들 수 있다.

② 아이에게 주는 영향

NP가 너무 높은 부모는 아이를 과잉보호하고 지나치게 간섭한다. 해달라고 요구하지도 않았는데 먼저 해준다. 잔소리도 많다. 이로 인해 헬리콥터 맘과 같이 아이의 자주성, 독립심을 해치고 때로는 아이에게 지나친 자신감과 낙관주의를 심어주기도 한다.

③ 조언

자신과 상대방의 거리를 다시 한번 살피고 사랑과 참견이 다르다는 것을 알아야한다. 사랑은 내가 원하는 것이 아닌 상대방이 원하는 바를 해주는 것이다.

2. 어른 자아(A): 안정감 있지만 이성적이고 냉정한 부모

① 특징

A가 높은 사람은 이성적이고 합리성을 존중한다. 침착하고 냉정하며 사실에 따라 객관적으로 판단하려고 한다. 감정이 지배되지 않는 자아다. 따라서 어른 자아가 지나치게 발달하면 기계적, 타산적이 되며 냉철해지는 단점이 있다.

② 아이에게 주는 영향

A가 너무 높은 부모는 안정감이 느껴지기도 하지만 냉정한 부모가 될 수도 있다. 아이의 감정을 잘 느끼지 못하거나 무시하면 결국 아이의 감정(특히 불편하고 부정적인 감정)은 쌓이고 쌓여 폭발할 수 있다.

③ 조언

매사에 이성적으로 생각하지 말고 자신의 감정은 물론 아이의 기분에도 관심을 가져야 한다. 인간은 이성만으로 살 수 없는 동물이다.

3. 어린이 자아

어린 시절에 실제로 느끼고 행동한 것과 비슷한 느낌을 가지거나 비슷한 행동을 하게 되는 자아 상태다. 부모 자아와 마찬가지로 두 가지 자아 상태가 있다.

자유로운 어린이(FC): 즐겁고 재미있지만 자기중심적인 부모

① 특징

부모의 영향을 받지 않고 본능적·자기중심적이며, 적극적이면서 동시에 호기심이나 창조성으로 가득 찬 자아 상태다. 감정에 충실하며 놀기 좋아하고 자기 긍정적인 자세를 가지고 있다. 그러나 말하고 싶은 대로 말해버리거나 일하고 싶은 대로 일하는, 말 그대로 어린아이와 같은 특성이 있기도 하다. 덕분에 스트레스는 제일 적게 받는 유형이다.

② 아이에게 주는 영향

FC가 높은 부모는 아이와 놀아줄 때 정말 재미있게 놀아줄 수 있다. 또한 애정 표현도 풍부하다. 그러나 아이를 방종하기도 하고 때로는 본인이 아이보다 더 아이같이 굴 때가 있다.

③ 조언

그때그때 감정으로 행동하지 말고 천천히 행동하는 연습을 해야 한다. 그리고 내 행동에 책임감을 가지려고 노력해야 한다.

순응하는 어린이(AC): 눈치 보는 부모

① 특징

우리 모두 어린 시절 부모님이나 선생님의 기대에 부응하려고 노력한 적이 있다. AC는 그런 자아가 발달한 상태로 협조성이 뛰어나고 소위 말하는 '착한 아이'다. 겸손하고 신중한 면이 있지만 타인의 시선을 많이 의식해 독립적이지 못하며 의존심이 높다. 싫어도 싫다고 말하지 못해서 스트레스를 제일 많이 받는 유형이다.

② 아이에게 주는 영향

AC가 높은 부모는 자신의 감정을 크게 억압하며 부모나 남편, 아내의 눈치를 보곤 한다. 따라서 자주적으로 아이를 키우지 못하고 타인의 시선을 의식해서 기준이 왔다 갔다 하기도 한다. 무언가를 하고 싶지만 자신감이 없어 우물쭈물한다. 이처럼 부모의 기준이 왔다 갔다 하면 아이도 혼란을 느끼기 마련이다. 그리고 부모가 감정을 표현할 줄 모르면 당연히 아이도 자신의 감정을 표현할 줄 모르게 된다.

③ 조언

느낀 것을 망설이지 않고 표현하는 연습을 해야 하며 스스로 자신 있는 것부터 하나둘 독립적으로 해나갈 필요가 있다. 교류분석에서는 지나친 AC 상태에 특히 주목한다. 무리하게 착한 아이로 살아가는 사람은 당연히 심리적으로 힘들 수밖에 없기 때문이다. 혹시 AC 점수가 아주 높다면 상담을 고려해보길 바란다.

이와 같은 자아 상태 분석은 아주 단편적이다. 교류분석은 다섯 가지 자아 상태의 전체적인 구조를 보면서 그 사람의 성격이나 행동 패턴을 분석한다. 인간은 하나의 자아 상태만을 갖고 있지 않기 때문에 한두 가지 두드러진 자아로 그 사람의 성격이나 행동 패턴을 단정 지을 수는 없다. 따라서 이 검사 결과를 내 성격의 전부로 받아들이진 말고 참고만 하길 바란다.

교류분석에서는 어느 한 가지 자아만이 옳다거나 좋다고 말하지 않는다. 세 가지

자아 상태(부모, 어른, 어린이)가 성격에서 균형을 이루는 상태를 이상적인 것으로 본다. 만약 한두 개의 자아 상태로 늘 살아간다면 대인 관계에서 어려움을 겪을 수밖에 없다. 예를 들어, 어른 자아(A)가 너무 약한 사람은 비논리적일 것이고 반면에 너무 강한 어른 자아를 가진 사람은 재미가 없을 것이다. 마찬가지로 너무 약한 자유로운 어린이 자아(FC)를 가진 사람은 갑갑하고 엄격한 반면 너무 자유로운 어린이 자아를 가진 사람은 책임감이 없을지도 모른다.

따라서 우리는 상황에 맞는 자아 상태를 발달시켜야 한다. 아이를 훈육할 때는 비판적인 부모 자아 상태로, 아이에게 밥을 챙겨주고 씻겨줄 때는 보호적 부모 자아 상태로, 아이의 어린이집이나 유치원을 선택할 때는 어른 자아 상태로, 아이와 놀 때는 자유로운 어린이 자아 상태로 아이를 대하는 것처럼 말이다.

그리고 자아 상태는 고정된 것이 아니다. 얼마든지 변할 수 있다. 오늘의 검사 결과가 내 마음에 안 든다고 실망하지 말자!

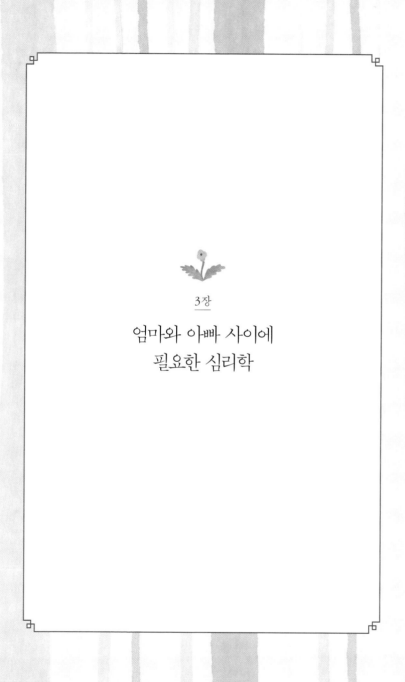

3장

엄마와 아빠 사이에
필요한 심리학

공주님과 왕자님은 결혼해서
행복하게 살았을까?

어린 시절 매일 읽었던 동화 속 공주와 왕자 이야기는 결혼해서 영원히 행복하게 사는 것으로 결말을 맺는다. 어린 시절 동화책을 너무 많이 읽었던 탓일까. 무의식중에 '나도 그럴 거야' '나도 당연히 결혼해서 행복하겠지'라는 생각이 있었다. 대책 없는 낙관주의였다.

결혼을 하면 더 이상 누군가를 새로 만나 두근거리고 '도대체 저 사람의 마음은 뭘까' 고민 안 해도 된다는 생각에 마냥 좋았다. 지나고 나서 생각해보니 그 당시 나는 결혼하면 편해지고 행복해진다는 신화를 갖고 있었다. 결핍을 가지고 자란 만큼 내가 새로 꾸릴 가정의 완전함을 꿈꾸고 있었다. 그러나 뚜렷한 결혼관은 없었다. 결혼해서 이렇게 살아야지 하는 기준도 마련하지 않았다. 결혼 후 내가 마주치게 될 다양한 압박에 대해서도 전혀 몰랐다. 사랑하면 결혼하고 결혼하면 아이를 낳는 거라는 순진한 생각뿐이었다.

가족 상담 전문가 김용태 교수는 결혼생활을 잘하기 위해서 남편 되어가기, 아내 되어가기를 배워야 한다고 했다. 그러나 결혼 준비 과정은 너무 복잡해서 예비 신부 신랑의 혼을 빼놓기 일쑤이고, 임신과 육아에 대한 지식은 거의 없어 예비 엄마 아빠는 사실상 아무 생각이 없다. 그렇게 우리는 정신없이 결혼해서 준비 없이 임신을 했다. 차근차근 아내 되어가기를 준비할 틈도 없이 엄마가 되어버렸다. '엄마'라는 무지막지한 새로운 역할에 압도당해 기존의 나조차 잊어버릴 지경인데 무슨 아내 되기를 익힐 수 있을까. 당장 급한 '엄마 되기'를 익히느라 '아내 되기'는 늘 뒷전이었다.

길 가다 만나는 어느 집의 정원이 아름다운 이유는 집주인이 관리를 아주 잘하고 있기 때문이다. 우리가 보지 않을 때 주인은 잔디를 깎고 잡초를 뽑고 가지치기를 했을 것이다. 내가 살고 있는 아파트 단지 내 정원도 마찬가지다. 아기가 어렸을 때 하루 종일 집에 있다 보면 어느 날은 수목 소독을 한다고 방송이 나오고 또 어떤 날은 잡초를 뽑고 잔디를 깎느라 소란스럽다. 보기 좋고 아름다운 정원은 누군가 끊임없이 관리를 해야 유지된다.

결혼도, 부부 관계도 마찬가지다. 부부가 계속해서 관리해야 잘 유지된다. 내가 아무것도 하지 않는데 관계가 좋을 리 없다. 사랑은 선물처럼 주거나 받는 게 아니라 나무를 키우듯 보살피고 키워나가야 하는 것이다.

상처와 연약함을 교환할 용기

결혼 전문가 마스터스와 존슨은 '결혼은 상처와 연약함을 교환하는 것'이고, 이를 위해서는 용기와 자존감이 필요하다고 했다. 그런 게 결혼인 줄 몰랐던 나는 상처와 연약함을 나눌 용기도 자존감도 준비하지 않은 채 결혼했다. 연애 때도 꽤 진솔했고 오랜 기간 사귀었기 때문에 나름 서로를 잘 알았고 나의 많은 모습을 보여주기도 했다. 그러나 가장 연약한 부분은 여전히 꼭꼭 숨긴 채였다.

선택한 모습만 보여줄 수 있는 연애와 달리 24시간을 함께하는 결혼생활은 내 모습을 선택적으로 보여주기 힘들다. 무의식중에 트림을 크게 할 수도 있고 지독한 냄새의 방귀를 참지 못하고 뀔 수도 있다(평생 장트라볼타로 살아온 나는 부부 사이에 방귀를 안 튼 사람들을 존경한다). 하지만 가장 무서운 것은 바로 무의식중에 드러나는 나의 취약함이었다. 그런 모습을 보고도 남편이 여전히 나를 사랑할까? 나에게 실망하지 않을까?

브레네 브라운 박사는 우리 모두 관계 단절에 대한 공포심, 바로 수치심을 가지고 있다고 말한다. 다른 사람들과 연결되기 위해서는 남들 눈에 띄어야 하는데, 그렇지 못하다는 자괴감이 그런 공포로 이어진다. '나는 충분히 날씬하지 않아.' '나는 충분히 돈이 많지 않아.' '나는 충분히 예쁘지 않아.' '나는 충분히 똑똑하지 않아.'

나 역시 아무리 가까운 관계라도 약한 모습보다는 강한 모습을 보이고 싶었다. 가까운 관계였기 때문에, 사랑하는 사람이었기 때문에 오히려 더 잘나 보이고 싶었다. 그래야 더 사랑받을 수 있다고 생각했다. 가족 간에도 조건부 사랑이 얼마나 많이 이루어지는가. 어린 시절 나는 아들이 아니라서 사랑받지 못했고, 성적이 떨어졌다고 사랑받지 못했다. 그래서 조건부 사랑에 익숙했고, 내 조건을 사랑받을 만한 조건으로 만들어야 한다고 생각했다.

"너는 섭섭할 때 화를 내더라"라는 남편의 말을 처음에는 인정하지 않았다. 섭섭한 게 아니라 화가 났던 건데 무슨 소리냐고 했다. 섭섭함을 부정하면서도 마음이 혼란스러웠다. 그래서 찬찬히 내 마음을 들여다보기 시작했다. 만약 내가 화를 내는 대신 남편에게 섭섭하다고 말하면 어떨까. 나는 그런 말을 하는 것 자체가 너무 자존심이 상했다. 또 내가 초라해지는 것 같고 나약한 사람으로 보일 것 같았다. 나는 남편에게 중요한 사람이 되고 싶지 초라하고 나약한 사람이 되기는 싫었다. 그래야 사랑받고 인정받을 거라 생각했다. 그러나 그 욕구가 이루어지지 않을 때면 내 연약함을 덮기 위해 오히려 크게 화를 내게 되었다. 남편이 이를 일깨워준 순간 누군가 일격을 가한 것처럼 충격을 받았다.

브레네 박사는 우리가 충분하지 않아도 사랑받고 소속될 가치가 있다고 했다. 취약성을 드러내고 교환하는 관계가 바로 결혼이다. 하지만 내가 그랬듯 우리는 너무나 많은 조건부 사랑에 길들여져 있다. 당신은 당신의 취약함을 남편의 취약함과 교환할 준비가 되어 있는가?

말하지 않아도 아는 건 초코파이뿐

내가 화를 내거나 섭섭해하는 등 부정적인 감정이 드는 이유는 바로 상대방이 내 바람과 다르게 행동했기 때문이다. 결국 내가 원하는 건 뭘까? 상대방이 내가 원하는 대로 행동하는 것이다. 그렇게 되려면 상대방에게 내 바람을 표현해야 한다. 또 그러려면 내 바람을 내가 먼저 알아야 한다. 내가 뭘 원하는지도 모르면서 상대방에게 벌컥 부정적 감정부터 표출해버리면 부부 싸움으로 이어진다. 나도 모르는 내 바람을 상대방이 어떻게 알 수 있을까? 사람은 말해야 안다. 그러니 무엇보다 중요한 것은 내가 내 바람을 알고, 그다음엔 내 감정을 알고 이 두 가지를 상대방에게 잘 표현하는 것이다.

이런 패턴은 사실 부부 사이에만 있는 게 아니다. 부모님, 아이, 친구, 직장 동료 등 내가 맺고 있는 모든 대인 관계에서 불편한 감정이 생기는 이유는 바로 내 바람과 상대방의 행동이 어긋나기 때문이다. 서로의 바람이 달라서 어긋날 수도 있고 서로의 바람을 몰라서 어긋날 수도 있다. 어떤 경우든 간에 좀더 명확하고 좀더 구체적으로 자신이 원하는 바를 상대방에게 표현하고, 또 상대방의 마음을 알기 위해 질문한다면 설사 내 바람대로 상대방이 움직여주지 않더라도 우리는 서로를 이해할 수 있다. 결국 이해하면 받아들이게 되고 갈등은 줄어든다.

남편과 아이에게 내가 뭘 바라는지 구체적으로 생각해보자. 그리고 타당한 것들(내가 원하거나 요구해도 괜찮다고 생각되는 것들)을 골라 직접 표현해보자. 그것들이 수용되지 않을 때 생기는 내 감정에 대해서도 생각하고 표현해보자. 그리고 남편과 아이에게도 나에게 바라는 것들을 표현하게 하자.

남편의 성취=아내의 성취?

결혼할 때 아직 학생이었던 남편은 얼마 후 학위를 따고 무사히 졸업했다. 그때 남편은 물론 나 역시 주위에서 많은 축하를 받았는데, 나는 내가 축하를 받는 게 낯설었다. 난 그저 남편과 같은 집에서 함께 살 뿐, 뭔가를 한 게 아니니까. '남편이 학위를 땄으니 남편이 좋지, 내가 좋을 게 뭐가 있나. 내가 열심히 공부해서 학위를 따야 기쁘지 않을까'라는 생각을 했다.

물론 내 남편의 일이니까 그 누구보다 잘되길 응원하고 남편이 잘되면 기쁘다. 하지만 '남편의 일=나의 일' '남편의 성취=나의 성취'라는 공식은 결코 성립되지 않는다. 나는 나대로의 일을, 나의 성취를 만들어내야 하는 사람이다. 그의 기쁨만으로 나를 채울 수는 없었다. 나의 기쁨도 있어야 한다. 아니 사실은 나의 기쁨이 더 중요하다.

한 친구는 이런 나를 보고 냉정하다고 했다. 그의 말처럼 우리 사회에는 가족 간에 감정을 분리하는 것을 냉정하다고 보는 시선이 있다. 나는 나의 감정과 남편의 감정을 구분하지만 분명 남편의 좋은 일에는 기뻐하고 억울한 일에는 같이 분개하며 슬픈 일에는 같이 슬퍼한다. 남편의 좋은 일, 나쁜 일에 공감하지만 남편의 감정을 '그대로' 받아들이고 공유하는 일심동체는 아니다.

인간은 모두 다르기 때문에 개인이 느끼는 감정의 종류나 깊이가 같을 수 없다. 1밀리그램일지라도 다르다. 사랑하는 사이거나 같이 사는 가족이라 해도 마찬가지다. 일심동체는 있을 수 없는데, 그렇다고 착각하거나 그러기를 강요당할 뿐이다. 남편은 아내가 자기 가족에게 똑같은 감정을 느낄 거라 착각하고, 부모는 자식에게 자신의 감정과 똑같이 느낄 것을 강요한다. 이렇게 벌어지는 무수한 감정 폭력은 얼마나 많은가.

옳고 그름의 문제가 아니야

부부 싸움은 지금 여기서 남편과 아내, 너와 나 중 누가 더 나쁜 사람인가를 따지는 과정이다. 나는 부부 싸움에서 '사실 모든 문제는 너한테 있다'는 결론을 내려 남편에게 보여주려 했다. 그러나 그런 결론은 결코 내릴 수 없었는데, 첫째 그 결론에 남편은 절대 동의하지 않았기 때문이고, 둘째 그것은 진실이 아니었기 때문이다. 이렇게 부부는 '맞다' '틀리다'로 싸우지만 사실은 '이게 좋다' '나는 싫다'의 문제가 대부분이다.

『결혼의 심리학 이혼의 심리학』[13]의 저자 임성선은 상대방에 대한 신화를 벗어던지라고 했다. 그냥 버리라는 게 아니라 벗어던지라고 강력하게 말한 걸 보면 신화를 버리는 게 다들 쉽지 않은 모양이다. 나 역시 결혼에 대한, 남편에 대한 신화를 가지고 있었다(음, 아직도 갖고 있는지도 모르겠다). 남편이 나를 사랑한다면 내 필요를 알고 잘 맞춰줘야 한다든지, 결혼은 50대 50의 동등한 것이라든지. 하지만 남편은 독심술을 할 줄 몰랐고 살림이나 육아는 양념 반 후라이드 반처럼 반

반 나눌 수 있는 게 아니었다. 나는 싸움이나 갈등을 피하지 않았다. 덕분에 우리는 치열하게 싸웠다.

낭만적 연애와 그 후의 일상

연애할 때는 아주 잘 맞던 사람이 왜 결혼하고 나서는 로또가 될까. 내가 사면 숫자가 하나도 안 맞는 그 로또 말이다. '결혼은 서로 맞지 않는 사람끼리 맺어주는 신의 장난'이라는 말이 맞을지도 모른다.

집에서의 내 모습은 내 가족밖에 볼 수 없다. 집에 오자마자 옷부터 갈아입는 사람이 있고 집에 오자마자 손부터 씻는 사람이 있다. 이런 모습이나 습관은 아주 일상적이고 소소한 것이라 굳이 다른 사람에게 이야기할 거리가 못 된다. 연애하면서도 굳이 이야기하지 않는다. 대단한 비밀은 아니지만 이야기하지 않다보니 남들은 잘 모르는 나만의 은밀한 모습이 나만의 습관, 나만의 생활 방식이라는 사실을 깨닫지 못한다. 남들도 다 나 같은 줄 알고 살아간다.

내가 결혼해서 남편과 나의 아주 다른 사소한 모습에 충격을 받는 이유였다. 내게는 당연하다고 믿었던 습관이나 생활 방식이 결혼하고 보니 나만 혹은 우리 가족만 지키고 있던 은밀한 상식이었다는 것을 남편을 통해 깨달았다. 우리 남편처럼 샤워를 아침에 하는 사람이 있고 나처럼 자기 전에 하는 사람이 있다. 하루 종일 바깥에서 묻혀온 더러움을 깨끗이 씻고 자는 게 맞는 거 아닌가?(물론 남편도 더운 여름엔 아침저녁으로 샤워를 하긴 했지만.) 그러나 나는 집에 와서 손만 씻고 자기 직전에 샤워하곤 했는데(그래야 잘 때 개운하니까) 남편은 이런 나의 씻는 패턴을 이해하지 못했다.

나는 밥 먹은 후에 사과를 꼭 먹어야 했지만 남편은 식후 과일을 잘 챙겨 먹지도 않았고 더군다나 사과는 좋아하지도 않았다. 그리고 나는 간식으로 고구마를 즐겨 먹었는데 그는 고구마를 싫어했다. 그나마 둘 다 고기에서는 합의점을 찾았다. 이렇게 다른 취향을 가지고 있다보니 장 볼 때마다 각자의 취향대로 사느라 장바구니가 휘청했다.

소소한 모습들이 나와 다르다고 실망하거나 비판을 하면 부부 관계는 위태로워진다. 크게 피해를 주는 문제가 아니라면 '넌 그렇구나' 하고 그냥 담담히 받아들이는 자세가 필요하다. 나 역시 남편에게 이상하게 보일 게 분명하기 때문이다.

양념 반 후라이드 반, 살림도 반반으로 주문하고 싶은데요?

결혼하고 알았다. 연애는 함께 멋진 레스토랑에 가서 밥을 '사먹는' 게 전부였다면 결혼은 그 밥을 파는 식당을 함께 운영하는 차원에 있다는 것을. 연애와 결혼의 간극은 내가 생각한 것보다 훨씬 더 컸다.

우선 둘이 같이 지낼 집을 구해 둘이 같이 먹고살아야 했다. 부모님 집에서 살 때는 몰랐는데 사람이 먹고산다는 것, 사람이 머물 공간을 유지한다는 것은 어마어마한 일이었다. 집을 구하는 데만 돈이 드는 줄 알았는데 그 집을 유지하는 데에도 돈과 품이 많이 들었다. 전기세, 도시가스비, 수도세…… 아무것도 안 하고 숨만 쉬어도 존재만으로 돈이 드는 게 바로 인간이었다.

끝없는 집안일에는 품이 정말 많이 들어갔다. 먹고 치우는 데 하루를 충분히 다 쓰고도 모자랐다. 결혼 전에 기숙사에서도 살아보고 자취도 꽤 오래했지만 살림에 관심이 없던 나는 대충 살았다. 대충 청소하고 대충 밥 해먹고. 혼자 사니까 아무렇게나 하고 지내도 괜찮았다. 오히려 엄마에게서 벗어난 해방감을 잔뜩 누리며 살았다. 하지만 혼자가 아닌 가족과 함께 사는 일은 달랐다. 아기를 낳고 나서는 더 이상 혼자 살 때처럼 아무렇게나 살 수는 없었다. 나도 모르게 위생과 청결에 신경을 썼다. 어쩌다 한 번 청소하던 내가 매일 청소를 하고 바닥을 닦았다.

그런데 집안일은 제로섬 게임이었다. 남편이 하지 않으면 100퍼센트 내가 해야 하는 것. 남편도 그걸 깨달은 듯했다. 그때부터 남편과의 은근한 눈치 싸움이 시작되었다. '그건 네가 해라. 이건 내가 한다.' 남편도 나도 암묵적으로 집안일을 정했다. 그러다보니 내가 남편에게 말하지 않았다는 이유로 남편이 하지 않는 일이 점점 많아졌다. 반대로 나는 집안일에 파묻히기 시작했다.

우리나라의 가족 문화에는 명시적인 규칙보다는 암묵적인 규칙이 더 많다. 한마디로 '알아서 해'다. 가족 회의를 열거나 가족 신문을 만들거나 가족 규칙을 정해서 쓰는 집안은 교과서에만 있다. 가족 문화만이 아니다. 사회 문화가 전반적으로 '알아서 해'다. 그런 가족과 사회에서 자라 결혼한 우리 부부 역시 암묵적으로 합의를 했을 뿐이다. 한 번도 대놓고 집안일에 대해 의견을 나눠본 적이 없었다.

부부는 말을 하지 않다보니 서로의 정확한 마음을 모른다. 너는 나를 사랑하니까 알아서 해주겠거니 혼자 기대했을 뿐이다. 때로는 마피아 게임처럼 눈치를 보기도 했다. 갈등의 시발점은 서로의 기대치가 다르다는 데 있었다.

살림도 육아도 치킨을 주문할 때처럼 양념 반 프라이드 반 정확히 나눌 수가 없었다. 칼로 무 자르듯이 반반이 되면 좋으련만, 그렇게 시도해봤자 칼로 물 베기가 되어버린다. 어디서부터 어디까지가 내 역할이고 네 역할인지 구분이 잘 안 된다. 그래서 부부 사이에는 명확한 마음 표현과 요구가 필요하다.

육아 1년 차에는 누구나 싸운다

결혼하고 얼마 지나지 않아 임신을 했다. 아기가 없었던 신혼 시절에는 갈등이 많지 않았다. 다 큰 성인 둘이 각자 자기 몸만 건사하면 되니까. 갑작스러운 임신의 첫 느낌은 얼떨떨함이었다. 결혼이 늦어서 빨리 가져야 한다는 조급함은 있었지만 막상 바로 생기니 당황스러웠다. 아이를 딱히 원한 것도 아니었던 남편 역시 얼떨떨해했다. 게다가 내가 임신하고 입덧으로 고생하는 와중에도 남편은 직장인 밴드다 농구 동호회다 열심히 다녔던 걸 보면, 현실을 받아들이기 어려웠다기보다 잘 몰랐기에 현실 자각이 없었던 것 같다. 그때만 해도 우리 인생에 큰 지각 변동이 일어나기 시작했다는 걸 나도 남편도 전혀 몰랐다.

변화를 자각하고 싶지 않았던 나는 당장 입덧이라는 커다란 파도가 몰려와 어쩔 수 없이 거기에 내 몸을 맡겨야 했다. 극심한 입덧은 뱃멀미나 숙취와는 비교할 수도 없을 정도였다. 하루 종일 어지러운데다 토하고 팔다리 힘이 빠지고 또 토하고. 거기다 임신소양증도 시작됐다. 임신소양증이란 임신 중에 나타나는 피부 가려움증을 말한다. 아토피 같기도 하고 두드러기 같기도 하다. 잠을 못 잘 정도로 간지럽다. 여자는 당장 신체 변화가 있으니 임신을 좀더 빨리 받아들이게 된다. 반면 남자는 자기 몸에서 일어나는 변화가 없기 때문에 임신만으로는 아이를 받아들이기 힘든 것 같다.

결정적으로 임신으로 인해 입사를 원했던 곳의 채용이 취소되었다. 이런 일까지 일어나다니! 내 삶은 나쁜 쪽으로 바뀌고 있는데 남편의 삶은 하나도 바뀌지 않았다. 같이 아이를 가졌는데 왜 나만 일상생활을 못 하는지, 왜 나만 부당한 대우를 받는 건지 화가 났다. 그 화살은 아직 아빠가 될 준비를 전혀 하지 않는 남편에게로 향했다. 그렇게 아기를 낳기 전부터 갈등은 시작되었다.

우리는 형제자매나 주변 친구를 통한 간접 육아 경험이 전혀 없었다. 그래서 아기를 낳고 처음 기저귀 가는 것부터 쩔쩔맸다. 텔레비전에서 본 아기들은 뽀얗고 통통했는데 내가 낳은 아기는 빨갛고 너무 마른 게 아닌가. 이렇게 얇고 가녀린 아기의 다리를 내가 부러뜨릴 것만 같았다. 수유는 더 어려웠다. 잘 먹지 못해서 빽빽 우는 아기를 안고 겨우 수유할 때마다 눈물이 차올랐다.

봄바람이 살랑살랑 불던 주말 오후, 병원과 조리원에서의 시간은 쏜살같이 흘러갔고 드디어 아기를 데리고 집으로 돌아왔다. 아기는 한 시간 반 간격으로 깨서 앙앙 울었고 나는 조리원에서 배운 대로 착실히 아기 기저귀부터 점검했지만 대부분 수유를 해야 울음을 그치고 다시 잠들곤 했다. 졸린 눈을 비비고 30분간 수유를 하고 나면 또 한 시간 뒤에 기상. 영원할 것만 같던 밤이 끝나고 아침이 되었다. 이런 상태가 반복되니 잠 고문을 당한 우리 부부는 둘 다 극도로 예민해졌다.

왜 아기를 낳고 나서 부부 싸움이 잦아질까

'잠'이 부부 싸움의 원인이 될 줄은 몰랐다. 두세 시간 간격으로 깨는 신생아 때문에 아내는 물론 남편도 극도의 피로를 경험한다. 여러 연구에 따르면, 잠을 잘 못 자면 감정을 조절하는 전전두엽의 활동이 떨어져 감정 조절이 잘 안 된다고 한다. 잠을 못 잔 사람은 정상적으로 잠을 잔 사람에 비해 뇌의 감정 중추가 60퍼센트 이상 과잉 활동을 하는 것으로 나타났다. 평소라면 넘어갈 사소한 일에도 예민해진다. 또 잠을 잘 못 자면 판단력이 흐려지고 살이 찌며 치매에 걸릴 확률도 높아진다. 잠은 이렇게 잘 못 자는데 아기는 수시로 안아줘야 한다. 식구가 한 명 늘었을 뿐인데 집안일은 배가되었다. 수면 부족에 체력 부족으로 부부는 예민해진다. 서로를 돌봐줄 정신적·신체적 여유가 없다.

또 둘 다 육아에 대해 잘 모른다. 육아뿐 아니라 공부나 회사 일도 그렇다. 잘 모르는 일을 하려면 긴장할 수밖에 없고 긴장에서 오는 스트레스는 크다. 능숙해질 때까지 그 일이 좋아지지도 않는다. 어쨌든 육아의 책임이 엄마에게로 집중되다보니 엄마는 인터넷을 뒤지고 책을 찾는다. 오죽하면 생전 독서를 안 하던 사람을 처음 책 읽게 만드는 사건이 육아라고 하지 않는가. 아내는 그렇게 글로 육아를 배운다. 남편들은 그마저 하지 않는 경우가 많다. 막연히 주변에서 들은 말이나 아내가 요청하는 대로 아이를 돌본다. 아내는 주도적으로 육아를 공부하지 않아 잘 모르는 남편이 답답하다. 남편은 자꾸 명령조로 지시만 하는 아내가 불편하다. 잘 모르는 일을 서투른 초보가 함께 하다보니 싸움이 잦아진다.

육아에 대해 잘 모르는 초보 둘이 함께 결정해야 할 일은 점점 많아지고 의사결정 과정에서 방법의 차이로 자꾸 갈등이 생긴다. 아내는 아이를 키우면서 다양한 경우의 수를 앞서서 생각하고 미리 준비하는 데 반해, 남편은 가만히 있다가 문제가 닥치면 그때 해결하자는 주의다. 아내는 아이의 건강 문제도 미리미리, 교육 문제도 미리미리 대비하고 싶어한다. 하지만 남편은 그런 아내에게 유난을 떤다며 아플 때 대처하고 공부가 필요할 때 시켜주면 된다고 한다. 왜 이렇게 다를까? 아내와 남편의 행동은 달라 보이지만 이는 둘 다 처음 해보는 육아에 대한 '불안'을 해결하기 위한 것이다. 아내는 예측함으로써 불안을 통제하려 애쓰고 남편은 무시하고 회피함으로써 불안에 대응한다.

안 싸우고 살 수는 없다. 하지만 계속 싸우고 지낼 수도 없다. 육아와 마찬가지로 초보 엄마 아빠의 갈등은 시간이 어느 정도 해결해주지만 서로 상처 주지 않도록 조심해야 한다. 이때 서로에게 가한 심하게 상처를 주는 말이나 행동은 평생 갈 수도 있다.

남편과의 관계 회복

많은 육아 문제의 답이 시간인 것처럼, 남편과 다시 사이가 좋아진 비결 역시 일단 '시간'이었다. 아기의 울음에 당황하던 초보 엄마 아빠는 시간이 흐르면서 경험도 쌓였다. 아기가 잘 자게 되면서 체력도 생겼고 육아에 조금씩 능숙해졌다. 상대방의 거슬리는 행동이나 말도 넘어갈 여유가 생겼다.

물론 시간만으로 모든 게 해결되지는 않는다. 육아로 힘든 시기를 지나 남편과의 관계를 회복하기 위해서는 첫째, 갈등이 있다 할지라도 서로 치명적인 상처를 주고받지는 말아야 한다. 부부 싸움을 하다 보면 생각은 안 된다고 하면서도 상대방에게 상처 주기 위해, 상대방을 굴복시키기 위해 해선 안 될 말들을 마구 쏟아낸다. 왜 우리는 소중한 사람을 막 대할까? 내가 이렇게 해도 넌 나를 떠나지 않을 거라는 믿음이 있어서다. 다시 말해 만만하기 때문이다. '내 평판 또한 신경 쓰지 않아도 되는 사이' '영원히 내 곁에 있을 사이'라서다.

한편 경계성 성격장애의 경우, '내가 이래도 날 안 버릴 거야?' 하는 심리로 상대방을 막 대하기도 한다. 상대방의 한계를 자꾸 시험한다. 그리고 자신의 시험을 통과해야 사랑이라고 생각한다. 대부분의 사람이 인격 장애는 아니지만 이런 심리가 조금씩 있기도 하다. 하지만 부부 관계는 결코 영원한 사이가 아니다. 어느 옛 노래 가사처럼 '님'이라는 글자에 점 하나를 찍으면 바로 '남'이 되는 사이가 부부다.

내가 포함된 관계를 함부로 대한다는 것은 나를 함부로 대하는 것과 같다. 그래서 관계가 안 좋아지면 자존감도 떨어진다. 그러니 싸울 때 싸우더라도 막말은 조심하자.

둘째, 부부 사이가 좋아지려면 동심으로 돌아갈 필요가 있다. 연애할 때 유치한 행동을 많이 했던 것을 떠올려보자. 우리 부부는 유머와 음식을 공유했다. 재미있는 글이나 사진을 주고받았고, 만나서는 그 이야기를 하며 즐거워했다. 같이 웃으면 엔도르핀이 발생하고 통증및 스트레스가 줄어든다. 남편은 회식 때 가본 식당이 맛있으면 나를꼭 데려가주었다. 나중에 아이가 어린이집을 다닌 뒤로는 점심시간에가끔 만나 점심 데이트를 했다. 사람은 누구든 맛있는 것을 사주는사람을 좋아하게 되어 있다.

또 하나의 비결은 아이들을 재우고 나서 마시는 꿀과 같은 맥주 한 캔이었다. 우리 부부는 아이를 재우고 시원한 맥주를 한 잔씩 즐기곤 했다. 꼭 맥주가 아니어도 좋다. 텔레비전, 영화, 게임, 책 등 뭐든 같이하고 이야기를 나눌 수 있으면 부부 사이에 도움이 된다.

고 김수환 추기경이 '사랑은 의지'라고 했다. 추기경님의 말씀대로 부부간의 사랑에는 정말 의지가 중요하다. 내가 이 관계를 잘 유지하고자 다짐하고 노력하고 실천하는 의지. 그렇다면 이 의지는 어떻게 실현될 수 있을까? 부부 관계뿐 아니라 모든 관계에서 가장 중요한 태도는 상대의 말을 경청하고 그에 공감하는 태도다. 경청과 공감을 위해서는 남편이 말할 때 혹은 아내가 말할 때 진지하게 들어주면 된다. 화려하고 복잡한 기술이 아니다. 이때 굳이 내 의견을 붙이고 토론을 하려 들면 상대방의 마음이 상하고 결국 사이가 어긋난다. 집안의 대소사가 걸린 중대한 사안이 아니고, 일반적인 가치관에 관한 것이거나 주변인에 관한 이야기라면 입 꾹 다물고 들어주자.

여자들은 대부분 잘하는데, 남편들이 서투른 경우가 많다. 자꾸 해결책을 제시하려 하고 반대되는 가치관을 내세우며 토론하려고 한다. 결혼생활에서 대화는 백분토론이 아니다. 그래서 나는 남편에게 내가 이야기할 땐 그냥 들어주기만 하라고 부탁했다. 해결책이나 조언을 바랄 때는 의사 표시를 하겠으니 평소에는 그저 들어줬으면 좋겠다고 했다. 경청과 공감은 상담에서도 가장 중요한 기술이다. 그러니 상담을 전공하지도 않은 우리 남편이 처음부터 경청과 공감을 잘할 것이라 기대하지는 말자. 그때그때 차분하게 공감과 경청을 요구한다면 조금씩 나아질 것이다.

아빠도 아빠가 처음이야

내가 엄마가 되고 육아에 서툴렀듯이 지금은 '유치원 선생님 같다'는 이야기를 듣는 남편도 처음에는 육아에 서툴렀다. 특히 두 돌 전 아기가 말을 하지 못할 때 남편은 아기를 어떻게 대해야 할지 몰랐다. 나는 아기가 말을 못해도 마치 내 말을 다 알아듣는 양 이것저것 말을 걸고 혼자 대화를 나눴는데 남편은 도무지 그런 대화에 익숙해지지 않았다. 아기를 봐달라고 하면 마냥 쳐다보는 게 전부였다.

우리 어린 시절의 아빠는 요즘 아빠들과 많이 달랐다. 아빠는 밖에서 돈을 열심히 벌어다주면 가장으로서 몫을 다한 것으로 여겨졌다. 집에서 아이들을 돌보는 것은 온전히 엄마의 몫이었다. 그래서 그시절 아버지들은 기저귀 한 장 갈아주지 않았고 심지어 집에서 담배를 피우기도 했다. 그런 아빠를 보고 자란 지금의 아빠들은 시대는 변했는데 이 시대에 걸맞은 롤모델이 없어 고역이다. 엄마들만 롤모델이 없어 힘든 게 아니다. 그 시절 아빠 같은 아빠가 되면 안 될 것 같은데, 그렇다고 어떤 아빠가 되어야 할지는 도통 알 수 없어 혼란스러운

게 남자들의 심정이다. 다행히 요즘 아빠들은 책, 인터넷이나 주변 사람 등 다양한 경로를 통해 육아 정보를 입수하고 공유한다. 그렇게 새로운 모습을 쌓아가는 데는 엄마들처럼 좌충우돌하는 시간이 필요할 것이다.

말문이 트이지 않은 아기와 아빠는 어떻게 함께 시간을 보낼 수 있을까? 우리 남편은 결혼 전 기타를 치는 취미가 있었는데 아기와 놀아줄 줄 모르다보니 아기를 앉혀놓고 기타를 쳐주곤 했다. 아기를 위해 노래를 불러주거나 음악을 들려주는 것도 갓난아기와 놀아주는 좋은 방법이다.

더 좋은 방법은 아빠와 아기가 스킨십을 하는 것이다. 스킨십은 아기에게만 좋은 것이 아니다. 피부는 제2의 뇌라고 할 정도로 뇌와 직접 연결되어 있다. 피부 자극은 뇌에서 감정을 담당하는 변연계에 곧장 전달된다. 그래서 스킨십을 하면 마음이 안정된다. 스킨십은 옥시토신의 분비를 촉진시켜 아빠에게 아기에 대한 사랑, 친밀감을 느끼게 한다. 또한 옥시토신은 스트레스를 줄이고 행복을 느끼도록 한다.

아빠와 아기가 스킨십을 많이 할 수 있도록 아빠에게 아기의 목욕을 맡기자. 어린 아기를 씻겨본 사람은 알겠지만 아기 목욕은 고된 육체노동이다. 아기는 혼자서 몸을 잘 가누지 못하기 때문에 팔로 받쳐가면서 씻겨야 한다. 안 그래도 물리적인 힘이 남자보다 약한 여자는 출산으로 뼈마디가 벌어지고 근육이 상하는 등 몸이 절대적으로 약해진 상태다. 아빠가 아기 목욕을 시켜주면 몸이 약해진 엄마에게도 좋고 아기 정서에도 좋다. 아기는 목욕 시간을 통해 아빠의 사랑을 느낄 수 있다.

몸으로 하는 놀이에서도 목욕을 할 때처럼 스킨십이 많이 일어난다. 엄마가 아기랑 말로 놀아준다면 아빠는 몸으로 놀아주자. 아기 간질이기, 이불 위에서 아기와 뒹굴기, 아기처럼 기어다니며 술래잡기…… 아기가 조금 커서 몸을 곧잘 움직이게 되면 씨름이나 레슬링을 해보자. 이래라저래라 하지 말고 남편의 창의력에 몸 놀이를 맡겨보자. 아마 남편의 아이디어는 생각보다 무궁무진할 것이다.

아빠와 아기 단둘만의 시간이 필요해

왜 남편은 아기를 잘 못 볼까? 정답은 '안 봐서'다. 평소 공부를 안 한 학생의 시험 성적이 좋지 않은 것과 마찬가지다. 그렇다면 남편이 아기를 잘 보려면 어떻게 해야 할까? 당연히 '많이 봐야' 한다. 그것도 혼자서 아기를 보는 시간이 많아야 한다. 우리 남편은 아기를 목욕 시키고 아기와 몸으로 잘 놀았지만 나와 함께 있을 때만이었다. 남편은 아기와 단둘이 있는 시간이 거의 없었고 그나마 내가 잠깐 병원에 다녀오는 한 시간 정도가 전부였다. 남편은 아이와 단둘이 있는 시간을 어색해하고 불편해하며 심지어 두려워하기도 했다.

우리는 한 번도 해보지 않은 것에 대한 두려움을 가지고 있다. 산후 도우미 기간도 끝나고 남편도 출근하고 나와 아기 단둘이 집에 덩그러니 남겨졌을 때 그 시간이 너무 막막하고 무서웠던 기억이 있다. 분명 아기와 둘이었는데 혼자라는 느낌에 외롭기도 했다. 하지만 그런 시간이 무서워도 엄마인 나는 아기와 단둘이 하루를 보내야 했다. 과중한 책임감에 운 적도 있지만 그런 시간들이 하루 이틀 쌓이자 아기와 단둘이 보내는 하루에 익숙해졌고 힘들지언정 더 이상 두렵지는 않았다. 우리 남편들도 마찬가지다. 육아가 싫고 아기가 싫은 게 아니라 해보지 않은 것에 대한 두려움이 있을 것이다.

우리 아이는 어딘가에 묶이는 것을 싫어해 식탁 의자, 카시트, 유모차 등을 다 거부했는데 그중에 제일은 카시트였다. 얼마나 싫어했던지 카시트만 타면 토할 때까지 우는 일이 다반사였다. 그래서 아이가 어렸을 때 내가 정말 좋아하는 강원도 여행을 단 한 번도 못 갔다. 강원도 여행은커녕 병원과 같이 어쩔 수 없는 곳만 차를 타고 다니고 부득이하게 멀리 가야 할 때는 아이 낮잠 시간에 맞춰 가능한 한 빨리 다녀왔다.

그런 아이를 키우면서 남편은 혼자서 아이를 차에 태우고 다니는 것을 무서워했다. 엄마인 나는? 아이가 울어도 병원을 데리고 가야 하니 어쩔 수 없이 아이의 울음소리를 BGM 삼아 차를 타고 달렸다. 어느 날은 20분 거리의 병원을 가는데 너무 울어서 중간에 정차를 했다. 그러곤 아직 말도 못하는 아이에게 조곤조곤 설명했다. 지금 우리가 어디로 가는지, 네가 왜 이 자리에 꼭 앉아 있어야 하는지 말한 뒤 약국에서 받아놓은 비타민을 한 알 쥐여주고는 다시 앉혔다. 이러는 데 무려 20분이 걸렸고 병원에 도착하기까지 40분이나 소요됐다. 나는 이렇게 인내심을 가지고 아이를 데리고 다니는데 남편은 그러지 않아도 되니 억울한 마음이 생겼다. 힘든 상황을 같이 나누고 싶었다.

내 마음을 남편이 알아줬으면 했다. 그러나 남편과 아이가 단둘이 있는 상황이 거의 없다보니 이 문제는 해결되지 않았다.

아빠 육아의 핵심은 아빠와 아이가 단둘이 있는 시간이다. 엄마가 함께 있으면 아빠도 아이도 엄마에게 의지하려 하기 때문에 아빠의 육아 기술은 늘지 않는다. 육아 기술이 전무한 아빠는 아이와 시간을 보내려 하지 않고 아이도 아빠를 따르지 않으며 자꾸 엄마만 찾아 독박 육아의 악순환이 반복된다. 내 경우는 둘째를 임신하고 낳으면서 자연스레 아빠와 아이 둘만의 시간이 생겼다. 하지만 둘째를 가지지 않았다면 이런 계기가 없었을 것이다. 그래서 첫째 때와 달리 둘째를 키우면서는 둘째가 어릴 때부터 일부러 나만의 시간을 위해 외출을 했다. 이로써 오롯이 아이들과 남편만의 시간을 만들었다. 남편과 아이들만의 시간이 쌓이자 남편 역시 나처럼 육아에 대한 자신감이 생겼다. 나 역시 남편을 많이 신뢰하게 되었고 아이들도 아빠를 무척 좋아하게 되었다.

하지만 많은 아내가 남편을 못 미더워해 그런 시간을 만들지 않는다. 또 직장을 다니지 않는 전업주부는 그런 시간을 일부러 만들기도 힘들다. 전업주부가 자기계발을 위해서 혹은 놀러 가기 위해서 아이를 아빠와 둘이 남겨놓으면 죄책감에 시달린다. 하지만 모든 일에는 퇴근 시간이 있다. 매일도 아니고 가끔의 퇴근은 엄마 자신을 위해서도 아빠와 아이를 위해서도 괜찮다. 아빠에게 '아빠가 될 시간'을 줘야 한다.

물론 아빠 육아는 개인만의 문제가 아니라 사회 구조적인 문제다. 아기들은 일찍 자는데, 많은 회사원이 정시에 퇴근해야 7시이고, 8~9시를 쉽게 넘기기도 한다. 빨리 퇴근하는 아빠가 고작해야 한두 시간 아기를 보는 게 전부다. 야근이나 회식하는 날엔 한 시간조차 못 본다. 이렇게 한 주를 보내고 나면 피로가 쌓여 주말엔 그저 누워서 쉬고만 싶다. 아빠의 출산 휴가, 육아 휴직을 사회적으로 보장해주고 외벌이 휴직 시 임금을 보전해주는 문제, 휴직 후 승진 차별을 금지하는 문제 등 다양한 사안이 누적되어 있다. 개인이 해결할 수 있는 문제는 아니다. 아빠가 되는 것을 허락하지 않는 사회, 우리 모두가 함께 변화시켜야 한다.

4장

엄마와 시댁,
친정 사이에 필요한 심리학

우리의 독립은 언제일까

결혼은 한 사람과 하는 게 아니라 서른 명과 동시에 하는 거라고 한다. 일부 연예인 사이에서 유행하는 스몰 웨딩처럼 아름다운 조명 아래 남편과 나, 그리고 친한 친구 몇 명만 있다면 좋겠지만 대부분의 결혼식장에는 남편과 시부모는 물론, 친지, 친구, 동료 등 남편 하나에 딸려 오는 수많은 사람으로 가득 차 있다. 서른 명이라고? 훨씬 더 많지 않을까?

내가 남편을 고를 수는 있지만 남편의 부모님이나 친척, 친구를 고를 수는 없다. 내가 이력서를 낼 회사를 고를 수는 있지만 그 회사 안에서의 인간관계는 선택할 수 없듯이, 선택의 자유가 무궁무진하진 않다. 선택에는 분명 한계가 있다. 남편도 나와 같은 입장이다. 남편은 나를 선택했지만 그로 인해 딸려 오는 사람들을 선택할 순 없다. 특히 내가 선택할 수 없는 양가 부모님이 내 결혼생활에 많은 영향을 미치는 분들이라는 게 결혼의 문제다.

남편의 결혼 판타지는 효도 판타지?

결혼을 앞두고 남편이 이런 제안을 했다. 매일 양가에 서로가 안부 전화를 하자고. 처음에는 내가 잘못 들은 줄 알았다. 결혼 전 우리는 부모님에게 매일은커녕 일주일에 한 번 안부 전화를 드릴까 말까 하는 그런 무심한 자식이었다. 부모님도 우리에게 전화를 자주 하지 않으셨고 그런 무심한 분위기가 양가의 가족 문화였다. 그런데 왜 결혼을 하면 알뜰살뜰 다정하게 연락하자는 걸까? 결혼이 뭐길래. 많은 남자가 결혼을 계기로 효도를 하려 한다. 물론 스스로 효도하는 게 아니라 아내를 통한 대리 효도를.

남편이 이런 제안을 한 배경에는 선배 부부의 '몹쓸' 선례가 있었다. 선배 부부가 그런 식으로 서로의 부모에게 안부 전화를 하는데 남편 눈에 그게 참 보기 좋았던 것 같다. 아무래도 선배가 자랑한 것을 남편이 곧이곧대로 받아들인 듯하다. 남편 역시 결혼에 대한, 효도에 대한 환상이 있었던 것이다. 당연히 나는 거절했다. 각자의 집에 각자 알아서 전화하자고 했다. 물론 생신 때나 어버이날에는 같이 전화할수 있겠지만 용건도 없는데 매일 시부모에게 전화하는 건 너무 고역이었다.(연애할 때 남자친구에게도 매일 전화를 안 하던 나였는데!) 남편은 실망한 기색이었지만 다행히 강요하지 않았다.

만약 남편이 정말로 하고 싶다면 우선 본인부터 하면 된다. 남편이 양가에 매일 안부 전화를 하는 거다. 그 모습에 내가 감동한다면 같이 할 수도 있을 것이다. 하지만 남편에게도 '매일 안부 전화 하는 아들, 며느리'는 그저 판타지였기에 현실에서 그런 모습을 전혀 보이지 않았다. 그렇게 안부 전화 제안은 효력을 발휘하지 못하고 사라졌다.

이처럼 '대리 효도'를 통한 효도 판타지를 갖고 있는 남자는 우리 남편만이 아니다. 정확한 통계는 없지만 대한민국 많은 남자가 결혼 전에는 스스로 하지 않았던 효도를 결혼 후에 아내가 대신해주길 바란다. SNS에서 화제가 되었던 웹툰「며느라기」의 남편 무구영도 그런 남자다. 결혼 전 명절에는 엄마를 돕지 않고 여자친구 민사린과 데이트를 나갔던 무구영은 결혼 후 명절에는 아내 민사린이 자신의 엄마를 도와 명절 준비를 하길 바란다. 며느리가 어머니를 돕는 장면을 흐뭇하게 기대하면서 그럼으로써 자신의 가족이 행복해질 거라 믿어 의심치 않는다. 그 순간 자신의 아내 민사린은 행복한지 불행한지, 아무런 감을 잡지 못한 채.

왜 남자들은 결혼 전에는 독립적으로 굴다가 결혼 후에는 아내에게 대리 효도를 요구하는 걸까? 상담을 하면서 '자식 중에 제일 사랑받지 못한 자식'이었다가 커서는 제일 효자가 되어 부모로부터 다시 상처를 반복해서 받는 경우를 많이 봤다. 그런 내담자를 대할 때는 참 마음이 아팠다. 어린 시절 받지 못한 사랑을 나중에라도 받고 싶은 보상 심리 때문에 가장 먼저 효도를 한다. '내가 이렇게 잘해드리면 지금이라도 나를 제일 사랑해주시겠지' '그래도 너밖에 없다 해주시겠지' 하는 기대감이 깔려 있다. 어린 시절 충족되지 못한 부모의 사랑을 성인이 된 후라도 받고자 하는 결핍에 대한 욕구다.

이처럼 어린 시절 부모로부터 온전하게 사랑받지 못한 아들은 커서 효자가 되려고 애쓴다. 문제는 가부장제에 편승해 아내의 신체 노동, 감정 노동을 통해 대리 효도를 하려고 한다는 것이다. 자기 몸은 편하고 쉬운 방식으로 효도를 해서 부모에게서 인정을 받으려고 한다. 정서적 독립도 안 되는 데다 손쉽게 아내를 통해 효도하려는 남편은 아내와의 갈등이 깊어질 수밖에 없다.

만약 내가 사랑받지 못한 자식이었다면 이제는 부모의 사랑에 대한 기대를 접기를 권한다. 어린아이였을 때는 부모의 사랑이 없으면 살 수 없으니 본능적으로 그 사랑에 매달리게 된다. 하지만 이제 우리는 성인이 되었다. 비록 온전한 사랑을 받지 못했지만 이만큼 잘 자랐다. 이제는 부모의 사랑 없이도 생존할 수 있고 부모의 사랑이 아니어도 나를 사랑해주는 사람이 있다.

사랑이라는 게 내가 뭘 한다고 받는 게 아니다. 사랑이나 미움이나 내가 아무것도 하지 않아도 받는다. 사랑이나 미움은 행위의 문제로 보이지만 근본적으로 존재에 관한 것이다. 대리 효도를 하는 남편이나 아내가 알아야 할 점이다.

"의지를 하면 그에 상응하는 마음의 대가를 치러야 한다"

혜성씨는 대학원생 신분으로 결혼을 했다. 가진 것 없는 늦깎이 학생들이 결혼을 한 셈이었다. 그래서 첫 집도 오피스텔로 구했고 혼수도 간소하게 준비했다. 남편이 다니던 학교에서 프로젝트를 진행하면서 매달 백몇십 만 원 되는 액수가 장학금으로 나왔다. 미래를 대비하는 저축은 꿈도 못 꾸는 적은 돈이었지만 아이도 없고 오피스텔에서 단출하게 살림을 시작한 부부가 생활하기에는 충분했다. 식비 외에는 돈 들어갈 데가 크게 없었다. 또 그때는 취업이 어렵지 않았던 때라 혜성씨 부부는 학교를 졸업하고 취업하면 된다는 생각으로 경제적 문제를 크게 걱정하지 않았다.

그러다 혜성씨가 졸업도 하기 전에 임신을 하자 혜성씨의 시부모님이 한 가지 제안을 했다. 매달 생활비를 지원해주겠다는 것이었다. 혜성씨의 남편은 받고 싶어했다. 물론 혜성씨도 받고 싶은 마음이 있었다. 하지만 말이 좋아 생활비 지원이지, 용돈을 타 쓰는 것이나 다름없어 어떻게 하는 게 좋을지 나에게 조언을 구해왔다. 아동 전문가 조선미 박사는 "어떤 사람에게 의지를 하면 그에 상응하는 마음의 대가를 치러야 한다"고 했다. 혜성씨 시부모님의 선의는 알겠지만 돈을 받으면 돈만 오는 것이 아니란 점을 나는 알려주었다. 용돈을 받으면 혜성씨는 서른이 넘어 결혼을 하고도 부모로부터의 정서적 독립이 요원해진다. 부모님 돈을 받는 것을 당연하게 여기는 마음, 의존심이 생길 수밖에 없다.

고심 끝에 혜성씨 부부가 시부모의 제안을 거절하자, 어머니는 아들, 즉 혜성씨 남편에게 결혼하더니 왜 이렇게 부모와 멀어지려고 하냐며 서글퍼하셨다. 어머니의 서글픈 감정은 유감이지만 독립 단계에서는 혜성씨가 옳은 선택을 했다고 생각한다.

사람들은 거절이 나쁜 것이라고 생각한다. 선의를 담은 제안을 거절하면 이기적이라고 여긴다. 혹은 제안한 사람이 싫어서 거절한다고 생각한다. 어른의 선의를 거절하는 것은 예의 바르지 못하다고 한다. 그래서 나쁜 사람이 되지 않기 위해, 당신을 싫어하지 않는다고 표현하기 위해 거절을 하지 못한다. 나 역시 거절을 했다가 나쁜 사람이라는 비난을 듣기 일쑤였고 내가 뭘 잘못한 듯한 죄책감이 드는 게 싫었다.

하지만 거절은 솔직함이라고 생각한다. 내가 어디까지 할 수 있고 또 어디까지 할 수 없는지 솔직하게 알려주는 것. 서로 간에 한계를 분명히 하는 것. 거절의 대상이 비록 남편의 부모님이라는 어려운 상대였지만 그 때문에 더더욱 처음부터 솔직해져야 한다고 생각했다. 거절하지 않고 계속 예스만 했다간 상대로부터 내 영역을 침범당하기 때문이다. 시부모와의 관계에서 거절은 그래서 더욱 중요하다. 초반부터 달콤한 생활비 지원을 거절한 부부는 다행히 그 뒤로도 부모님으로부터 경계를 침범당하지 않았다.

엄마, 우리 이제 그만 헤어져
: 친정 엄마와 딸 사이의 감정적 종속 관계에 대한 고찰

정미씨는 자라는 동안 엄마에게 "넌 너무 이기적이야"라는 소리를 들어왔다. 엄마의 그런 편잔에도 정미씨는 스스로를 좋은 사람이라 생각했지만 정미씨 마음 한편에는 '난 이기적인 사람이 아닐까' 하는 의구심이 자리 잡고 있었다. 그래서 항상 조심했다. 이기적인 사람이 될까봐. 그러나 그녀는 결코 이기적이지 않았다. 오히려 반대였다. 회사에서는 부당한 일에도 대꾸하지 못했고 남편에게도 원하는 걸 쉽게 말하지 못했다. 그러면서도 정미씨는 상담실에서도 자신을 이기적이라고 소개했다. 왜 그렇게 생각하는지, 혹시 누가 그런 말을 했는지 물어보니 엄마가 평생 딸을 그렇게 평가해왔단다.

평가는 조종과 통제를 위해 쓰인다. 정미씨의 엄마는 "넌 이기적이야"라는 말을 통해 무의식적으로 딸을 통제하고 조종하고 싶었던 것이다. 하지만 어린 시절 정미씨는 그 말을 그대로 받아들이고 엄마의 말로 자신을 평가했다. "당신은 이기적이지 않아요"라고 말해주자 정미씨는 화들짝 놀랐다. 그러곤 울음을 토해냈다.

이는 보기 드문 장면이 아니다. 우리 어머니 세대는 희생과 양보가 미덕이라고 주입받고 그것을 강요당하며 자랐다. 그래서 원치 않아도 가족을 위해, 남동생을 위해, 오빠를 위해 계란 반찬부터 공부의 기회까지 양보하고 희생했다. 그런 엄마의 시선으로 보면 요즘 딸은 꽤나 이기적으로 보일 수 있다. 그래서 많은 엄마가 딸에게 양보하지 않는다고, 희생하지 않는다고 '이기적이다' '너밖에 모른다' '너는 못된 아이다'라는 평가를 내린다. 그러나 양보와 희생은 내가 선택하는 것이지 상대방의 요구에 맞춰서 하는 것이 아니다. 내가 하고 싶으면 하는 것이고 하기 싫으면 하지 않아도 된다. 그러니 양보와 희생을 하지 않는다고 이기적인 것은 아니다.

엄마들은 자기 딸을 아주 잘 안다고 생각한다. 내 배로 낳았고 내가 키운 데다 나와 같은 여자이기 때문이다. 남자인 아들과는 다르다. 자신과 비슷한 딸의 외모를 보면서 착각한다. 딸은 자기에게서 비롯되었다고, 그래서 딸을 내가 아주 잘 안다고 여겨 그에 따라 통제하고 싶어하며 통제하기 위해 평가한다.

친구 같은 엄마와 딸은 가능할까

인터넷 게시판에 고민 글이 하나 올라왔다. 사연을 보니 딸이 어릴 때는 심하게 엄마 껌딱지여서 엄마의 대학원 과정을 포기하게 만들었다고 했다. 또 중고등학생 때도 여느 사춘기 딸들과는 달리 엄마와 둘이서 영화를 보러 갈 정도로 엄마와 딸은 친하게 지냈다. 그런데 대학생이 된 후 딸은 엄마와 점점 멀어지고 친구와 더 많은 시간을 보내게 되었다. 급기야는 엄마의 관심과 애정이 버겁다며 집착이라고 하는 바람에 엄마는 삶이 무너지는 것 같다고 했다. 이처럼 엄마와 딸이 사이가 너무 좋아도 문제다. 실은 사이가 좋다기보다 어린 딸이 엄마에게 의존하자 엄마도 딸에게 같이 의존해버린 경우다. 아이가 어릴 때 엄마에게 의지하고 의존하는 것은 당연하다. 하지만 성인인 엄마가 어린 아이에게 의존하는 것은 건강하지 못하고, 아이의 발달에도 좋지 않다. 성인은 심리적 에너지가 동등한, 스스로를 책임질 수 있는 성인에게 의지해야 한다. 그래야 공평하다.

소아정신분석가 에릭 홈브루거 에릭슨은 인간의 발달을 8단계로 설명했다. 1단계는 생후 1년 '신뢰 대 불신' 시기, 2단계는 '자율성 대 수치심과 의심' 시기, 3단계는 '주도성 대 죄의식' 시기, 4단계는 '근면성 대 열등감' 시기, 5단계는 '정체성 대 혼돈' 시기, 6단계는 '친밀감 대 고립감' 시기, 7단계는 '생산성 대 침체성' 시기, 8단계는 '자아통합 대 절망' 시기다. 자율성이 발달하는 것은 언제인가? 바로 2세경인 2단계로, 생각보다 빠르다. 이때부터 엄마는 자식을 조금씩 놓아줘야 한다.

하지만 엄마 눈에 두 살 아기는 너무 조그맣고 귀여워 놓기 쉽지 않을 것이다. 이 조그만 것이 뭘 혼자 결정하고 혼자 행동한다는 건가 하는 생각도 들 것이다. 이는 노골적이진 않지만 은근히 아이를 무시하는 생각이다. 인간은 누구나 혼자 결정하고 행동할 수 있다. 그저 물리적인 힘이 어른보다 약할 뿐, 아이와 엄마는 동등하다. 그러므로

'아이의 자율성 키우기'에서 이야기한 것처럼 사소한 것에서 아이의 선택을 존중해줘야 한다.

　엄마 젖을 먹으며 누워 있기만 하는 아기에게는 엄마가 세상의 전부다. 그래서 엄마는 자신의 일이나 공부보다는 아기를 우선순위로 둔다. 그러나 아기가 걸음마를 시작하는 무렵부터 아기에게는 자기만의 세계가 조금씩 생긴다. 어릴 때는 그 세계가 크지 않아서 엄마는 알지 못한다. 혹은 사연 속의 엄마처럼 아이만의 세계가 조금씩 드러나도 보려고 하지 않기도 한다.

　그러다가 아이에게 사춘기가 오면서 아이만의 세계가 생긴 것을 갑작스럽게 알게 된다. 사연에서 딸은 그런 사춘기 시절마저 엄마와 친구처럼 지냈기 때문에 엄마는 더 힘겨워한다. 며느리가 딸이 될 수 없듯 딸 역시 엄마에게 친구가 될 수 없다. 엄마와 친구처럼 지낸다 해도 다른 모녀지간보다 격의가 없다는 것이지 또래 친구와 같을 순 없다. 또래 친구 같은 부모는 사연 속 엄마의 판타지일 뿐 현실에서는 힘들다. 청소년이 되면 마음 건강 측면에서도 친구와의 관계가 더 중요해진다. 그러니 내 친구는 내 또래에서 사귀고 아이는 아이 또래를 사귀도록 해야 한다.

엄마의 양가감정, 딸의 양가감정

엄마는 자신을 닮은 딸이 자기보다 더 나아지길 바라면서도 자기보다 편하고 좋은 조건에서 더 성취하지 못하는 딸에게 불평이 생기기도 하고 혹은 나보다 잘하는 딸을 시기하기도 한다. 엄마라고 무조건 자식을 사랑하는 마음만 가득한 것은 아니며 딸을 향한 양가감정을 품는다. 엄마 역시 다양한 감정을 가진 인간이므로.

우리 엄마 세대는 먹고사는 것만으로도 무척 힘들었다. 아들이 아니라고 차별도 많이 받았다. 공부를 하고 꿈을 꾸는 건 사치였다. 그런 시절을 보내고 딸만큼은 자기처럼 힘들게 살지 않길 바라며 키웠다. 반면 요즘은 참 좋은 시절 같다. 자신은 상상하지도 못한 혜택을 받고 자란다. 그런 와중에 '얘는 이렇게 좋은 환경에서 왜 이럴까?' 하는 생각이 든다.

엄마가 "내가 너였다면……"이라는 말을 한 적이 있다. 너무나 어려웠던 엄마의 환경과 보다 나아진 오늘의 환경이 비교되는 건 엄마에게 자연스러운 일이지만, 나는 엄마의 삶을 살아보지 못했고 내 삶은 내 삶대로 힘든 점이 있었다. 그걸 같은 선에 놓고 비교하는 건 사실상 불가능하다. 그렇다보니 딸 역시 엄마에게 양가감정이 든다. 엄마는 엄마의 몸을 던져 자식들을 헌신적으로 돌봤다. 외벌이의 가난한 형편에도 얼마나 알뜰살뜰 살았는지 비싼 외식은 못 해도 집에서 밥 굶기지 않고 자식들이 밥벌이할 수 있게끔 공부도 많이 시켜주셨다. 딸은 그런 엄마의 희생과 헌신에 고마움을 느낄 뿐 아니라 엄마에게 은혜를 갚아야 한다는 부담감도 있다. 그러나 사느라 바빠 나한테 다정하지 못했던 엄마, 나에게 상처 주었던 엄마 때문에 아픈 기억도 있다.

엄마를 생각하면 늘 마음이 복잡하다. 사랑하거나 미워하거나, 좋아하거나 무관심하면 좋을 텐데 엄마를 향한 마음은 두 감정 사이를 자꾸 왔다 갔다 한다. 이런 불편한 마음을 갖는 것 자체가 죄책감이 되었다. 이때 나를 위로해준 이야기는 '효도가 자연의 섭리에 맞는 게 아니'라는 말이었다. 법륜 스님은 즉문즉설에서 자연의 섭리를 보면 부모가 자식을 낳기로 결정한 것이기 때문에 부모가 자식을 키우는 것은 당연한 일이라고 했다. 그러나 자연의 세계에서 어느 동물을 봐도 자식이 부모를 돌보는 경우는 없다고 했다. 효도는 자연의 섭리가 아니다. 효는 우리 본능이 아니기에 효를 행하라는 가르침도 생긴 것이다. 법륜 스님은 부모의 은혜는 그저 감사한 것이지 부담을 느끼고 갚아야 하는 것은 아니라고 했다. 이 이야기를 통해 엄마에게 느끼던 부담을 나처럼 덜어놓기를 바란다. 엄마가 힘든 것은 딸의 책임이 아니다. 그리고 내가 엄마처럼 배려하고 희생하지 않는다고 해서 나쁜 딸인 것도 아니다.

나는 엄마의 상담사가 아니다

엄마는 어린 시절을 무척 힘들게 보냈다. 엄마는 힘들었던 기억을 유독 나에게 많이 꺼내놓았다. 내가 이야기를 잘 들어준다며 좋아했고 나는 그렇게 좋아하는 엄마를 보며 몇 시간이고 몇 번이고 엄마의 이야기를 들었다. 엄마는 어린 시절의 고통스러운 기억과 가족들에 대한 불만을 토로했다. 전화로도 이야기하고, 1년에 몇 번 만나지도 못하는데 만날 때마다 이야기했다. 마침 그때 나는 심리 상담을 공부하고 상담자의 태도를 배웠다. 하지만 초보 상담자였기에 프로답지는 못했다. 사적인 자리에서 누군가 내게 힘든 이야기를 꺼내면 바로 상담자의 가운을 걸쳐 입고 "그랬어? 힘들었구나!" 하고 내 에너지를 다 써가며 이야기를 들어주곤 했다. 일과 사생활을 구별하지 못하던 때였다. 엄마는 자신의 이야기를 몇 번이고 반복적으로 들려줬다. 나는 그렇게 엄마의 '감정 쓰레기통'이 되어갔다.

문제는 엄마의 불만이 가족이나 친척을 향해 있었고, 그들은 내 가족이기도 했다는 점이다. 그러다보니 엄마의 부정적인 감정이 이입되어 그 마음으로 가족들을 대했고 나중에는 나도 모르게 그들을 미워하기까지 했다. "엄마를 그리 힘들게 하다니!" 그들이 마치 나를 힘들게 한 것처럼 투사적 동일시가 이루어졌다. 그래서 이중 관계에서는 심리 상담을 하지 않는 것이 상담심리학회의 윤리 강령이다. 객관적인 상담이 불가능하기 때문이다.

나에게 속 시원히 다 털어놓은 엄마는 한결 마음이 가벼워졌는지 가족, 친척들과 잘 지냈다. 그런데 나는 미움이 심해져서 한동안 다른 가족과 연락을 하지 않고 지냈다. 결국 엄마에게 이야기했더니 "넌 다 큰 성인이 흘려들으면 되지, 뭘 그렇게 담고 있니"라며 핀잔을 주었다. 그 말을 들었을 때 정말 억울하고 화가 나 엄마와 싸우고 한동안 말을 하지 않았다.

상담을 업으로 하는 나만 이런 일을 겪는 게 아니다. 수많은 딸이 엄마의 감정 쓰레기통 역할을 하고 있다. 엄마에게 몇 번이나 화를 내고 언쟁을 한 끝에야 엄마의 상담사 역할을 그만둘 수 있었다. 엄마가 자신의 부정적인 감정을 내게 쏟아내려고 할 때 그런 이야기는 하지 말라며 선을 그었다.

만약 당신이 나와 같은 행동을 한다면 또다시 "넌 너밖에 모른다" "넌 이기적이다"라는 평가를 들을지도 모른다. 하지만 이제는 그런 엄마의 평가가 나를 조종하고 통제하기 위한 말이라는 것을 안다. 엄마의 평가가 나를 결정하지 않는다는 것도 안다. 나는 엄마가 평가하는 것보다 훨씬 더 좋은 사람이라는 자신도 생겼다. 엄마 외의 관계, 즉 남편과의 관계나 친구와의 관계에서 내가 좋은 사람이라는 것을 충분히 경험했기에 가능한 일이다.

여전히 엄마는 내게 이야기하고 싶어하고 선을 긋는 행동에 섭섭해하지만, 다행히 그 빈도가 줄다가 이제는 거의 이야기하지 않는다. 엄마가 안돼 보여서, 엄마가 안쓰러워서 거절하지 못한 상담사 역할은 결국 나에게도 엄마에게도 상처만 남겼다.

엄마의 표현 방식

나는 어릴 때부터 매운 것을 잘 먹지 못했다. 언니나 남동생은 잘 먹었던 걸 보면 내 체질이 그렇게 타고난 것 같다. 매운 음식에 대한 최초의 기억은 신라면이다. 그때 막 나온 신상이었던 신라면을 여덟 살 무렵 처음 먹었는데, 너무 매워서 물을 몇 컵이나 들이켰던 기억이 난다. 어른이 되어서도 매운 음식을 좋아는 하지만 잘 먹지는 못한다. 엄마는 매운 것을 잘 먹지 못하는 나를 위해 언제나 맵지 않게 요리

해주셨다. 나 빼고 나머지 식구들은 매운 음식을 좋아하는데도 말이다. 내가 집을 떠나 서울에서 자취할 때 가끔 집에 내려가면 엄마와 동생은 모든 음식에 매운 고춧가루는 물론 청양고추까지 한가득 넣어 먹고 있었다. 그때야 알았다. 엄마가 나 때문에 매운 음식을 많이 참아왔다는 것을.

스무 살, 집으로부터 멀리 떨어진 대학에 입학했다. 학생 용돈에 기차표가 비싸기도 하고 대학 생활이 재미있어 집에는 아주 가끔 내려갔다. 친한 동기는 집에 내려갈 때마다 역으로 부모님이 마중 나와 있다는데, 역 마중이라니 세상에! 생업이 바쁜 우리 집에선 결코 기대할 수 없는 다정한 이벤트였다. 기차역에서 무거운 짐을 혼자 낑낑대며 들고 집으로 가도 반가이 맞아주는 사람 하나 없었다.

텅 빈 집엔 한여름에도 서늘한 기운이 돈다. 내 방 없는 빈집에 적당히 짐을 풀고 주방으로 가본다. 가스레인지 위에는 닭백숙이 있다. 내가 집에 내려간다고 연락하면 엄마는 항상 닭백숙을 푹 고아놓곤 하셨다. 뽀얀 닭고기를 다시 데우면 빈집은 금방 훈훈해졌다. 후루룩, 땀을 흘리며 한 대접 다 먹고 나면 마음까지 따뜻해졌다. 그래서 나는 닭백숙의 음식말(꽃말 말고 음식말)을 '환영'이라고 지었다.

우리 엄마는 다정하지도 살갑지도 못했다. 그렇다고 엄마의 사랑이 없었다고 말할 수는 없다. 사랑이라는 단어가 없었던 게 아니라 사랑한다는 말을 쓰지 못했던 거란 걸 이제는 안다. 대신 음식으로 표현했을 뿐이다. 이제는 내가 우리 아이들을 위해 닭백숙을 끓이는 날이면 항상 엄마의 말하지 않은 사랑을 떠올린다.

난 엄마 같은 엄마는 절대 안 될 거야!

아기를 낳으면 친정 엄마가 이해된다는데 나는 그렇지 않았다. 아기를 낳고 나서 오히려 엄마를 이해할 수 없었다. 왜 그렇게 키웠을까? 나는 자라면서 다짐하고 또 다짐했다. "절대 엄마 같은 엄마는 안 될 거야!"

엄마는 잔소리가 많았다. 별의별 잔소리를 다 들었는데 그중에서도 아끼라는 소리가 압권이었다. 이 잔소리를 얼마나 많이 들었는지 지금도 외출할 때마다 "전기 콘센트 뽑아라!" 하는 환청이 들리는 것만 같다.

거기다 엄마는 언제나 엄했다. 사소한 잘못에도 크게 화를 냈고 성적이 떨어졌을 때는 매를 들었다. 엄한 엄마들이 그렇듯 어디 가서 아이들 잘못 키웠다는 소리가 듣기 싫어서 그랬다. 시작은 자식을 잘 키우고 싶다는 의도였으나 결과적으로 타인의 시선으로 엄한 기준이 세워졌다. 게다가 엄마는 밥벌이와 살림에 늘 지쳐 있어 일상에 대한 다정한 대화를 나눌 수 없었다.

엄마도 어쩔 수 없었다고 머리로는 이해했지만 나는 절대 엄마 같은 엄마가 되고 싶지는 않았다. 그러나 되고 싶지 않은 모습만 있었지, 내가 어떤 엄마가 되고 싶은지는 그리지 못했다. 내가 봐온 엄마는 그토록 닮고 싶지 않았던 우리 엄마뿐이기 때문에 엄마가 했던 것과 반대되는 기준만 세웠다. 문제는 '반대로 하겠다' '그렇게만은 하지 않겠다'는 기준이 아니었다는 점이다. 피하고자 하는 것만 있고 명확한 기준 없이 육아를 한다는 것은 꽤나 어려웠다. 마치 여행 가서 가고 싶지 않은 곳만 있고 식당에 가서 먹고 싶지 않은 것만 있는 것과 같았다. 어디로 가야 할지, 뭘 먹어야 할지 몰랐다.

어떤 엄마가 될 것인가

오늘날 육아에서 어려운 점은 본받을 만한 롤모델이 없다는 것이다. 엄마 같은 엄마는 되기 싫은데 딱히 내가 모델로 삼을 만한 사람이 없다. 주변에는 내가 도저히 따라 할 수 없을 것 같은 넘사벽 전문가가 있거나 따라 할 게 없는 평범한 이웃들만 있을 뿐이다. 그러나 넘사벽 전문가에게는 당연히 내가 배울 만한 점이 많고, 평범한 이웃에게도 내가 따라 하고 참고할 만한 점이 한 가지씩은 분명히 있다. 그렇게 전문가의 의견과 타인의 육아를 참고하면서 내 기준, 내 모델을 세워나가는 과정이 육아다. 아직 육아 중인 나 역시 육아의 기준을 계속 수정해나가는 과정에 있다.

　꿈, 커리어, 직업에서는 롤모델을 쉽게 찾을 수 있다. 일의 성공, 경제적 성공을 강조하는 현대사회에서 성공한 사람을 찾기란 어렵지 않다. 교과서, 자기계발 서적, 텔레비전에도 많이 나온다. 그러나 육아에서 제일 중요한, 아이를 대하는 엄마의 태도와 마음가짐을 알려주는 책이나 롤모델은 드물다.

소위 육아에 성공했다는 사람들은 그 자식이 영재인 경우가 대부분이다. 우리나라에서 성공한 육아란 결국 공부나 대입으로 귀결되곤 한다. 평범한 내가 평범한 우리 아이를 키울 때 모델로 삼을 수 없는 경우다. 그나마 참고할 자료는 육아 전문가들이 쓴 육아 서적뿐인데, 육아서에 나오지 않는 수많은 경우의 수가 현실에는 얼마나 많은가. 결국 내 육아는 책대로 되지 않는다.

설사 성공한 사람, 참고할 사람이 있다 해도 롤모델로 삼기는 쉽지 않다. 대개 우리는 다방면에서 뛰어난 사람을 롤모델로 삼는데, 그 사람의 모든 것을 따라 하다가는 제풀에 지쳐 아무것도 못하기 마련이다. 육아 역시 마찬가지다. 엄마표 영어, 엄마표 미술, 엄마표 놀이 등 각종 엄마표 육아에 성공한 이를 좇으려다가 더 스트레스를 받고 육아가 징글징글해진다. 나만 낙제생이 된 것 같고, 그러다 육아의 본질을 놓치기도 한다. 바로 내 아이를 사랑하는 마음 말이다.

인터넷, 책 등 육아 정보의 홍수 속에서 황새 쫓다 가랑이 찢어지는 뱁새가 될 것만 같았던 나는 누구든 그 장점을 하나씩만 따라 해보자고 마음먹었다. 육아서를 읽고 참고하되 모든 것을 따라 하려고 애쓰기보다는 한두 가지 내가 할 만한 것에 동그라미를 쳤다. 예를 들어 엄마표 영어를 해보고 싶어 관련 책을 읽어보니 책대로 하기는 힘들었다. 아기에게 영어로 말을 걸고 영어 그림책을 매일 읽어주는 게 쉽지 않았다. 다만 엄마표 영어 저자가 매일 아침 클래식 음악을 틀어줬다고 하길래, 그건 어렵지 않게 따라 할 수 있었다. 아침에 일어나 KBS 클래식 FM을 틀고 온 가족이 듣도록 하는 게 다였으니까. 이유식 전문가의 책을 읽고 이유식을 따라 만들었지만 저자처럼 매일 다른 끼니를 준비하기는 어려웠다. 여러 이유식 책을 읽어본 후 밥통 이유식 레시피가 편해서 그 방법을 택했다.

또한 또래 아이들 엄마에게서 롤모델을 찾을 수 있었다. 첫애를 낳고 어쩔 줄 모르며 키울 때 우연히 알게 된 이웃집에 놀러 갔다. 이웃집 엄마는 아기에 대한 애정 표현이 넘치다 못해 과했다. 그 정도의 애정 표현을 받아본 적도 해본 적도 없는 나에게는 신선한 충격이었다. 평소라면 '저렇게까지 오버해야 하나' 싶은 행동이었지만 실제로 보니 '저 정도로 하니 아이가 정말 좋아하는구나!' 하고 느꼈다. 아이들은 애정 표현이든 장난이든 오버액션을 무척 좋아했다. 그 엄마가 하는데 내가 못할 이유는 없었다. 그때부터 나도 우리 아기에게 과한 애정 표현을 시작했다. 의식적으로 하다보니 어색했던 것도 익숙해졌다.

'엄마처럼 되지 않을 테야'라는 마음만으로는 나만의 엄마 역할을 만들기 어려웠다. 오히려 되고 싶지 않았던 엄마의 모습이 내 안에서 불쑥불쑥 튀어나오곤 했다. 그럴 때마다 더 좌절감에 빠지고 내 자신이 싫어졌다. "코끼리를 생각하지 마세요"라는 주문을 받는 순간 코끼리만 생각하게 되는 인간의 심리처럼 '엄마처럼 되지 말아야지' 마음먹으면 오히려 자신이 싫어했던 그 모습을 생각하게 되고 결국 닮는다. 그러니 되고 싶지 않은 모습을 생각하지 말고 되고 싶은 모습을 생각해보자. 되고 싶은 엄마의 모습이 없다면 이 사람 저 사람, 이 책 저 책에서 한 가지씩 참고해서 나만의 엄마 모델을 만들어볼 수 있다.

시부모는 parent-in-law

결혼해서 생기는 관계 중 참 난감한 것이 바로 시부모와의 관계 아닐까. 나를 낳고 길러주신 분들은 아니지만 내가 사랑하는 사람을 낳고 길러주셨다. 남편의 부모를 내 부모 모시듯 해야 하는 걸까. 남편의 부모는 내 부모가 아니니까 내가 효도할 필요는 없는 걸까. 며느리 역할은 어디까지일까.

수경씨는 결혼 전 남자친구의 어머니를 찾아뵙기로 했다. 때마침 어머니의 생신날이었고, 수경씨 남자친구는 놀라운 이야기를 했다. 자신의 어머니는 생신 선물을 받지 않는 분이라 선물을 사갈 필요가 없단다. 수경씨는 괜찮을 리가 없다고 생각해 백화점에 들러 뭐라도 사가자고 했으나 남자친구의 반대로 결국 빈손으로 갔다. 결과는? 안 봐도 뻔하다. 우리나라에서 어른을 찾아뵐 때 빈손으로 가는 것은 예의가 아닌데, 하물며 남자친구의 어머니를 찾아뵙는데 빈손이라니. 결국 어머니는 자신의 아들은 물론 수경씨에게도 크게 실망했고 둘의 연애를 반대하기까지 했다. 상담실에서 수경씨는 억울함을 토로했다. 자신의 아들이 그렇게 하자고 한 건데 왜 나를 원망하냐고, 그렇게 아들을 키운 것은 어머니가 아니냐고.

수경씨의 남자친구 또한 이 일로 크게 상심했다고 한다. 세상에서 제일 관대한 사람이라고 생각했던 자기 어머니의 새로운 점을 알게 된 것이다. 어머니가 자기 아들에 한해서는 무한히 관대하지만 그 평가의 잣대가 며느리(가 될 사람)라면 달라진다는 사실을 그는 생각하지 못했다. 수경씨의 남자친구가 순진했을 뿐, 보통 사람들은 각자 평가 기준을 갖고 있지만 때로는 상황에 따라, 사람에 따라 그 기준이 충분히 달라질 수 있다. 어쩌면 다행인지도 모른다. 이 사건 덕분에 수경씨와 남자친구는 고부간의 환상을 버릴 수 있었다.

이 이야기를 전해 들은 수경씨의 친구는 이렇게 말했다고 한다. "아유, 이제 시작이지 뭐. 이제부터 네 남자친구는 자기 엄마에 대해 매일 새로운 점을 알게 될걸!" 수경씨 친구는 시부모를 모시고 3년을 살았다고 한다.

이처럼 시부모는 자신의 아들을 대하는 기준과 며느리를 대하는 기준이 다르다. 기준이 다른 것 자체를 비난할 수는 없다. 내 가족과 타인은 같을 수 없으며 내 부모도 마찬가지다. 나 역시 모든 사람을 다 똑같이 대하지는 않는다. 다만 그 차이가 너무 커서 아들에게는 무한 관대, 며느리에게는 세상 엄격 모드로 대하는 경우는 문제다. 이 때문에 이 땅의 수많은 며느리가 억울해하고 상처받고 힘들어한다.

'나만 참으면 모두가 행복해'의 함정

결혼하면 왠지 시부모의 예쁨을 받아야 마땅할 것 같은 당위성에 사로잡힌다. 가부장주의라는 사회적 영향에다 만약 당신에게 착한 여자 콤플렉스가 있다면 이 당위성은 더 심해질 것이다. 착한 당신은 누군가로부터 미움받는 것을 견딜 수 없을 테니까. '모든 사람이 나를 좋아해야 해.' '나를 싫어하는 사람이 있어서는 안 돼.' 우리가 관계에서 빠지기 쉬운 함정이다. 머리로는 그게 아니란 걸 알지만 실제로 누군가 나를 좋아하지 않거나 미워하는 상황에 놓이면 우리는 좌절하고 분노한다.

내가 이처럼 시부모에게 잘 보이려고 애쓰는 이유는 내가 잘하면 시부모가 나를 좋아해주고 인정해줄 거라는 기대가 있기 때문이다. 한마디로 예쁨을 받고 인정받고 싶은 욕구가 내 안에 있다. 가부장적 사회에서 시부모는 며느리를 평가할 수 있는 위치에 있다. 그 목적은 몰라도 평가 대상이 되면 일단 점수를 잘 받는 것에 연연하게 된다. 나도 모르게 '저를 잘 좀 평가해주세요' 하는 자세를 취하게 된다. 그러나 내가 생각하는 기준과 시부모가 생각하는 '며느리가 잘하는 기준'은 너무나 다르다. 시험에 임할 때 평가 기준을 알고 준비해야 잘 치를 수 있는데, 고부 관계에서 알 수 없는 기준을 놓고 잘하려 애쓰다보면 지치고 실망할 수밖에 없다. 무엇보다 시부모를 비롯한 타인에게 나를 평가할 권리를 주고 있는지도 모른 채 말이다.

결혼을 왜 했는지 근본적인 질문으로 돌아가보자. 시부모에게 평가받고 사랑받기 위해 결혼한 것은 아니다. 남편이 좋아서, 이 남자와 함께 살고 싶어서 결혼했다. 며느리는 결혼을 해서 추가된 나의 다양한 역할 중 하나일 뿐이다. 나한테 가장 중요한 정체성도 아니고, 비중이 그리 큰 것도 아니다. 내 무수한 역할 중 하나쯤은 평가를 좋게 못 받아도 괜찮다. 그렇다고 내가 좋지 않은 사람이거나 망한 사람은 아니다.

내가 시부모에게 잘 보이려고 애쓰면 애쓸수록 오히려 며느리라는 역할이 나에게 중요한 정체성이 되고 비중이 커진다. 중요하지 않은 역할을 중요하게 만들지 말자. 전 과목 '수'를 받아야 하는 건 아니니까. 한 과목쯤 못해도, 망해도 괜찮다. 인생은 입시가 아니다.

모든 가족과 사이좋게 화목하게 지낸다면야 얼마나 좋겠느냐마는, 원가족(결혼 전 가족)과도 늘 사이가 좋았던 건 아닌데 남편을 만나 법으로 가족이 된 시부모와 항상 사이가 좋고 화목하기는 어렵다. 이는 또 다른 결혼 신화에 불과하다.

고부 갈등에서 많이 나오는 말이 바로 '나만 참으면 모두가 행복하다'이다. 여기서 '나만 참으면 행복하다'라는 말은 '나를 뺀 모두가 행복하다'는 뜻이다. 나를 뺀 모두가 행복하니 소수인 내가 희생하고 참으라는 뜻이다. 다수결의 역설이다. 그러나 나에게 제일 중요한 사람인 나는 행복하지 않다. 다른 사람은 몰라도 나는 나의 행복을 타인의 행복과 바꿔선 안 된다. 남들은 자신의 행복을 위해서 나보고 참으라고 말할 수 있다. 하지만 나도 그들처럼 나의 행복을 추구해야 한다. 최소한 나는 나의 행복을 지키자.

군사 기밀? 암호? 이중 메시지

이중 메시지란 뭘까? 말 그대로 두 가지 뜻을 담고 있는 메시지다. 예를 들어 아침 등원길에 아이가 느릿느릿 밥을 먹으면 "빨리 먹어! 엄마 회사 늦겠다!" 재촉해놓고, 막상 아이가 허겁지겁 밥을 먹으면 "아니 그렇게 빨리는 말고. 체할라, 천천히 먹어!"라고 말한다. 아이는 밥을 빨리 먹으라는 건지 천천히 먹어도 된다는 건지 헷갈린다. 또 평소 "공부보다 건강이 최고야!"라고 말하다가 막상 아이의 성적을 보고는 "그래도 평균은 넘어야 하지 않겠니?" "그래도 서울에 있는 대학은 가야 하지 않겠니?"라고 말하는 부모도 있다.

 이중 메시지는 시부모와 며느리의 관계에서 정말 많이 나타난다. 명절에 주방에서 한시도 쉬지 못하고 설거지하는 며느리에게 시어머니가 "힘들 텐데 쉬렴"이라고 말은 하지만 막상 며느리가 쉬면 좋아하지 않는다. 그 말을 따랐다간 눈치 없는 며느리가 되어버린다. 또 어떤 시부모는 며느리에게 "애들은 엄마가 키워야지" 하고 말하다가도 아들에게 "외벌이라 네가 힘들지? 요즘 다들 맞벌이한다는데……"라고 한다. 며느리가 일을 했으면 하는 건지 안 했으면 하는 건지 모르겠다. 이처럼 상대방을 헷갈리게 하는 메시지를 이중 메시지라고 한다.

 부모나 가족이 말로는 '사랑한다'고 하면서 귀찮은 표정을 짓는다거나, 직장 동료가 말로는 '편하게 대하라'고 하면서 눈도 마주치지 않는다거나, 교사가 수업 시간에 '자유롭게 질문하라'고 하면서 정작 질문을 하면 무시한다거나, 창의적인 아이디어를 요구하면서 정작 그런 아이디어를 내면 더 많은 업무로 처벌을 내리는 회사의 회의실 장면이 그런 상황이다.14

우리는 왜 이중 메시지를 사용하는 걸까? 자기 본심을 스스로 모르거나, 본심이 옳지 않다고 생각해서 숨기고 싶기 때문이다.

아이에게 밥을 빨리 먹으라는 게 회사에 지각하고 싶지 않은 엄마의 본심이지만 또 아이의 건강을 해칠까봐 걱정하는 것도 엄마의 본심이다. 본인도 마음이 헷갈리는 상태다. 건강과 공부 사이에서 갈등하는 부모는 아이의 건강이 최고라고 생각하지만 공부도 중요하다고 여긴다. 가치관이 정립되어 있지 않아 마음이 헷갈리는 경우이거나 사실 건강한 건 당연한 것이고 공부가 중요하다는 본심을 숨겨온 경우다.

또 한 가지는 본심을 드러내면 나쁜 사람이 된다고 생각하는 경우다. 며느리에게 쉬지 말고 설거지 계속하라고 대놓고 말하기가 껄끄러운 시부모는 며느리에게 말로만 쉬라고 한다.

우리가 진심으로 누군가를 대할 때만이 이구동성의 메시지를 전달하게 된다. 하지만 만약 어떤 문제에 대해서 내적인 갈등을 느끼고 있거나, 스스로도 인식하지 못하는 자기기만에 빠져 있거나, 인격에 결함이 있는 사람이라면 이중 구속의 메시지가 발생한다. 이중 구속은 메시지 자체의 모순으로 나타날 수도 있다.15

이중 메시지의 부작용은 우리가 상대방의 눈치를 보고 대화에서 스트레스를 받는 것이다. 며느리가 시가에만 가면 자꾸 주눅이 드는 것도 그런 이유다. 어느 말이 시부모의 진심인지, 어떤 게 시부모가 진짜 원하는 건지 도통 알 수가 없어 자꾸만 눈치를 보게 된다. 어느 쪽도 확신이 없어 관계는 불편해진다.

이런 이중 메시지를 받으면 어떻게 해야 할까? 모른 척하거나 무시하기 어렵다면 내가 듣고 싶지 않은 메시지는 상대방의 의사를 다시금 분명하게 물어보는 게 좋다. 특히 시가에서라면 무시든 질문이든 당신에게는 용기가 필요할 것이다. 하지만 그 용기로 불편함을 무릅쓴다면 이중 메시지로 인한 고통은 지속되지 않을 것이다. 내가 시부모의 진심을 헤아리느라 눈치 보지 않으니 이중 메시지를 보내느라 본심을 말하지 못하는 시부모가 불편해지지 않을까.

5장

엄마와 나 사이,
엄마에게 필요한 심리학

나는 누구일까

어느 동네를 가든 동서남북을 가늠할 만큼 길을 잘 찾는 나는 살면서 길을 잃은 적이 거의 없다. 그래서인지 딱 한 번 길을 잃었던 기억이 아주 생생하게 남아 있다. 유치원을 다닐 무렵이었던가. 어릴 적 나는 지대가 높아 멀리 바다와 항구가 아주 잘 보이는 부산의 구도심 언덕배기 동네에 살았다. 요즘은 빌라촌도 차가 오갈 수 있도록 길이 잘 나 있지만 그 시절 그 동네는 오직 사람만 다닐 수 있는 아주 좁은 골목길이 많았다. 그마저도 불규칙해 마치 미로 같았다. 언니와 나는 그 골목길을 여기저기 쏘다니다가 길을 잃었다. 해는 뉘엿뉘엿 저물어 하늘은 붉게 물들고 이제 집으로 돌아가 저녁밥을 먹어야 할 시간인데 도대체 이 미로를 빠져나가는 길을 찾을 수가 없었다. 키가 작았던 우리는 높은 담벼락 사이에서 한 치 앞도 모른 채 같은 자리를 뱅뱅 돈 건 아니었을까. 결국 나는 동네가 떠나가라 엉엉 울었다. 막막함이 두려움으로 변해 창피한 줄도 몰랐다. 다행히 지나가던 착한 중학생 언니들이 우리를 큰길로 데려다주어 집으로 무사히 돌아올 수 있었다.

　언제였는지, 왜 그 길로 들어섰는지 기억도 안 나지만 그때의 감정만큼은 잊지 못한다. 그 막막함이 여태 생생하다. 어느 길로 가야 엄마 아빠를 만날 수 있을지, 어느 길로 가야 우리 집에 갈 수 있을지, 이러다 영원히 길을 못 찾는 건 아닌지 두려운 막막함. 안개 속에 주저앉은 기분. 내가 안개를 걷을 수 없는 무력함.

　아이를 낳고 복직할 회사라는 든든한 백 없이 일을 쉬니 잊고 있었던 이 막막함이 떠올랐다. 나는 어디로 가야 할까. 어디에서 무슨 일을 할 수 있을까. 아이 엄마가 취직할 수 있는 곳은 얼마나 있을까. 거기다 여기는 지방, 내가 찾는 일자리가 있기는 할까. 나는 여섯 살 아이가 되어 울고 싶은 심정이었다.

　복직할 직장이 있다 해도 대부분의 기업은 근무 여건이 열악하기 때문에 아기를 키우며 다닐 수 있는 곳이 많지 않다. 엄마가 어렸을 때 "선생님 해라" "공무원 해라" "여자가 하기 좋은 직업이다"라는 말씀을 왜 하셨는지 알게 된 순간, 소위 '현타'가 왔다. 어렸을 때는 왜 여자의 직업을 선생님과 공무원으로만 한정 짓는지 속상했는데 엄마는 대한민국 사회에서 워킹맘으로서의 고충을 겪고 진심으로 하는 조언이었던 것이다.

30대 중반, 길을 잃다

아기 엄마가 되고 나면 정체성의 혼란이 온다. 아기를 중심으로 내 우주가 돌아가다보니 나에 대해서 조금씩 잊게 되었다. 나는 어떤 사람이었지? 아기를 안고 거울을 보는데 대충 씻고 대충 밥 먹고 대충 걸쳐 입은 낯선 모습의 내가 매우 익숙하게 서 있었다. 아기를 키우면서도 나를 잊지 않으려고 애썼다. 생각보다 많은 노력이 필요했다.

아기 울음소리에 일어나 수유부터 하고 두 시간 후 먹일 이유식을 만든다. 예방접종이라도 예약한 날에는 더 바쁘다. 아기를 바운서에 앉혀놓고 부랴부랴 세수하고 머리를 감고 있으면 아기는 앵앵 울어댄다. 머리를 미처 다 말리지도 못한 채 아기부터 어르고 달래다 좀 괜찮아지면 다시 아기를 앉혀놓고 머리를 말린다. 그렇게 대충 머리를 말리고 아기 옷을 입힌다. 얼마나 버둥대는지 1분이면 입을 옷을 가지고 몇 분이나 아기와 실랑이를 한다. 무사히 옷을 다 입히면 긴 면 티에 레깅스를 대충 챙겨 입고 아기띠를 두르고 집을 나선다. 오늘따라 택시는 왜 이렇게 안 잡히는지. 더운 날씨도 아닌데 아기를 폭 안고 서 있으니 땀이 흥건해진다. 겨우 택시를 타고 병원에 도착하면 아이들이 많아 정신없는 소아과병원 대기실에서 아기 챙기랴 기저귀 가방 챙기랴 나 역시 정신이 없다. 무사히 접종을 마치고 집으로 돌아오는 길에 아기는 잠이 들었다. 아기를 조심스레 침대에 내려놓으니 손이 덜덜 떨린다. 그제야 내가 한나절 동안 아무것도 먹지 않았다는 사실을 깨닫는다. 요리를 해먹을 힘도 없어 우유에 콘플레이크를 말아 먹고 나면 금세 또 아기는 깨어 있다. 그럼 또 수유하고 이유식 먹이고 기저귀 갈고 아기와 놀아주고 돌아올 남편을 위해 저녁을 준비하고…… 이렇게 하루가 간다. 실제로 내가 보낸 아기와의 하루다. 아마 당신의 하루이기도 할 것이다. 아기의 끊임없는 요구를 하나하나 들어주다보면 하루가 다 간다. 아기 엄마의 머릿속은 24시간 아기로 가득 차 있기 때문에 금방 나를 잊곤 한다.

최근 출산과 육아로 인한 여성들의 경력 단절이 사회 문제로 대두되고 있지만 나는 여성의 정체성 단절이 더 문제라고 생각한다. 물론 경력 단절도 중요한 문제이지만 육아로 인해 경력'만' 없어지는 게 아니라 '나' 자체가 없어지는 게 더 큰 문제 아닐까. 그러나 사회나 국가 입장에서는 경제적 손실이 당장의 문제이기 때문에 이를 더 강조하고 있는 듯 보인다. 많은 엄마가 우울한 이유는 돈을 못 벌어서만은 아니다. 나 자신을 잃으면 사람은 우울해질 수밖에 없다.

엄마가 되면 내가 좋아하는 음식보다 아이가 좋아하는 음식을 만들고 내가 좋아하는 옷보다 아이 돌보기에 편한 옷을 입고, 내가 읽고 싶은 책보다 아이가 좋아하는 그림책을 읽고 내가 좋아하는 음악보다 아이가 좋아하는 동요를 틀고 내가 좋아하는 영화 개봉일은 놓쳐도 아이가 좋아하는 만화영화 개봉일은 놓치지 않고 내 친구는 못 만나도 내 아이의 친구는 만난다. 그렇게 아이만 있고 엄마인 나는 없다.

엄마에게 나 자신을 기억하는 일은 사치일지도 모른다. 그럼에도 나는 우리 엄마들이 자신을 잊지 않았으면 좋겠다. 지금은 너무나 중요하고 비중이 큰 '엄마'라는 역할이 인생에서 영원히 큰 비중을 차지하는 것은 아니다. 아기는 커서 어린이가 되고, 어린이집에 가고 유치원에 가고 학교에도 간다. 그리고 언젠가 아이는 독립할 것이다. 그때의 나를 위해 나를 잊지 말아야 한다. 내가 좋아하는 것을, 내가 하고 싶은 것을, 나의 다양한 역할을.

세상을 한 가지 역할로만 사는 사람은 없다. 그런데 이상하게 엄마라는 역할은 다른 역할을 내려놓고 헌신하라고 요구한다. '아이를 위해서'라는 명분 아래 아무도 의문을 제기할 수 없는 분위기다. 착한 딸로 자란 여성은 지나친 모성애의 신화에 부응하려고 애쓴다. 그래서 정신없이 아기를 키우는 데 나를 모두 쏟아붓다가 아기가 어린이가 되고 육아에 여유가 생기면 엄마의 방황이 시작된다.

자기계발, 부동산 투자, 독서 모임 등 각종 강의나 모임에 나가보면 30대 후반의, 어느 정도 아이를 키운 엄마들이 많다. 어떤 강의에서는 수강생들의 나이가 다 달랐지만 죄다 여덟 살 아이의 엄마여서 깜짝 놀란 적도 있다. 나를 내려놓고 엄마 역할에 충실했던 사람들이 아이가 커서 혼자 다닐 수 있는 나이가 되면 다시 뭔가 새로 시작하기 위해 강의를 들으러 오는 것이다. 아이들 학원보다 나를 위한 강의에 돈을 쓰는 것은 엄마에게 쉽지 않은 일이지만, 강의를 듣는 등 외부 활동을 자주 하는 것도 나를 잃지 않는 아주 좋은 방법이다.

나 역시 나를 잊지 않기 위해 몇 가지 노력을 했다. 나는 자연을 즐기는 여행을 좋아한다. 그래서 아이를 데리고 근교 나들이를 다녔다. 다행히 내가 사는 지방 도시에서는 20~30분만 나가면 금방 자연을 만날 수 있었다. 또 나는 독서를 즐기는 사람이다. 아이를 재우고 대부분의 시간은 아이와 같이 자기 바빴지만 도서관에 다니기 시작하면서 틈틈이 책을 읽었다. 모유 수유를 떼고 나서는 남편에게 아기를 맡기고 강의를 들으러 가고 친구를 만나러 가기도 했다.

아기를 키우면서 나를 잃어버리기만 한 것은 아니다. 아이 덕분에, 육아 덕분에 새로운 나를 발견할 수도 있다. 아기 이유식을 만드는 과정을 블로그에 공유하다가 이유식 책 저자가 된 아기 엄마는 결국 아동 요리 전문가로 나섰다. 아기를 키우면서 읽은 책을 기록해 독서 에세이집을 낸 엄마도 있다. 아기 돌보는 게 적성에 잘 맞았던 엄마는 보육교사 자격증을 따 어린이집 선생님으로서 새로운 경력을 시작했다. 나 역시 아이를 키우면서 그 전에 관심 없었던 엄마 심리, 아기 심리에 대해 관심을 갖고 공부하고 글을 쓰게 되었다. 이 책 역시 내가 엄마가 되지 않았다면 쓰지 못했을 책이다.

자본주의 사회에서 엄마의 자존감 찾기

이들은 모두 무엇인가를 해서 자신이 큰 존재임을 증명하려고 한다. 나는 "존재와 일을 구분하라"고 말해준다. 일이란 존재를 증명하는 것이 아니라, 존재가 살기 위해 필요로 하는 것이다.

현대사회는 쓸모를 강조한다. 학교에서도 직장에서도 "쓸모 있는 사람이 되자"고 외친다. 정말 그게 다일까? 노부인이 나이가 들어 정신이 오락가락해지면서 밥을 태우고, 음식 간을 못 맞추게 되면서 "나는 쓸모 없는 존재"라고 자책하며 우울감에 빠지게 됐다. 그런데 정말 쓸모가 없으면 존재 자체도 의미 없어지는 걸까? 노부인은 누군가의 엄마이다. 엄마의 존재는 쓸모가 있든 없든 자식에게는 큰 의미가 있다. 인간

은 쓸모 그 이상의 의미를 갖는 존재다.16

현대사회는 쓸모를 강조한다. 그중에서도 가장 강조되는 건 다름 아닌 경제적인 쓸모다. 얼마 전 친구와 자본주의 사회에서 돈을 벌지 않는 전업주부가 자존감을 갖기란 얼마나 힘든지에 대해 이야기를 나눈 적이 있다. 한때 웰빙이 유행이던 시절이 있었는데, 취업이 심각하게 어려워지면서 돈의 위상이 더 크게 부각되었다. '경제적 자유'라는 말이 유행인 요즘은 돈을 버는 사람, 돈이 많은 사람이 최고다.

저자의 말대로 존재와 일을 구분해야 하지만 이게 쉽지는 않다. 우리는 이름을 말하기 전에 직업부터 말하는 사회에 살고 있으니까. 끝없는 경쟁을 통해 쓸모를 확인하는 사회에서 어떻게 하면 내 자존감을 지켜나갈 수 있을까. 어떻게 존재와 일을 구분할 수 있을까.

존재에 초점을 맞춘다면 직업이나 경제적인 성취에서 나의 자존감을 찾을 게 아니라 내 가치관과 사랑에서 찾아야 한다. 예를 들어 '나는 환경 보호를 실천하는 사람이다'라는 가치관을 갖고 있다면 스스로에 대한 자부심이 생긴다. '나에게 늦은 때는 없다'도 좋은 가치관이다. 경력이 단절되기 쉬운 엄마로서의 삶을 살다보면 뒤늦게 새로운 일을 접해야 할 때가 많다. 늦은 때는 없다는 가치관을 지니고 있다면 나이가 몇 살이든 새로운 도전이 어렵지 않고, 이는 자존감에 좋은 영향을 미친다. 내 가치관을 점검해보자. 평소에 우리는 가치관이라는 단어를 쉽게 쓰지만 내 가치관이 무엇인지 구체적으로 생각해본 적은 드물 것이다. 좋은 가치관을 정리하고 그중 몇 가지를 내 가치관으로 정립하자.

또한 사랑에서 자존감을 찾는 것은 나를 사랑해주는 사람에게서 자존감을 찾으라는 말이 아니다. 관계에서 자존감을 찾는다면 관계 의존적인 사람이 될 수밖에 없다. 또한 관계는 변화무쌍한 것이기 때문에 그에 의지하는 자존감도 자꾸 흔들린다. 내가 사랑하는 행동에서 자존감을 찾아야 한다. 가족들에게 내가 해주는 것, 길 가다 만난 길고양이에게 먹을 것을 주는 것, 집에서 키우는 화초에게 물을 주고 환기를 해주는 것, 어려운 이웃에게 매달 만 원을 보내는 것. 이런 행동을 하는 나는 분명 좋은 사람이다. 나는 좋은 행동을 하는 좋은 사람이라는 믿음, 바로 이러한 믿음이 자존감에서 아주 중요하다.

[로젠버그 자존감 테스트]

번호	문항	답			
1	대체로 나는 스스로에 대하여 만족한다.	매우 아니다	아니다	그렇다	매우 그렇다
2	가끔 나는 잘하는 게 아무것도 없는 것처럼 느껴진다.	매우 아니다	아니다	그렇다	매우 그렇다
3	나는 내가 좋은 자질을 많이 갖고 있다고 생각한다.	매우 아니다	아니다	그렇다	매우 그렇다
4	나는 대부분의 사람만큼 어떤 일을 잘해낼 수 있다.	매우 아니다	아니다	그렇다	매우 그렇다
5	나는 스스로 자랑할 것이 별로 없다.	매우 아니다	아니다	그렇다	매우 그렇다
6	나는 항상은 아니지만 가끔씩 내가 쓸모없다고 느낀다.	매우 아니다	아니다	그렇다	매우 그렇다
7	나는 적어도 내가 다른 사람들만큼 가치 있는(소중한) 사람이라고 생각한다.	매우 아니다	아니다	그렇다	매우 그렇다
8	나는 스스로를 좀더 존중할 수 있었으면 좋겠다.	매우 아니다	아니다	그렇다	매우 그렇다
9	대체로 나는 내가 실패자라고 생각하는 경향이 있다.	매우 아니다	아니다	그렇다	매우 그렇다
10	나는 내 스스로에 대하여 긍정적인 태도를 갖고 있다.	매우 아니다	아니다	그렇다	매우 그렇다

• 1, 3, 4, 7, 10번 문항: 매우 그렇다=3점, 그렇다=2점, 아니다=1점, 매우 아니다=0점
2, 5, 6, 8, 9번 문항: 매우 그렇다=0점, 그렇다=1점, 아니다=2점, 매우 아니다=3점
총점 기준으로 0-10점은 낮은 자존감, 11-20점은 보통의 자존감, 21-30점은 높은 자존감이다.

나만을 위한 시간

이성을 가진 인간은 본능에 충실한 동물과 다르다고 여겨진다. 그래서 우리는 체력을 뛰어넘어 정신력과 의지력으로 많은 것을 해낼 수 있을 거라고 스스로 기대한다. 하지만 마음은 몸과 따로 움직이는 것이 아니다. 마음은 몸의 지배를 받는다고 해도 과언이 아니다. 그래서 몸을 소홀히 해서는 안 된다.

잠을 잘 못 자도 사람은 우울증에 걸릴 수 있다. 옥스퍼드대학에서 진행한 연구에 의하면, 잠을 충분히 자지 못하는 사람들은 피해망상과 우울증, 불안증, 악몽 등에 시달릴 위험이 크다는 결과가 나왔다. 우울증 때문에 밤에 잠을 잘 못 자는 거라고 여겨왔는데 거꾸로 잠을 잘 못 자면 우울증에 걸리는 등 마음 건강에 문제를 일으킬 수 있다는 것이다. 내가 그랬듯 밤에 수시로 깨는 아기를 키우는 엄마들이 괜히 산후우울증에 걸리는 게 아니다.

의지든, 끈기든, 기질이든, 성격이든 모든 것은 체력에 좌지우지될 수 있다. 몸 상태에 따라 모든 것이 달라질 수 있다. 체력이 좋은 남편을 보면 언제나 마음의 여유가 있다. 그와 달리 언제 체력이 떨어질지 모르는 나는 조급하다. 뭐든 빨리 서둘러 해치우려 한다.

그나마 젊다는 이유로 버티던 내 몸이 훅 무너진 것은 임신, 출산, 육아를 겪으면서다. 임신하면서 갑자기 살이 찌고, 출산을 하면서 근육의 균형이 무너졌다. 또 그런 상태로 전신 노동이나 다름없는 육아를 하다보니 여기저기 안 쑤시는 데가 없고 몸이 더 안 좋아졌다. 마른 근육형의 몸이었는데 근육은 점점 빠지고 지방이 늘어갔다.

아이들에게도 좋은 엄마란 체력이 좋은 엄마다. 체력이 좋지 않아 늘 피곤한 엄마는 아이들과 잘 놀아주기는커녕 화만 안 내도 다행이다. 공부를 잘하는 학생도, 일을 잘하는 사람도 체력이 좋은 사람이다. '집중력'과 '지속력', 즉 '의지'와 '끈기'도 체력에서 나오기 때문이다.

갓난아기를 키우는 엄마에게는 나만을 위한 시간이 절실히 필요하다. 체력을 보충하는 나만의 시간이 우선이다. 그러기 위해서는 아기가 잘 때 같이 자야 한다. 아기가 낮잠을 잘 때 집안일을 하거나 스마트폰을 하염없이 보지 말고 꼭 같이 자자.

체력이 다소 회복되었다면 온전한 나만의 시간을 가져보자. 하루 한 시간도 좋고 많으면 더 좋다. 이 시간은 단순히 나 혼자 있는 시간이 아니다. 그 시간에는 집안일도 하지 않고 스마트폰을 보거나 쇼핑도 하지 않는다. 『하루 한 시간, 엄마의 시간』(길벗, 2018)의 저자 김지혜 코치는 그 시간에는 자신을 위한 소소한 사치를 누리고 나와 공명하는 사람을 사귀고 끌리는 취미를 찾으라고 한다. 뭘 해야 할지 모르겠다면 운동을 하거나 책을 읽는 것을 추천한다. 출산과 육아로 떨어진 체력을 회복하기 위해 엄마들에게는 운동이 필요하다. 하지만 헬스장에 가는 것이나 요가를 다니는 것이 경제적으로 부담된다면 유튜브를 켜보자. 요즘 유튜브에는 홈트(홈트레이닝) 방송이 넘쳐난다. 내 취향대로 운동도, 선생님도 고를 수 있다. 그리고 날이 좋을 때는 산책을 하자. 독서를 추천하는 이유는 책에서 정보를 찾을 수 있을 뿐만 아니라 위로와 공감도 얻고 우연히 나만의 길을 발견할 수도 있기 때문이다. 결론은 하루 단 한 시간이라도 온전한 나만의 시간을 확보하고 취미든, 운동이든, 독서든 무엇이든 하자는 것이다.

엄마는 언제 자기계발을 할 수 있을까

사회적 욕구가 굉장히 큰 당신은, 집에서 엄마 역할이나 주부 역할을 하는 것만으로는 마음이 채워지지 않는다. 계속 목마른 느낌이다. 그러다보니 자신에게 부족함이 많이 느껴진다. 그 부족함을 채우기 위해 자꾸 이것저것 배우고 다닌다. 그러다 더 지친다. 아이가 눈에 들어오지만 돌봐줄 에너지가 없다. 아이는 엄마에게 목마른 상태가 된다. 결국 엄마도 아이도 다 목마른 상태가 되어버리기 쉽다. 어떻게 이 갈증을 풀 수 있을까?

어른의 욕구와 아이의 욕구가 대치될 땐 어쩔 수 없다. 엄마의 갈증은 조금 미뤄두고 아이의 욕구가 우선되어야 한다. 다른 아이도 아닌 내 아이의 욕구니까. 엄마의 무조건적인 희생을 말하는 건 아니다. 일을 당장 그만두거나 뭘 배우지 말라는 것도 아니다. 내가 아이를 대하는 시간의 양을 늘리면 좋겠지만 그럴 수 없다면 시간의 질을 높여야 한다. 아이와 함께 있는 동안 다른 건 하지 않고 오롯이 아이에게 집중한다. 차를 마실 땐 차만 마시라고 하셨던 스님의 말씀처럼 아이와 있을 땐 아이하고만 시간을 보낸다. 내 꿈, 계획, 일과는 잠시 안녕하고 살림도 놓자. 최소한만 하자. 가사 도우미를 쓰는 것도 좋은 방법이다.

다만 아이에게 집중하는 동안 엄마의 목마름은 해결 안 될 테니 스트레스를 풀 창구도 마련해야 한다. 드라마, 영화, 수다, 커피, 술, 운동, 악기, 그림 모두 좋다. 아이에게 집중하느라 내 욕구를 채우지 못하는 동안 쌓인 스트레스는 꼭 풀어야 한다. 점점 자라는 아이를 보면서 '이제 내 갈증을 채워도 되겠다' 싶을 때 다시 자신에게 집중하자.

그 전에 나의 욕구가 계속해도 채워지지 않는 밑 빠진 독에 물 붓기 같은 것은 아닌지 살펴봐야 한다. 밑 빠진 독을 수리하지 않고 채우기만 한다면 영원히 채워지지 않을 테니까. 진짜 내가 바라는 게 무엇인지, 다른 사람들에게, 사회에서 인정받기 위해 채우려고 하는 것은 아닌지 진짜 욕구와 가짜 욕구를 구별할 필요가 있다.

나에게도 이런 시간들이 있었다. 사회적 욕구가 컸지만 예민한 아이를 키우느라 나의 욕구는 누르고 아이에게 집중해야 했던 시간들. 답을 알면서도 자아실현과 육아 사이에서 방황했던 시간들. 육아라는 터널의 끝이 보이지 않아 답답했던 시간들.

병치레가 잦고 예민했던 아이는 평범한 아이로 건강하게 잘 자라 이제는 엄마의 손을 덜 필요로 한다. 덕분에 공부도 하고 강의도 들으러 서울로 다니고 사람도 만나러 다니고 일도 잘하고 있다. 아직까지는 100퍼센트 일만, 나의 꿈만 돌볼 수 있는 상황은 아니지만 그래도 이만큼이라도 일할 수 있는 게 얼마나 기쁜지 모른다. 나처럼 사회적 욕구가 큰 당신에게도, 꾹꾹 참고 있는 당신에게도 이런 시간이 꼭 올 거라고 말해주고 싶다.

당신의 인간관계, 괜찮은가요?

학교를 다닐 때나 직장 생활을 할 때와 달리 아기를 낳고 키우면서 친구 사귀기가 쉽지 않다. 엄마들 카페를 보면 외롭다는 글이나 친구를 사귀고 싶다는 글이 종종 올라온다. 아기 엄마는 친구 사귀기가 왜 이렇게 힘들까? 그리고 친구를 꼭 사귀어야 할까? 없어도 되지 않을까?

나는 두 아이를 키우면서 몇 년간 전업주부로 시간을 보냈다. 엄마가 되고 주부가 되어 지내보니 집이나 동네에서 보내는 시간은 많고 외로운데 친구 사귀기가 정말 쉽지 않았다.

우선 아기 엄마들은 자연스럽게 사람을 알 기회나 계기가 없다. 학교나 회사를 다닐 때는 자연스레 새 학기가 되고 같은 반이 되고 신입 사원 연수를 받고 부서 발령을 받으면서 새로운 사람을 지속적으로 만날 기회가 생긴다.

그러나 집에서 대부분의 시간을 보내는 아기 엄마의 경우는 다르다. 「응답하라 1988」에 나온 것처럼 대문을 다 열어놓고 같은 골목 안에서 함께 아이를 키우던 시절과는 다르다. 대부분 아파트나 빌라에 살아 골목 문화가 없어졌고 이사도 잦아 옆집에 누가 사는지도 모르는 경우가 허다하다.

또한 아기 엄마들은 새로운 사람을 알게 되어도 상대방이 어떤 사람인지 관찰할 시간이 부족하다. 학교나 회사는 내가 싫든 좋든 같이 소속된 사람들과 일정한 시간을 함께 보내야 한다. 그렇게 시간을 보내다 보면 자연스럽게 상대방이 어떤 사람인지 파악이 되고 나와 잘 맞는 사람이 눈에 보인다.

하지만 아기 엄마들은 지속적으로 함께 시간을 보내지 않는다. 보낼 수도 없다. 조리원이나 문화센터, 지역 카페 등을 통해 친구를 사귀었는데 시간이 조금 지나고 보니 나랑 맞지 않는 사람인 경우가 참 많다. 그렇기 때문에 여러 번 만나면서 천천히 사람을 사귈 것을 추천한다. 학교나 회사처럼 강제로 주어지는 관찰의 시간이 없으니 나 스스로가 상대방을 관찰할 시간을 확보해야 한다.

세 번째로 아기들의 생활 리듬이 너무 다르다. 우리 아이는 낮잠 한 번 자는데 옆집 아이는 두 번 잔다. 그럼 우리 아이가 자는 시간이 옆집 아이는 노는 시간이다. 이런 상황에서 옆집 아이 엄마를 만나려고 하면 우리 아이 낮잠 시간이 되어버려서 아이는 잠투정을 하고 힘들어한다. 이렇게 만남의 기회 부족, 관찰의 시간 부족, 아이의 생활 리듬의 영향으로 아이 엄마들은 사람 사귀는 게 참 힘들다.

또 사람 간의 사귐이라는 건 인연이 따라야 한다. 아기 엄마가 되어 보니 나랑 성격이나 가치관이 맞는 사람이 우연히 같은 시간, 같은 공간을 공유한다는 건 정말 어려운 일이었다. 마치 기적과도 같은 인연이다.

그렇다면 아기 엄마들은 친구 사귀기가 이렇게 힘드니까 사귀지 말아야 할까? 나는 혼자 지내는 것을 좋아하는 성향이니까 사귀지 않아도 될까? 심리학자로서 "아니오"라고 답하겠다. 기회가 되는 대로 친구를 사귀어보자. 단지 조금 시간을 가지고 천천히, 내 아이의 리듬도 존중해가면서.

'삶의 만족도'를 연구한 런던대학의 한 조사에 따르면, 사회적 접촉이 늘면 훨씬 더 많은 연봉에 해당하는 기쁨을 주지만 반대로 연봉이 오르는 건 우리가 생각하는 것만큼 행복을 주지는 못한다고 한다. 그 연구에 나온 사회적 접촉의 예는 바로 이웃과 정기적인 대화를 나누는 것이었다.

또한 아들러는 인간에게 필요한 세 가지를 '직업과 사회적 관계, 그리고 사랑하는 관계'라고 하면서 런던대학 연구 결과와 마찬가지로, 돈이나 권력이 우리에게 행복을 가져다주지는 않는다고 역설했다.

행복의 근원

사랑하고 있고 일에서 성취감을 느끼며 친구들과 어울리며 살고 있는 사람을 살펴보라. 이 사람에게 인생이란 동료에게 관심을 갖고 사회의 구성원으로 살아가는 것을 의미한다. 세 가지 영역 중 하나라도 문제가 있는 경우, 사람은 대개 결핍을 느낀다. 돈이나 권력, 능력을 갖추었다고 행복하다고 느끼는 사람은 만나본 적이 없다.

_알프레트 아들러, 「항상 나를 가로막는 나에게」

꼭 연구나 이론가의 이야기를 들먹이지 않더라도 친구의 소중함은 누구나 다 알 것이다. 이는 비단 아기 엄마만이 아니다. 집에서 아기만 키우면 직업적 만족도도 떨어지는 경우가 많은데 사회적 관계까지 단절된다면 아기 엄마의 마음 건강은 좋을 리가 없다. 그러니 꼭 조리원, 문화센터, 지역 맘카페 혹은 같은 동네, 놀이터, SNS 등에서 알게 된 사람을 사귀어보자. 어딘가 소중한 내 인연이 있을 것이다.

그대로 충분한 당신

: Love yourself, Love myself.

'Love yourself.' BTS가 전 세계에 전한 메시지, 사실은 새로운 말이 아니다. 이미 익숙하다. 나를 사랑하라. 있는 그대로의 나를 사랑하라. 너무 많이 들어서 상투적이기까지 하다. 자존감을 높이려면 나를 사랑해야 한다고 한다.

그런데 나를 사랑한다는 건 도대체 뭘까? 한 달에 한 번 월급을 타면 나를 위한 선물을 하는 게 나를 사랑하는 걸까? 1년에 한 번씩 멋들어진 해외여행을 가는 게 나를 사랑하는 걸까? 예쁜 옷을 사서 나를 예쁘게 꾸미는 게 나를 사랑하는 걸까? 나를 사랑해주는 사람을 만나면 나를 사랑하는 걸까? 나를 사랑한다는 건 도대체 뭘까? 심리학을 공부하면서도 나는 이 질문에 답을 찾지 못했다. 막연하게는 알 것 같은데 그래서 어떻게 사랑하라는 건지 구체적인 방법을 알 수 없었다.

그러다 아이를 낳고 키우면서 나는 나를 사랑하는 방법을 비로소 깨달았다. 내가 내 아이를 사랑하는 마음으로부터 나를 사랑하는 방법을 배울 수 있었다. 내가 아이를 사랑하는 마음은 바로 아이가 잘 되길 바라는 마음, 건강하길 바라는 마음, 즐겁고 행복하길 바라는 마음이었다. 그런 마음으로 내가 아이에게 건강한 음식을 요리를 해주고 재미난 책을 읽어주고 놀이터에 데려가고 여행을 가듯, 나에게도 그렇게 해주는 게 나를 사랑하는 것이다.

내가 아이들에게 어떻게 하고 있는지 돌아보았다. 아이에게 유산균과 비타민 D를 매일 챙겨 먹이고 아침에 일어나면 클래식 라디오를 틀어준다. 텔레비전은 많이 보지 않도록 조절하고 내 목이 아무리 아파도 자기 전에 아이에게 책 읽어주는 일은 빼먹지 않는다. 아이가 한글을 배우고 싶다고 했을 때는 집에서 할 수 있는 한글 학습지를 사서 매일 두 장씩 풀도록 했다. 아이가 아픈 날은 쉬고 피곤해하는 날도 쉬었지만 대부분의 날은 매일 두 장씩 꾸준히 했다. 곧 다섯 권짜리 세트를 얼마 안 걸려 다 마칠 수 있었다.

그런데 나는 나에게 어떻게 하고 있는가? 비타민 D는 성인도 부족하기 쉬운 영양소라 임신했을 때 산부인과의 권유로 주사를 맞았다. 하지만 그때뿐. 그 뒤로 따로 영양제를 챙겨 먹지 않았더니 건강검진에서 또 비타민 D 부족이 나왔다. 아이의 학습지는 매일 두 장씩 꾸준히 풀도록 챙기면서 내 공부는 그렇게 성실하게 한 적이 없다. 올해 초 공부하려고 산 영어책은 앞부분만 새까매진 채 책장에 조용히 꽂혀 있다. 피곤한 날엔 책은 읽지 않아도 소파에 널브러져 텔레비전은 챙겨봤다. 나는 내가 아이를 대하는 것과 내가 나를 대하는 모습을 돌아보며 내가 나를 어떻게 사랑하는지 깨달았다. 나는 나를 아끼지 않고 있었다.

나는 내가 건강하면 좋겠다. 내 일이 잘되면 좋겠다. 내가 행복하기를 진심으로 바란다. 이 마음을 실천하는 게 나를 사랑하는 행동이라는 것을 이제야 알았다. 건강한 음식을 먹고 부족한 영양소를 챙겨 먹고 책을 읽고 운동도 하고 여행을 가서 마음을 채운다. 열심히 일도 하고 자기계발도 한다.

나를 사랑한다면서 무조건 나만 위하는 것, 다른 사람을 무시하는 것, 나를 위한 선물이라며 명품을 소비하는 것, 나에게 쉼을 주고 싶다며 게으름을 피우는 것은 진정한 자기 사랑이 아니다. 우리도 아이를 사랑하지만 무조건 아이 마음대로 하게 하지는 않는다. 아이가 올바른 길을 가도록 삶에 유익한 것, 좋은 것을 알려주고 위험한 것, 좋지 않은 것도 알려준다.

아이가 행복하고 좋은 삶을 살 수 있도록 우리가 이끌어주듯이 우리도 스스로를 행복하고 좋은 삶으로 이끌어야 한다. 육아育兒는 사실 아이를 키우는 것이 아니라 육아育我, 즉 나를 키우는 것이라는 말도 있다. 아이와 나를 함께 키우면 나를 사랑하는 일이 어렵지 않을 것이다.

[엄마의 비밀 상담] 경력 단절이 고민이에요

Q. 직장에서 맞지도 않는 업무를 하며 근근이 버티다, 출산과 육아로 지금은 육아 휴직 중이고 겨우 숨을 버티며 살고 있어요. 이제 두 아이가 기관에 가게 되어 저를 돌아보는 시간을 갖고 있는데 아무리 생각해도 지금의 경력을 살려 재취업하는 것이 너무 싫어요. 저도 ** 업무와 **에 치여서 ㅠㅠ

이제 저는 무엇을 하면 좋을까요. 저를 돌아보는 시간을 갖고 난 뒤 그다음은 어디로 가야 할까요? 자아를 실현하면서 가정에 경제적으로 도움도 되고 좋은 엄마 역할도 하고 싶은데 제가 너무 욕심쟁이일까요?

A. 안녕하세요? 별님.

육아 휴직으로 겨우 버틴다니……. 직장 생활 하며 얼마나 힘들었을지, 그 힘든 마음이 버틴다는 글자에서도 절실히 느껴지네요.

별님께서 원래 하던 일로 재취업하는 것이 싫다면 새로운 길을 모색해봐야겠죠?

그렇다면 새로운 길은 어떻게 찾을 수 있을까요?

제 이야기를 들려드릴게요. 저 역시 뒤늦은 진로 방황을 했던 사람입니다. 저는 6년 넘게 마케팅, 홍보, 공공기관 행정업무 등을 하다가 도저히 이건 아니다 싶어서(하던 일도 너무 싫고 회사에 다니기는 더 싫어서 우울증에 걸릴 지경이었죠) 새로운 길을 모색했는데요.

바로 책 읽기와 강의 듣기를 통해서였습니다.

처음에는 직장 생활을 잘해보려고 자기계발서를 엄청 읽다가 뻔한 이야기에 지쳐 재미난 소설도 읽고 이것저것 읽다보니 어느새 제가 심리학 책을 많이 읽고 있더라고요. 그러다가 심리학을 본격적으로 공부하고 싶다는 생각이 들었고 대학원 진학을 알아보고 대학원에 입학해 지금에 이르렀답니다.

저 역시 두 아이를 키우면서 육아 휴직 기간도 있었어요. 그때도 책을 참 많이 읽었습니다. 심심해서 책을 많이 읽었어요. 육아서도 읽고 심리학 책도 읽고 부동산 투자 책도 읽고 이것저것 읽었습니다. 이때 남편이 생계를 책임져주고 있어서 소소하게 배우러 많이 다녔어요. 자기계발 강연도 듣고 엄마표 영어 강의도 듣고 바리스타 과정을 수강하고 바리스타 자격증을 따기도 하고 그림을 배우기도 했습니다. 그 가운데서 다시금 내가 잘하는 것은 무엇인지(저는 커피 이론을 배우고 남들에게 설명하는 일을 잘했어요), 못하는 것은 무엇인지(재빠르게 커피 만들기. 손이 참 느려요. 역시 전 손보다는 글과 말로 먹고살아야……) 알 수 있었고, 이 모든 경험이 지금 상담하고 글을 쓰는 데 굉장히 도움이 됩니다.

책 읽기와 배우기, 저는 지금 별님이 해야 할 일은 이 두 가지라고 생각해요. '저를 돌아보는 시간을 갖고'라고 하셨는데 구체적으로 어떻게 혼자 돌아보고 계신지 궁금합니다. 절대 혼자서는 돌아보지 않길 바랍니다. 집에서 혼자 가만히 생각만 하면 생각의 늪에 빠져 오히려 진짜 나를 돌아보기 힘들어요. 책을 읽고 남의 생각을 들여다보세요. 그러면 내 생각을 알 수 있어요. 배우러 다니세요. 그러면 내가 좋아하는 것, 흥미가 있는 것을 알 수 있어요.

주변 엄마들을 보니 아이를 어느 정도 키운 다음, 보육교사 자격증을 따고 나중에 어린이집 선생님으로 취업한 엄마, 사회복지사 자격증을 따고 나중에 사회복지사로 취업한 엄마, 베이킹, 미싱, 자수 등을 배우고 익혀서 나중에 홈 클래스를 오픈한 엄마, 부동산 강의를 열심히 듣고 나중에 부동산 투자를 하러 다니는 엄마, 자기 집에 사설 공부방을 차린 엄마 등 다양하게 새로운 길을 찾은 엄마들이 있어요.

이런 많은 것 중에 어떤 게 좋을까요? 답은 별님만 알 거예요. 아직 모른다 해도 제가 조언 드린 대로 책을 읽고 강연을 듣고 직접 부딪혀보면 알 수 있을 거예요. 시간과 돈은 다소 들 수 있어요. 시간도 돈도 들이지 않는 방법은 없는 것 같아요. 다만 돈을 아끼는 방법은 많으니(도서관에서 책 빌려 읽기, 유튜브 적극 활용하기, 지역 도서관 무료 강의 듣기, 구청 평생학습관에서 강의 듣기, 저자 특강 이벤트 응모하기 등) 한번 찾아보세요.

늦은 때는 없어요. 저는 서른 살에 심리학 공부를 시작했고 같이 심리학을 공부했던 분 중에 40대에 공부를 시작하신 분도 있었어요. 제가 블로그 강의를 들었던 「친절한 자유의지」의 정혜정 대표님은 15년간 다녔던 회사를(나이를 짐작할 수 있겠죠?) 그만두고 새로이 블로그 강의를 시작하셨고요. 늦었다고 조급해하지 않길 바라요. 시간을 갖고 잘 준비하면 오히려 금방 성과를 낼 수 있어요.

"자아를 실현하면서 가정에 경제적으로 도움도 되고 좋은 엄마 역할도 하고 싶은데 제가 너무 욕심쟁이일까요?"

아니요. 당연한 바람이에요. 저도 그래요. 우리 엄마들 다 그래요. 그게 왜 잘못이고 욕심인가요? 우리는 자아를 실현하라는 교육을 받고 자랐어요. 돈 많이 들여 고등교육을 받았는데 돈 안 벌고 뭐하냐는 사회적 압박과 동시에 좋은 엄마가 되라는 압박도 받고 있어요. 잘못된 바람이 아니에요.

1. 일단 쉬어라.

아무것도 하지 않고 쉬는 시간이 있어도 됩니다. 생계에 문제가 없다면 평생 그렇게 살아도 됩니다. 저도 아무것도 안 하는 시기가 있었어요. 죄책감이 들고 불안이 막 올라와서 마음 편히 못 쉬기도 했지만 그렇게 쉬는 시간이 있었기에 지금 열심히 달릴 힘이 충전된 것 같아요. 그러니 마음 편히 쉬세요. 일하고 아기 키우고 그간 고생 많이 하셨잖아요. 잠도 많이 자고 건강도 잘 챙겨두세요. 다만 내 안에서 꿈이 꿈틀거린다면 다음 단계로 나아가주세요.

2. 책을 읽어라. 엄청 많이, 닥치는 대로.

다양한 분야의 책을 읽으세요. 책을 읽고 나서는 블로그에 제일 기억에 남는 글과 한 줄 소감을 꼭 기록하세요. 길게 안 써도 됩니다. 중요한 건 계속 쓰는 거예요. 이게 나중에 굉장히 도움됩니다.

3. 배우러 다녀라.(이건 적당히)

별님께서 관심 가는 분야부터 배우세요. 꼭 부동산, 재테크 강의일 필요는 없어요. 커피, 그림, 자수, 우쿨렐레 등 돈 안 되는 잡스러운 것도 좋아요. 나중에 그게 자아실현이나 돈이 될 수도 있거든요. 꼭 들어야 할 강의로는 책을 쓴 사람이 직접 하는 저자 특강과 SNS 강의를 추천해요(저는 최근에 블로그 강의를 들었어요). 그런데 배움도 쇼핑처럼 중독될 수 있으니 적당히 배우고 빨리 시작하시길. 예를 들어 부동산 투자 강의를 듣고 투자를 직접 하지는 않고 몇 년째 배우기만 하는 사람도 많답니다.

4. SNS를 열심히 해라.

제가 후회되는 것 중에 하나인데요, 그동안 제가 한 일을 블로그에 열심히 기록하지 않았다는 거예요. 열심히 했으면 조금은 더 빠르게 성과를 거둘 수 있었을 거예요. SNS 자체가 수익이 되고 자아실현이 되는 경우도 있고 설사 그렇게까지 안 되더라도 될 수 있게끔 도와주거든요. 똑같이 서울로 가더라도 걸어가는 것과 자동차를 타고 가는 것과 고속열차를 타고 가는 것의 차이는 크잖아요. SNS가 바로 꿈을 향한 고속열차의 역할을 한다고 보시면 됩니다. 읽은 책이든 들은 강의든 혼자만 간직하지 말고 나누세요. 무엇이든지요. 나누다보면 사람들이 뭘 원하는지 알 수 있고 줄 수 있는 게 많아지면 그게 바로 자아실현의 길로 연결됩니다.

제가 고민했던 것을 별님께서도 고민하고 계신 것 같아 제 나름의 답을 드렸는데요, 도움이 되었기를 바랍니다. 오늘도 이 땅의 모든 엄마들을 응원합니다!

주.

1 주디스 리치 해리스, 『양육가설』, 최수근 옮김, 이김, 2017

2 N. 그레고리 해밀턴, 『대상관계 이론과 실제』, 김진숙 외 옮김, 학지사, 2007

3 래리 A. 사모바 외, 『문화 간 커뮤니케이션』, 이두원 외 옮김, 커뮤니케이션북스, 2015

4 「새학기 청소년 고민 1순위는 '대인관계'… 카톡으로 상담하세요」, 경향신문, 2019. 3. 5.

5 「"3살까지는 엄마가 키워야 한다?"… '3세 신화' 근거없다」, 연합뉴스, 2017. 11. 15.

6 임신육아종합포털 아이사랑 www.childcare.go.kr

7 김춘경 외, 『상담학 사전』, 학지사, 2016

8 EBS 다큐프라임-아이의 사생활 1, 2008

9 「"어머니의 50년 태몽 이야기, 어려울 때 주문이었죠" 스타 강사 김미경」, 이데일리, 2016.
   10. 11.

10 김정규, 『게슈탈트 심리치료』, 학지사, 2006

11 최승호·방시혁, 『최승호, 방시혁의 말놀이 동요집』, 비룡소, 2011

12 샐리 워드, 『베이비 토크』, 민병숙 옮김, 마고북스, 2003. '이럴 땐 전문가에게'는 책에서
    인용한 것이고, 나머지는 저자가 정리한 것이다.

13 임성선, 『결혼의 심리학 이혼의 심리학』, 아름다운사람들, 2009

14 김춘경 외, 『상담학 사전』, 학지사, 2016

15 김춘경 외, 『상담학 사전』, 학지사, 2016

16 김용태, 『가짜 감정』, 덴스토리, 2014

초보 엄마 심리학

1판 1쇄 2019년 11월 29일
1판 2쇄 2019년 12월 23일

지은이 이지안
펴낸이 강성민
편집장 이은혜
편집 곽우정
마케팅 정민호 이숙재 양서연 안남영
홍보 김희숙 김상만 오혜림 지문희 우상희

펴낸곳 ㈜글항아리 | 출판등록 2009년 1월 19일 제406-2009-000002호
주소 10881 경기도 파주시 회동길 210
전자우편 bookpot@hanmail.net
전화번호 031-955-1936(편집부) 031-955-8891(마케팅)
팩스 031-955-2557

ISBN 978-89-6735-686-6 03810

글항아리는 ㈜문학동네의 계열사입니다.

이 도서의 국립중앙도서관 출판시도서목록(CIP)은 서지정보유통지원시스템
홈페이지(http://seoji.nl.go.kr)와 국가자료공동목록시스템(http://www.nl.go.kr/kolisnet)
에서 이용하실 수 있습니다. (CIP제어번호 : CIP2019045278)

www.geulhangari.com